JN055946

なんて素敵な政略結婚

Sakura & Touya

春井菜緒

Nao Harui

Eternity

EB

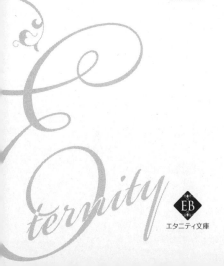

エタニティ文庫

目次

なんて素敵な政略結婚

プロローグ　奥さん、爆発する。

私――倉木桜は、結婚に、夢も理想も抱いておりません。

結婚とは人と人を繋ぐものではなく、家と家――すなわち会社と会社の結び付きをより強固にするためのもの。そういった教育を、幼少期より嫌というほど受けて参りました。

そこに夢や理想など、持ってはならない。ええ、わかっておりますとも。

ですから、九ヶ月前にお父様から彼を紹介された時、「ああ、私はこの方と結婚するのだな」と特別な言葉はなくとも把捉したのです。

私の旦那様となるお方は端整なお顔立ちをしており、背も高く、装いも素敵でございました。同時に、二十七歳という実際の年齢よりもお若く感じたことを、よく覚えております。

二十四になっても童顔で子供扱いされることの多い私ですから、その点においては親近感を抱いたものです。

しかし、大きく異なる点もございます。私たちは御曹司と社長令嬢。境遇は似通っていますが、彼のお家と私の生家は家格が段違いなのです。私には、勿体ないお相手――。

ええ、ええ、十二分にわかっておりますとも。

父がどのような伝手を駆使して取り付けたのか、疑問に感じてしまうほどの、この縁談。

私はすべての事情を察し、納得して、結婚を受け入れました。

初めて彼にお目にかかったあの日から結婚式までの期間は、約三ヶ月ほど。その間、ふたりだけでお会いしたのは三度きりです。

笑顔ひとつ見せない彼と、どうコミュニケーションを取ればよいのかわからず、然したる会話もないまま盛大な結婚式が執り行われ、あれよあれよという間に、私は水嶋桜となりました。

そして夏が過ぎて、秋も終わりに近付いて参りました今日この頃。

入籍と同時にふたりでの生活を始めてから、半年の月日が流れました。

出会ってからの九ヶ月で、（書類上の）旦那様である彼と言葉を交わしたのは数えるほどでございます。あえて「書類上の」と付けたのは、世に言うような近しい仲ではないからです。

彼はとても誠実な方ですから、家を空ける日が多いとか、私に辛く当たるとか、そういったことは一切ございません。

ただただ、酷く無口でいらっしゃるのです。

お義父様の会社で働かれている彼は、毎日お忙しいご様子。

しかし、少しでも早くご帰宅できるよう配慮して下さっているそうです。お義父様より、そのように伝え聞いております。

専業主婦の私が寂しい思いをしないように、今日も——

「おかえりなさい」

「ああ」

いつもと同じ時刻に帰宅された彼の手には、白い箱が握られております。

玄関でお出迎えした私は、無言ですっと差し出された箱を受け取り、深々と頭を下げました。

「ありがとうございます」

中身をそっと覗き見ると、そこには大好物のケーキが。彼はよく、こうしてお土産を買ってきて下さるのです。そしてその頻度は、ここへ来てどんどん高くなっております。

彼自身は、甘いものが苦手にも拘わらず。

彼がこのケーキを口にすることはありません。ですから、必然的に私ひとりで食べることになります。ここ最近、お腹のお肉が多少気になるようになった理由は……、考えるまでもないでしょう。

「明日のおやつに頂きますね」

無表情でこくりと頷いた（書類上の）旦那様は、そのままお風呂場へと向かわれました。

帰宅後、彼はどうしてか、必ずお風呂場へと直行されるのです。

そこにあるのは綺麗に磨き上げたお風呂。掃除したのは、もちろん私です。

結婚したからには、専業主婦である私が家事を担うべきであると考えております。

ですから、お手伝いさんはお願いしていません。

しかし、そんなピカピカお風呂を見て、彼は毎日お約束のようにため息を吐かれるのです。

私が廊下を歩いて彼を追いかけると――

「……はぁ」

まぁまぁ、今日も今日とて大きなため息を吐かれてしまいました。

……って、なんでなの!?

いいえ、盛大なツッコミは、ぐっと堪えて呑み込みましょう。

私には、やるべきことがあるのですから。

わざわざ浴室の中へ入り、無表情で浴槽を眺め続けている彼に問いかけます。

「お食事、すぐに食べられるよう準備しますね」

「やらなくていい」

「でも……」

「俺がやるから」

「……チッ」

あらいけない、私ったら。（書類上の）旦那様に舌打ちだなんて。

私の放った舌打ちが聞こえているか定かではありませんが、彼は無言で私の横を通り抜けて、キッチンへと向かわれました。

私も後をついていきます。キッチンに繋がっている廊下のスライドドアを開けると、ＩＨコンロに向かう彼の姿がありました。

お風呂場からのキッチン、固定ルートです。毎日毎日規則正し過ぎて涙が出そうになります。

私としては、夕飯をお食べになるのかという質問も兼ねて、お食事の準備を始めると表明しておりますのに、彼はどうしてか毎晩ご自分で用意なさろうとするのです。

そして一言目にも二言目にも、やらなくていい、やらなくていいと……。お腹がいっぱいだから必要ないと言っているのか、食事はしたいが準備は自分ですると言いたいのか、よくわからないのです。実はこれには、大変困っておりますのよ。

　と、言いますのも、私のお父様は取引先の方と会食をなさって帰宅されることが多い方でございました。ですが、我が家の太陽でもあるお母様は、気まぐれにキッチンに立つと、会食の有無（うむ）を問うことなく、「今日のご飯は自信作っ！」と帰宅したお父様にタックルをお見舞いし――そして、とても個性的な料理を涙目で食べるお父様を、それはそれは幸せそうに見つめていました。ええ、わかっております。満腹でまず……、いえ、個性的な料理を食べれば、そりゃ涙目にもなりましょう。

　ですから、いくら頑張って作っても、無理強い（じ）してはいけない。断る選択肢も用意して差し上げなければならないと、両親の姿を見て、私は学んだのです。

　だからこそ必要のない時には断っていただけるよう、仕上げの前に声をかけているのですが、きっと彼にはその意図が一ミクロンも伝わっておりません。

　食事の要不要については、帰宅のご連絡を下さる際に確認もしておりますのに、今まで一度もご返信をいただいたことはないのです。

　それでも、毎日毎日、多少文面の違った『今から帰る』というご連絡を、（書類上の）旦那様が欠かすことはございません。『なにか必要なものはあるか』と、帰宅途中のおつかいまで買って出て下さるのです。

　その他にも、気遣っていただいているのだと実感する機会は多くございます。

　例えば、休日に私が買い物へ出ようとすると、必ず彼自（みずか）ら運転をして、激安スーパーや、ドラッグストアに付き合って下さったり。

共にテレビ鑑賞をしている際に、私がなんとなく「かわいいですね」と言ったものを、後日取り寄せて下さったり。おかげで、うっかりなにかをかわいいと言わぬよう注意するという、新たな習慣がつきました。

そんな（書類上の）旦那様ですが、家事に関しては、非常に頑固（がんこ）でいらっしゃいます。

今日もフライパンを手に、私が下ごしらえを済ませたお肉を勝手に焼き始めやがりました。

どうしてでしょう。

どうして彼は、私から家事を取り上げようとするのでしょうか。

私の作った食事が、お気に召さないのかしら。

それならそれで、はっきりと仰（おっしゃ）っていただきたいのです。

意見のすり合わせをしたいからこそ、結婚当初から盛んに声をかけておりますのに、ずっと無視しやがって、ちっくしょうこの野郎……なんて、いやだ私ったら、はしたない。

「私が、やります」

私の言葉に、彼は眉ひとつ動かしません。無視です、無視。聞こえているのに返事もしてくれません。

私はただ、家の仕事を全(まっと)うしたいだけなのです。

家のことは任せていただきたい。自分の手で家事をやり遂げたいのです。

なのに――

「やらなくていい」

「はい？」

「なにもしなくていいから。ゆっくりしてろ」

彼が文字数多めにお話しされました。珍しいこともあるものです。

ゆっくり？　ゆっくりですか。

専業主婦で一日中おうちにいる私に、家事をするなと、なにもするなと。退屈は人を殺すというのに、暇ぽかーんで過ごせと！　つまり私に死ねと！　そう仰(おっしゃ)っていると解釈(かいしゃく)して構わないでしょうか。

私はこの半年間、寝ても覚めてもずっと疑問に思っているのです。

何度尋ねても華麗(かれい)に聞こえないふりをされてきましたけれど、今夜こそ、その理由を聞かせていただきましょう。どうして、私が家事をしてはいけないのでしょうか。

「なぜですか？」

肉の焼けるいい香りが、私の鼻を掠(かす)めていきます。そして耳に届くのは肉の焼ける素敵な音。

（書類上の）旦那様の声は全く聞こえません。まただんまりのようです。

「どうして、私が家のことをしてはいけないのですか？」

今日は絶対に諦めないぞと気合いを入れて、もう一度彼に声をかけます。

慣れた手つきでフランパンを揺する彼が、ちらりと視線を寄越しました。

なのに、待てど暮らせどその口元は動きません。やっぱり、ちっとも喋ってくれません。

――もう、だめだ。

丁寧に丁寧に接してきたつもりだったけど、それも限界……！

無視され続けることが、どんなに切ない怒りを連れてくるか、彼はご存知だろうか。

家事をしてはいけない理由を話してもらえないし、私が家事をしたい理由を聞いてもくれない。

溜まりに溜まった鬱憤が胸の中をぐるぐると暴れ回る。

だいたい「おかえりなさい」って言われたら「ああ」じゃないでしょう。「ただいま」でしょう！

ご飯を食べる前だって「いただきます」と、ちゃんと言葉にするべきだ。挨拶なんて基本中の基本だし、無駄にいい声してるんだから、もっと積極的に喉を使えばいいのに。

宝の持ち腐れ！

——結婚になんて、夢も理想も持っていない。

全体的にアホだけど娘思いでもある父のことだから、会社の利になって、かつ浮気とかしなそうな、真面目なタイプの男性を結婚相手として連れて来るのだってわかっていた。

祖父の代に大きくなってしまった会社をつぶさないためには、私が政略結婚することで一番てっとり早く安定を得られるのだと、理解している。

かわいい妹と弟を路頭に迷わせないためにも、いくつになってもぼんやりしている母を野垂(のた)れ死にさせないためにも。私が結婚することで、父の会社に巨大なうしろ盾が得られるのなら、喜んで駒(こま)になる。これまでもこれからも、その思いは変わらない。

変わらないけれど。みんな、ごめん。私もう、いい加減限界！

「燈哉(とうや)さん！」

ジェスチャーでの会話を好む彼が、くいっと首を傾げた。

「はっきり仰(おっしゃ)っていただかないと、わかりません！」

「……ああ」

「だからっ、ああ、じゃなくて！」

溜まりに溜まったストレスは、今や私の心のほとんどを占めている。それが爆発する音が、耳の奥で聞こえたような気がした。

乱暴な足音を立てて彼に近付き、思い切り睨み付ける。私より三十センチほど背が高い彼に、なんとなく見下されているような気もするけれど、それは私がミニサイズなのも原因だから仕方ない。

「どうして私が家事をしちゃいけないんですか!? 何回も何回も、なんっっかいも聞いてるじゃない! ジェスチャーやため息じゃなくて、言葉にしてちゃんと言って下さい! わっかんないから!!」

丁寧な言葉遣いも控えめな態度もかなぐり捨て、私は初めて素の状態で怒りを露わにした。

私の叫び声に、彼が驚いたように目を丸くする。日常的にあまりにも無表情なため、たったそれだけでも表情が動いたと感じてしまう自分が憎い。

無口で無表情で、ため息とジェスチャーでの会話がデフォルトな、挨拶ひとつできない(書類上の)旦那様。

いくら無口とはいえ限度があるし、意思の疎通が図れなすぎて本当にイライラする。

今の生活は、結婚に「?」マークが付き、旦那さんに「書類上の」という注意書きが必要な状態だ。

結婚に夢や理想なんて持っていないけれど、共に生活をしていく上で不都合がありすぎる。

せめてお互いの考えていることを多少でも意見交換できるくらいには、なりたい。いくらこちらの立場が弱い政略結婚とはいえ、過ぎた願いではないはずだ。

こうなったら、しつこくしつこくコミュニケーションを取り続けて、どうしても私に家事をやらせない理由をぺらっぺら喋(しゃべ)らせてやろうじゃないか。私がストレスで死ぬ前に！

最終的には「おはよう」から「おやすみ」まで、彼のほうから声をかけてくるくらいに、喋(しゃべ)ってもらうんだから。いつかお腹を抱えて大笑いする姿も拝(おが)んでやるんだ。あの無表情が破顔したらきっとすごく愉快だろう。主に私が。

目指せっ、ため息で返事されない日々！　と、私は胸の内で高々と拳(こぶし)をつき上げた。

かくして、（書類上の）旦那様との戦いの火蓋(ひぶた)が切られたのである。ものすごく一方的に。

1　奥さん、釣書を思い出す。

さぁ、さっそくコミュニケーションを取ろうと、私が口を開こうとしたその時。

どういう理由(わけ)か、彼はＩＨコンロの電源を落とし、私に背を向けた。

「えっ……？」

そしてそのまま、キッチンを出て行こうとする。

「燈哉さん!?」

慌てて呼び止めると、燈哉さんは一瞬だけ立ち止まって、ちらりとこちらを振り返った。その表情は硬く、酷く顔色が悪い。これはもしや、怒らせてしまったのかもしれない。

それならそれで、彼の言い分を、ぜひとも聞かせてほしい。

私は黙ったままで、彼の発言を待った。

なのに、彼は結局、ため息とジェスチャーすら残さずキッチンから出て行ってしまう。

どうやら寝室へ向かったようだ。

だから、なんってだんまりなの……！　怒っているなら、はっきり言ってくれればいいのに。

できることならば私もついて行って、やり場のない苛々を寝室の扉に思い切りぶつけてやりたい気分だ。思いっ切り扉を蹴り飛ばしたら、ちょっとはすっきりするんじゃないだろうか。

けれどそんなＤＶ妻みたいな真似をしたらコミュニケーションどころではなくなってしまうので、ぐっと堪えて食事の支度に取りかかった。

彼が特注したというドイツ製のシステムキッチンは、世界でも最高級と謳われるだけあって機能性が高い。シックなデザインはリビングとのバランスもよく、なんと言っても無駄に広々としている。

結婚前、得意料理は鍋だと言い張っていた私には、それこそ宝の持ち腐れだ。多少慣れたとはいえ、ふと我に返るとげんなりしてしまう。

彼の生家には遠く及ばずとも、私も贅沢な環境で暮らしてきた身だ。

実家にはお手伝いさんもいるし、専属の調理師さんや庭師さんもいる。また、子供ひとりひとりに、送迎の車をつけてもらっていた時期もある。小さい頃は、それが当たり前だと思っていた。

なのに私は、常にどこか居心地の悪さを感じていて……。家族もうちで働く人も大好きだったから、自分でもどうしてなのか、ずっとわからなかった。

その理由を正しく理解したのは、成長して色々な世界を知ってから。

いわゆるお金持ちの生活が性に合わず、世間で「贅沢」とされているものが好きじゃないのだと気付いた時には、心から安堵したのを覚えている。実家の居心地が悪いのも当然だと思えたからだ。

妹と弟には、高価なものを好まない私が不思議な生き物に見えていたようだし、口には出さずとも、両親も内心で首を傾げていたはず。

それでも家族は、異なる価値観を持つ私を笑い飛ばさずに受け入れてくれた。みんなには多大なる感謝と恩を感じている。

幼稚園から大学まで通ったエスカレーター式の女子校生活では、不思議どころか最早(もはや)珍獣扱いだった。とはいえ私も、ブルジョワ意識が極めて強い同級生たちにちっとも馴染(なじ)めなかったので、距離があるくらいがちょうどいいと思っていた。

加えて、たったひとりの友達が割と個性の強い——あらゆる意味で最強の人だったから、寂しさを感じる暇もなく、楽しい学校生活を送れたと思う。

大学卒業後は、実家の事業とは全く関係のない会社に就職した。

どうしても自分のお給料で暮らしていける範囲でひとり暮らしがしたくて、反対を押し切って家を出たのだ。結婚が決まったら仕事を辞めて家に戻る、という約束を交わして。

そのひとり暮らしをしていた約二年間が、私の人生でもっとも光り輝いていた期間だったと言っても過言ではない。

自分のことは自分でやって、お嬢さんでいることを強要されない生活。

自分で稼いだお金で、自分を養う生活。

ごく一般的な感覚を持つ職場の人々に囲まれ、ようやく出会えたごく一般的な金銭感覚を持つ同僚たちと楽しく遊び、ごく一般的な感覚の私を認めてくれる、学生時代からの唯一の友人と休日を過ごす、あの充実感と言ったら。

それまで感じていた居心地の悪さとか、心の渇きみたいなものが綺麗さっぱりなくなり、身も心も潤いに満ち溢れた、とても幸せな毎日だった。

そんなつい半年前までの日常が、遠い昔のように感じる。

ああ、懐かしいな、六畳一間のワンルームアパート。

こんな煌びやかなマンションじゃなくてさ、無駄に空間使ってなくてさ、手の届く範囲にほしい物が揃っててさ……

楽しかったな、職場の友達とやった鍋パーティー。

こんな馬鹿高い牛肉じゃなくてさ、グラム八十八円の豚肉を買い求めて、きゃっきゃと盛り上がってさ、節約レシピを披露し合ったりしてさ……

現在の住まいは、都内一等地に建つ豪華なマンションの一室だ。インテリアコーディネーターが仕上げたリビングを見渡して、私は重い重いため息を吐いた。

ＩＨコンロの火を止めて、焼き上がったお肉をお皿にうつす。彼はまだ寝室に籠城したままで、出てくる気配はない。キッチンから廊下に繋がるスライドドアを抜け、寝室を目指して長い廊下を進んだ。

ちなみに、先ほど彼はわざわざリビングのほうから廊下に回って、寝室へと向かった。私を避けて遠回りしたのである。開け放したスライドドアから背を丸めて歩く姿が見えた時には、なんだか微妙な気持ちになった。

私の（書類上の）旦那様である水嶋燈哉さんは、父が見つけてきたお見合い相手だ。紹介された時点で結婚することはほぼ決まっていたので、お見合い相手ではなく政略結婚相手と言ったほうが正しいかもしれない。

「紹介したい人がいる」と、父から彼の写真を見せられた時、私は唖然とした。

はっきりとした顔立ちそのものはもちろんのこと、印象的な丸い目や高い鼻梁、眉や唇の形に至るまで、すべてのパーツが完璧に整ったその容姿に、驚いてそっと写真を裏返してしまった。こんなにもキラキラした人間と生活を共にするのかと想像しただけで、疲労を感じたほどだ。

そして、後日彼の正式な釣書を手にした時には、不安で白目になり、半笑いを浮かべてしまった。彼は容姿だけでなく、中身もすごかったのだ。

年齢は二十七歳。私と同じく幼稚園から高校までエスカレーター式の、あちらは男子校に通い、アメリカに留学していたこともあるそうだ。

資格欄には、普通自動車免許と並んで自家用操縦士免許と記されていたのも覚えている。

男性のロマンなんてわからない私はそれを見て、趣味で飛行機操縦って、どこでどうやればできるんですか……？　と思ってしまった。自家用飛行機という発想が金持ち過ぎて怖い。

趣味の欄もそうだ。ヨット、モータースポーツと書いてあった。とにかくお金のかかりそうな趣味だと思いながら、半笑いで読み飛ばしたのは言うまでもない。

その時点で私のテンションは地中深くまで下がっていたけれど、しかし最終的にはいくらか持ち直した。釣書の最後に、彼もまた大学卒業と同時に実家を出てひとり暮らしをしていた、という記述を発見したからだ。

お手伝いさんをつけずに生活をしていたので家事能力には自信がある、と書かれた一文に、私の心は多少躍った。

ああ、もしかしたら、私と同じように傅かれる生活は嫌いで、一緒にお鍋とか囲んでくれちゃうかもしれない……、と。

残念ながら、持ち直した気持ちは彼と対面したその日に砕け散りましたが。

お見合いの席での燈哉さんは、今と同じく終始無表情で、全く喋らない癖にやたら私の顔をじっと見てくる、なにを考えているのかさっぱりわからない不思議な人だった。

今は多少慣れたけれど、人の顔を凝視するのはどうやら彼の癖のようなものらしい。あの小綺麗な顔で見つめられると、居たたまれない気分になるから、よしていただきたい、切実に。

「燈哉さん。お食事の準備ができました」

寝室の扉をノックして、彼の返事を待つ。

「燈哉さん」

しばらく待っても返事がなかったため、控えめに再度声をかけた。

（書類上の）旦那様が、私に家事をさせたくないと思っているのはわかってる。

でも私だって、この生活にただただ胡坐（あぐら）をかいているのは嫌なのだ。毎日毎日、暇ぽかーんで過ごすのも、反応してもらえない質問に自分で答えるのも、もう嫌だ！

「今日はお食べにならないのですか」

まずは彼の言い分も聞いて、意見のすり合わせをしたいのに、また返事もしてもらえない。

寝室の扉に左耳をつけて、中の音を拾おうと試（こころ）みる。

「私の作ったものを食べたくないのなら、はっきりそう仰（おっしゃ）って下さい！」

いい加減焦（じ）れた私が声を張ると、急に、とんでもない勢いで、寝室の扉が開いた。

そしてその扉は、ごんっ、というわかりやすい音を立てて私の頭を直撃した。私は扉に対して横を向いていたので、耳の上辺りに見事クリーンヒットしたのだ。地味に痛い。

「ご、ごめん！」

（書類上の）旦那様はおろおろと焦った様子で目を見開いている。彼から謝罪の言葉を聞くのも、日に二度も表情が変わる瞬間を目にするのも、初めてかもしれない。

「いえ、扉の前に立っていた私が悪いので。お食事はどうされますか」

「た、食べる！」

「そうですか。では、先に席へ着いていらして下さい」

「ああ、っ、いや、……」

ああ、いや、とは一体。私はいまだ痛む頭を自分で撫(な)でながら、彼に向かって殊更(ことさら)にっこりと微笑んで見せた。

すると彼は、なぜか口元を押さえて、途方に暮れたように顔を伏せてしまう。

「すぐに用意しますね」

もうお肉冷めちゃってるだろうけど知らないからね。

笑顔の裏でこっそり毒を吐くと、どうしてか彼の頬が赤く染まっていく。どうやら照れているようだ。なんでこのタイミングで照れるのか、全く意味がわからない。

私は首を捻(ひね)りつつも、彼と一緒にダイニングへ向かった。それから温め直した料理をダイニングテーブルに並べて、彼の向かいの席に腰を下ろす。

いつも通りすぐに食べ始めようとした彼に、私はまた意識的に笑顔を作って声をかけた。

「燈哉さん」

優雅な所作で肉に箸を伸ばしていた彼が、その手を止めてじいっと私の目を見る。

「いただきますって、言ってくれませんか?」

ずっと、気になっていた。彼が「いただきます」と言わないでご飯を食べ始めることが。

私の実家では、「いただきます!」と全員で声を揃えて言ってから食事をする。それは父が私たちに強制しているからこそ、今も続いている習慣だ。

全体的にアホな父に「せーのっ」などと言われると、ものすごくげんなりするのでそこまでする必要はないけれど、挨拶は大事だと思う。

それに食事前の挨拶は、作り手への感謝だけではなく、命の恵みに感謝する意味も込められているのだから。

動物や植物の命をもらって人間は生きている。当たり前のことだけれど、その恵みに、感謝の気持ちを忘れてはいけないと思う。それが私の持論だ。

「挨拶は、きちんと声に出してくれたら嬉しいです」

「……っ、わ、わかった」

意外にも素直な返答に、一瞬きょとんとしてしまった。

どうせ無視されるだろうと次の言葉を用意していたので、拍子抜けしてしまったのだ。

いただきますと口にするのが恥ずかしいのか、彼は耳まで赤くし、テーブルに肘をついて項垂れている。そんな彼に、なんとなく微笑みを向け続けてみた。

「……いただきます」

酷く神妙に、とても小さな声で、でも真っ直ぐにこちらを見て彼が呟く。

「はい、どうぞ召し上がれ」

視線を合わせて私が返事をすると、挙動不審な燈哉さんは、さっとそっぽを向いた。

――なにを考えているのかよくわからない人だけど、少しずつ歩み寄って、今後もコミュニケーションを図っていきたい。

そして頼むから会話の成立率を上げてほしい。いや、上げてみせる。いつか大笑いも拝んでみせる。もっと喉使おうよ、いっぱい喋りなよ。

二十七歳の男性が、「いただきます」と言って照れくさそうにご飯を食べている。

その様子を、私は確固たる決意を持ってじっと観察した。

2　奥さん、すんっとなる。

朝目覚めた時に、ベッドから抜け出すのが辛くなってくると、冬の始まりを実感する。

ピンと張り詰めた、冷たい空気。二度寝しそうになる体を無理やり起こして、背筋を伸ばした。

「とうとう言っちゃったぁあ……っ！」

昨晩の自分の言動を思い返して、思い切り頭を掻きむしった。興奮が薄れ冷静な思考を取り戻した途端、後から後からなんとも言えない感情がやってくる。

昨晩の私はとにかく興奮し過ぎだった。改めて、父の会社や家族のことを考えると、頭を抱えて唸り声を上げてしまう。

彼に思っていることを言ったこと自体は全く後悔していない。彼との間にコミュニケーションは必須であるし、間違ったことを言ったとは思わない。家事をさせてくれない理由を教えてもらえないことに腹を立てているし、暇ぽかーんは嫌だし、無視すんな、返事くらいしろとも心の底から思っている。

そう、やっと言えてよかったのだ。なのに、それと同じくらい湧き上がってくるこの気持ち。これは多分……罪悪感だ。家族に対する、罪悪感。

寝室の壁に掛けられている、なんともスタイリッシュな時計に視線を走らせる。時刻は朝六時。のそのそとベッドから抜け出した。

パジャマを脱ぎ捨て、黒のコットンパンツに脚を通す。合わせるのは、襟ぐりが大きめに開いているニットのセーターだ。

気持ちと一緒に下がってしまう肩に手をやりながら洗面所へ向かい、洗濯物を洗濯機の中へ放り込んだ。洗剤と柔軟剤と衣料漂白剤をそれぞれの投入口に流し入れ、こんな時でも浮かぶ喜びと共に、ニヤと唇の端を上げる。

どうして、と聞かれても非常に困るけれど、私は衣類関連の家事、とりわけ洗濯機を稼働（かどう）させるまでの一連の動作が、めちゃくちゃ好きだ。掃除や料理は大して得意ではないけれど、これだけは胸を張って得意だと言い切れる。全く苦にならない。それだけでなく洗濯物を干すのも、畳むのも、アイロンをかけるのも、もう全部好きだ。

（書類上の）旦那様は私の洗濯技術やアイロン技術を信用していないのか、ワイシャツはすべてクリーニングに出してしまうし、入籍して一ヶ月ほどはパンツも洗わせてくれなかった。

パンツについては恥（は）じらっていたのかもしれないとも推察しているので、なんとも言えないところだけれど。私は自分のパンツを堂々と浴室に干していたので、その推察に至るのにもだいぶ時間がかかった。

パンツはパンツでそれ以上でも以下でもない、日々大活躍してくれる下着だ。洗濯機に放り込んでしまえばみな同じなのに、彼の価値観を探るのはパンツひとつとっても難しい。

……頭の中でパンツを連呼しているのは、現実逃避を脳が願っているせいだろうか。もうパンツの話はこのくらいにしておこう。

「あれ……？」

洗面所を出ようとしたところで、見慣れない踏み台があることに気付いた。置かれているのは収納棚の真下だ。ちょうど私が、棚の物を取るのに苦労していた場所である。

またただ、と、淡いピンク色の踏み台を見て目を瞬かせる。これで三つ目になるだろうか。一体、彼はいつどのタイミングで見ていたのだろう。

ぱたぱたと長い廊下を駆けてリビングに顔を出すと、すでにスーツを着込んだ彼が、コーヒーを飲みながらソファで新聞を読んでいた。毎朝の光景だ。

「おはようございます」

いつもなら声をかけても、目線を新聞に落としたまま、小さな声で「ああ」と言うだけ。

けれど今日の彼はご丁寧に新聞を閉じてから顔を上げ、私と目を合わせた。

いつもと違う態度に、心臓が嫌な音を立てる。

しかし彼はそのまま、新聞を膝の上で畳み、どうしてか動きを止めてしまった。

私の顔に、なにかおかしな点があるのだろうか。なんとなくぺたぺた自分の顔に触れて確認していると、（書類上の）旦那様は突然立ち上がった。それはもう驚くべき俊敏さで。それから、いそいそと仕事用のバッグを手に取り、私の横を通り過ぎていく。

その際に、とてもとても小さな声で「おはよう」と言ったのが聞こえたのは、多分、恐らく、空耳ではないと思う。

「お、おはようございます！」

昨日までは「ああ」を連発していた彼が、挨拶（あいさつ）を返してくれるだなんて！

一晩たっても、まだ私の訴えを行動に反映させてくれているようだ。驚きに目を見張ってしまう。

「あのっ、洗面所の踏み台ありがとうございました」

足早に玄関へと向かう彼を追いかけながら、彼が新たに用意してくれた踏み台についてお礼を述べた。

悲しいかな、私は背が低いので、洗面所に限らず高い位置にある大抵の収納棚に手が届かない。

そういう時はジャンプしたり、ダイニングの椅子を運び込んで取ったりしているのだが、その姿を見られていたのかもしれない。理由はよくわからないが、彼がいつの間にか用意してくれる踏み台の存在は大変ありがたいのだ。

最初に踏み台を発見したのは、キッチンだった。次がシューズクローゼットで、今回が洗面所。

正直、ひとつを使い回せばいいよねと思ったりもするけれど、ありがたいことに変わりはない。

すっかり身支度（みじたく）を整えた彼が、革靴に足を入れる。

「あれ？　燈哉さん、待って下さい」

無言で扉のノブを掴んだ彼を慌てて引き止めた。

近くで見た彼の顔色が異常すぎる。真っ青を通り越した土色だ。

「体調が悪いんじゃありませんか？」

私が割と強く引っ張ったせいで、よろけながら再度振り向いた彼の顔色はやはり優れない。優れないというか、おかしい。いくら「書類上の」とはいえ、様子がおかしければ私だって妻なのだから心配になる。

近付いて顔を覗き込むと、土色だった彼の顔色が今度は真っ赤になった。

「もしかして熱があるんじゃ……ちょっと、失礼します」

体温の確認をするために、彼のおでこに触れる。短めの前髪が手の甲に当たって、少しくすぐったい。

私が触れた途端に——と言ったら大袈裟かもしれないが——彼のおでこが急にしっとりした。人間こんなにも瞬間的に汗をかけるんだな、と驚いてしまうほどだ。

「ご、ごめんなさい、大丈夫ですか？」

不用意に触れるべきじゃなかったのかも。慌てて彼の額から手を離し、タオルを取りに急ぎ足で洗面所へ向かう。

玄関に戻って（書類上の）旦那様に手渡すと、まるで壊れたロボットのような動きで汗を拭い始めた。

「た、体調は、悪くない……」

小さく首を横に振る彼を見て、仕事に行くために誤魔化しているのだと気付く。そういえば父もそうだったな。うちの場合は、熱を出してもなかなか仕事を休まない父に、母が度々タックルをして通勤を阻止していたっけ。

実家の両親のように、気心の知れている間柄ならタックルしてでも熱を測りたいところだ。しかし今の私たちの関係性では、とてもじゃないけど無理だろう。本格的なＤＶ妻になってしまう。これからどんどん寒くなるし、こじらせないといいけれど。

「いってらっしゃい。無理しないで下さいね」

精一杯の想いを込めてそう告げると、目の前に突然手が伸びてきた。彼の左手だ。

驚いて頭を引くと、その手の動きがぴたりと止まる。綺麗な形の唇が薄く開き、音にならない声でなにかを呟いた。残念ながら全く聞こえなかったけれど。

「……いってきます」

私が目を白黒させているうちに、（書類上の）旦那様はそう言って家を出て行った。

――なんですか、あれは。あれは、なんなんですか。

「いってきます」の前にも、なにかを発言したようだけど、なんだったんだろう。

もっと頑張って喉を使ってくれれば、聞き取れたのに……！

私はため息を吐き出しながら、自分の朝食を作るべくキッチンへ向かった。

そしてその日の夕方。いつもよりかなり早い時間に、彼から帰宅を知らせるメールが届いた。

慌てて食事の支度をし、掃除をしようとお風呂場に駆け込んだところで、洗剤が切れていることに気付く。

買いに行こう、そう思ってすぐに、万が一彼より帰宅が遅くなったらまずいと思い直し、メッセージを送った。お互い用事がある時に送り合うだけで返信はないから、どうせ今日も来ないだろうと思いながら。

そして、スマホと財布を手に家を出ようとしたタイミングで、メールの受信を知らせる陽気な音楽が鳴り響く。

なんと、彼から返事がきたのだ。届いたメッセージはたった一言。

『もう着くから』

「もう着くから、一体なんだと言うのだね……」

私はスマホの画面を見つめながら無表情で呟いた。鼻白んで、全体的にすんっとなった。

〝もう着くから〟の後にくると予想できる一般的な言葉は、〝行くな〟だろうか。考えてみるけど、答えはわからない。

――だから言葉が足りないんだって、圧倒的に！

ふてくされながら靴を脱ぐのとほぼ同時に、背後で扉を開錠する音が響く。驚いて振り向くと、そこには（書類上の）旦那様が。

「お、かえりなさい……」

すぐって、本当にすごくすぐだったらしい。

「車、出すから」

「はい？」

彼は靴も脱がずにビジネスバッグを玄関へ置くと、すぐさま扉のノブに手をかけた。そしてそのまま玄関の扉を押さえ、ただただ視線を送ってくる。

〝もう着くから〟のあとに続くのは、〝待っていろ〟だったのか。まるでクイズをしている気分だ。

「大丈夫ですよ、ひとりで行けますから。雨宮（あまみや）さんにも悪いですし」

彼にはお抱えの運転手さんが付いており、毎日の通勤も車で送迎してもらっている。

一応私も送迎を頼んでいいことになっているけれど、どうにも世話をかけるのは忍びないと思ってしまう。

しかし、彼は玄関の扉を押さえたまま、ゆったりと首を横に振った。そしてスーツのポケットから鍵を取り出し、チャリチャリと鳴らす。

「あ、燈哉さんが運転して連れて行ってくれるんですか？」

つまり、運転手さんはもう帰ったのか。

運転手さんが送迎に使う車とは別に、彼個人で所有している車もあるので、そちらで送ってくれようとしているのだろう。

クイズの後は連想ゲームだ。だから喉を使おうよ、とまた思った。

「いえいえ、燈哉さんは休んでいて下さい。本調子じゃないでしょう？ ドラッグストアはすぐそこですし、わざわざ車を出してもらわなくても大丈夫ですから」

ぶんぶんと、彼が大きく頭を振る。それから何度か攻防が続き、結局私が折れた。彼がぽつりと呟いた言葉に、どう返したらいいのかわからなくなってしまったのだ。

「もう遅いし、危ないだろ」

空は暗くなっているとはいえ、まだ七時過ぎ。この時間ならば、習い事帰りの小学生だって道を歩いているだろう。

「……行くぞ」

一応心配してくれているらしい。かなり過保護だと言いたいところだが、さすがに口を噤んだ。

こうして気遣ってくれるのに、どうして家事のこととなると私の意見を聞いてくれないんだろう。会話してくれないのはなぜ？　蔑ろにされてるわけじゃないと感じるけど……謎は深まるばかりだ。

扉の外へ出ると、ひんやりとした冷たい空気が頬を撫でた。エレベーターに乗り込み、会話もないまま地下駐車場へと向かう。駐車場へと続く重い扉を開けてくれた彼に小声でお礼を言うと、それよりももっともっと小さな音量で、頭上から囁き声が降ってきた。

「……ただいま」

言い終えてから、わざとらしく咳払いをした彼が、無表情でくしゃくしゃと頭を掻く。

タイムラグのある帰りの挨拶と、思いの外かわいらしい呟き方に、私は思わず大笑いしてしまった。

かわいい。彼をそんな風に思ったのは、初めてだった。自分で自分に驚いた。

「おかえりなさい」

燈哉さんって、基本的には素直な人なのかも。結婚して半年もたつというのに、ほぼコミュニケーションゼロのままここまできてしまったので、実際のところ彼がどんな性格なのかよくわからないのだ。

でも今、目の前にいる彼は「いただきます」だけじゃなく全部の挨拶をちゃんとしようと努力してくれている。

——今度はパズルかな、と胸の内で呟いた。

〝水嶋燈哉〟という人を形成するピースを一つずつ集めて、彼がどんな人なのか、知りたいと思う。たとえそこに愛がないとしても、日常生活を円滑に送るために。

前向きな気持ちで車に乗り込み、ふたりでドラッグストアとスーパーを回った。

頼んでもいないのに、彼がわざわざいつものスーパーへ立ち寄ってくれたのだ。

――これは一歩前進かも、と上機嫌でいたのも束の間。

買い物中、私が投げかけたいくつかの質問に、彼はひとつも答えなかった。

それだけではなく、反応してもらえない質問に私が自分で答えたら、ご丁寧にため息まで吐かれる始末だ。

さっきまで、せっかくいい気分でいたのに。スーパーからの帰り道、私は彼と同じくらい無表情で助手席に座っていた。

――私はその日、上がったり下がったり、目を白黒させたり、すんっとなったり……、（気持ち的には）大変忙しい一日を過ごした。けれどどうしてか、こんな日も悪くないと思えたのだった。

3　奥さん、友人を招く。

「お邪魔しまーす」

「カナ、久しぶりっ！」

数日後、土曜の昼下がり。右手に私の大好きなシュークリームを、左手にワインをぶら下げて、あらゆる意味で最強の友人がマンションを訪れた。

「おーおー、お嬢様生活に逆戻りね」

都心の景色を一望できる大きなガラス窓から外を眺めて、カナが笑う。

最強の友人こと上原カナとは幼稚園の頃からの付き合いで、今でも心を通わせてくれる大切な存在だ。

カナとは価値観がぴったり重なるわけではないけれど、私の性質や好みに理解を示してくれる。そして愛情いっぱいの文句を言いながら、なんにでも付き合ってくれるのだ。

結婚する前は週に一度必ず顔を合わせていたのに、今回は随分間が空いてしまった。

「あれ、件の旦那は？」

「仕事だよ。今朝、突然休日出勤になったの」

「なるほど」

「いきなり呼び付けてごめんね」

「なに言ってるのよ。ずっと桜に会いたかったし、新居も見てみたかったの。ちょうどよかったわ」

　私こそ、完全なるカナ欠乏症に陥っていたのでやっと会えて本当に嬉しい。

　自分のこの行動は彼にとって感じ悪いことこの上ないと気付いた時、大変申し訳ない気持ちになった。ごめん、（書類上の）旦那様。

「ねぇ、このマンション、丸ごと旦那の持ち物？」

「ううん、燈哉さんのお父さんの持ち物」

「へー！　じゃあこの部屋は結婚祝いってわけか。インテリアコーディネーターを雇ったの？」

「そうみたい。よくわかるね」

「どう考えても桜の趣味じゃないもの」

　相変わらずの鋭い指摘に、私は「ははは……」と乾いた笑いを返した。

　確かに、リビングにもキッチンにも、私の大好きなポップな色合いのものはほとんど存在しない。あるのは彼が用意してくれた踏み台くらいだ。

　私が初めてこの部屋を訪れた時には、すでにすべての家具が完璧に配置されていた。家具も食器も家電も装飾品も、一級品ばかり。いいものばかりなのだとは理解しているけど、ちょっと落ち着かない。ここに少しでもポップなにかが混ざれば、少しは居心地がよくなるのかな……と、半笑いで考えてしまう。

「しっかし随分いい部屋をもらったのね。このリビングに、あんたが住んでたアパートの部屋が五つくらい入るんじゃない？」

「それを言わないで！　鍋が恋しくなるから！」

ソファに腰を下ろしたカナが、くすくすと笑いながら、細く綺麗な指で座面を一撫でする。これいいわね、と、目の肥えている彼女が評価を下した。

「桜、ワイングラスを出して」

「あ、やっぱり今から呑むんですね」

「当たり前でしょう？　そのために持って来たんだから」

「はいはい」と返事をしながら、ワイングラスと簡単なおつまみを用意して、私も彼女の隣に腰を下ろす。

「それで？　無口すぎる旦那に盛大に怒り狂ったあとはどうなってるの？」

「狂うほど怒っては……ないと思う……」

「そう？」

カナには逐一愚痴メールを入れているので、私が大暴走してしまったことも、もちろん報告済みだ。

普通の生活を目指して、彼とコミュニケーションを図るべく躍起になっていることも。

「挨拶はしてくれるようになったよ。『ああ』って言うだけの返事もなくなった。あと私が開き直った」

「そう。開き直ったのはいいことだと思う。そうするべきよ」

「でも相変わらず家事は阻止される。なんで?」

「私に聞かれても」

苦笑いをしながら、カナがグラスにワインを注いだ。

……さて。果たして(書類上の)旦那様が休日出勤中に嫁が酒盛りをして、いいのだろうか。私の価値観では、そこはかとないうしろめたさを感じるのだけど、でもカナと呑める機会なんてこれを逃したら当分ないかもしれない。

まだ日が高いし、彼が帰ってくるまでには、多少なりともアルコールが抜けるだろうか。抜けると、いいな……!

うむ、と、ひとつ頷いて、結局カナからワイングラスを受け取り、すぐに乾杯をする。

「家事を阻止されるって言っても、旦那がいない間に掃除とかはできるわけでしょ?」

「掃除はね、ほら。ほぼあの子がやってくれちゃうから」

ウィーン……と、控え目なモーター音を響かせながら、忙しそうにフローリングを駆け抜ける丸い物体。すべての部屋に完備されているお掃除ロボットは、私よりも上手に部屋中を綺麗にしてくれる。彼は家電にこだわりがあるのか、うちにあるのは良品質で最新のものばかりだ。キッチンに鎮座している、彼愛用コーヒーメーカーもそのひとつ。

冗談みたいな値段のドイツ製の代物（しろもの）である。

　コーヒーも掃除も、機械の性能には敵（かな）わないので落ち込んだりもするけれど、君たちのことは好きだ。いつもありがとう。

「……なるほど」

「燈哉さん、休日以外は朝ご飯を食べないから日中に片付ける食器も出ないし、買い物は日用品だけなの。紙類の消耗品は定期便で、食材はインターネットで頼む宅配サービスに入っちゃってるからほとんど必要ないんだ。やることって言ったら洗濯とお風呂掃除と、せいぜい埃（ほこり）取りくらい。あ、夜ご飯も作るけど。ため息で文句言われないのは洗濯だけだよ」

「そう。洗濯も取り上げられてたら、桜はもっと早く爆発してたかもね」

「ええ、私もそう思います」

「パンツ洗わせてもらえるようになってよかったわね。おめでとう」

「ありがとうございます」

　私は真顔のまま何度も頷いた。

「桜が異常な洗濯好きなこと、旦那は知ってるの？」

「さあ。言ったことないから知らないと思うよ。そもそも会話が成立しないもん」

「んー……。定期便とか宅配はうちの実家もそうだし、仕方ないんじゃない？　そんなに暇なら、下の階のジムで体を鍛えたり、ヨガの先生を呼んだり、エステティシャンを呼んだり……したらどう？　旦那の金で思う存分買い物して回るとか。うちの母や桜のお母様みたいに」

「私がそういうの性に合わないって、わかっててわざと言ってるよね……？」

「ま、そうよね。桜には無理でしょうけど。それでも、ハウスキーパーやコックを雇ってない分、結構やることはあるのね。よかったじゃない」

「いや、よくない！　よくないんだよ！」

カナの言葉に、拳を握って反論する。それからおつまみに出したチーズを口に放り込んで、ワインを呷った。

「それが三日前からさぁ！　燈哉さん、出勤前にお風呂掃除して行くようになっちゃったんだよ！」

私がぶーぶー文句を言うと、カナはグラスをテーブルに置きながら豪快に笑った。私はすかさず話を続ける。

「有り得ないと思うんだ。そっっんなに私の洗い方が気に入りませんかと。悔しいから今日は五時起きしたのに、すでにお風呂ピカピカでしたよ。いつ寝てるんだろうね、あの人。私がベッドに入る時、大抵まだ仕事してるんだよ？　早く寝なさいよ、と。そんで無駄に早起きしてくれるな！　と、声を大にして言いたい！」

「すでに大きいから。うるさい」

顔をしかめたカナに、「ごめん」と肩を竦める。

「なに、旦那と寝室別なの？」

「寝室？　一応一緒だよ。ベッドは二つあるから別だけど。ただ、燈哉さんはベッドで寝たことないいんじゃないかなぁ」

「はぁ⁉」

「あ、やっぱり体に悪いよね？　燈哉さん、毎晩このソファで寝てるんだよ。仕事しながら眠っちゃうみたい」

　そう、そうなのだ。私が眠りに入る時、彼は大抵このソファでパソコンと睨めっこをしている。にも拘わらず、平日は私よりも早く起床している。土日だけは朝寝坊をすると決めているようだけど。

　ベッドで眠ったほうが疲れもとれますよ、と言ってみたことはあるけれど、例によって華麗に無視されたので、結局そのままになっているのだ。

「そんなに私と同じ部屋で寝るのが嫌なのかねー。あー、こうやって話してみると……やっぱり嫌われてるのかなぁ？　でもなぁ……」

「疑問には思うけど確信ではないって口調ね。つまり、嫌われているわけではないと思う要素が多いってことかしら」

その通り！　と私が手を叩くと、カナが話の先を促す。

「なんていうかね、これだけ無視されてるのにおかしな話なんだけど……、嫌われてるとか、邪魔だと思われてるんだろうなって感じることが、一切ないんだよね」

そう言って私は、ぽんぽんと、革張りのソファを叩いた。今、私が座っている場所は、本来彼の定位置だ。

「どういうこと？」

カナが怪訝な表情を浮かべるのも無理はない。どう説明すれば彼の不思議さが正しく伝わるか、少しの間、黙って考えた。

例えば、彼には自室もあるのに、ほとんどの時間をリビングで過ごす。

私がテレビをつけると、なにをしていても必ず手を止めて一緒に見る。テレビ画面を見つめながらうっかりなにかを「かわいい」と言おうものなら、後日確実にその品物が宅配される。

仕事が終わったらほとんど毎日まっすぐ家に帰ってくるのも、乗り物好きで多趣味なはずなのに休日ずーっと家にいるのも、買い物に付き合ってくれるのも。

自意識過剰かもしれないけど、私を嫌っているのならそんな行動は取らないんじゃないかと思う理由だ。

それらすべてをカナに話して聞かせた後で、頭に浮かんだ出来事を更に追加する。

「あとね、なんて言うのかな、家の中で困ったなぁってことがあると、必ず数日以内に解消されてるの。いつの間にか各所に踏み台が設置されてたりとか！　私、別に燈哉さんにいちいち言ってるわけじゃないんだよ。むしろ、滅多なこと口にしたらいけないなって最近は心がけてる」

「ふーん。ああ、お土産もそうじゃない？　まだ続いてるの？」

「あ、そうだね。続いてるよ」

「それって彼が買って来てるの？　頂き物とか、秘書とかに用意させてるんじゃなくて？」

「黙って手渡されるから最初はもらい物なのかなって思ってたんだけど、燈哉さんのお父様が電話で教えてくれたの。あいつ、桜ちゃんのためにケーキ屋に並んでるらしいぞって。ちょっと見てみたいよね、ケーキ屋に並ぶ燈哉さん」

　深い深いため息を吐き出したカナが、なぜか呆れ果てた視線を送ってくる。

「なになに？」

「なにも」

（書類上の）旦那様は私が家事をするとため息で文句は言うけど、そこに強烈な嫌悪を乗せているわけではない。私が猛烈に鈍くて、気付いていないだけなのかもしれないけれど。

だからこそ、不思議でたまらないのだ。私が家事をすることをなぜ嫌がるのか。

不思議と言ったら、彼が私と結婚したこと自体も謎である。

彼のお父様が取締役を務める水嶋グループは、金融、自動車製造、製薬、建設、観光などを幅広く展開している大企業だ。私の父が経営する倉木コーポレーションとは比べものにならない規模である。

政略結婚なんて、互いにメリットがあるからこそ成り立つわけだけど、水嶋の家と、私の実家とでは、企業としての力に差がありすぎる。

この結婚で利になることは、どう考えても倉木のほうが多いのだ。水嶋家にとっては、私たちの結婚が破綻したとしても、大した痛手ではないはず。

「燈哉さんには、私のことを構わなきゃいけない理由なんてないんだよね。お互いが派手に遊んだりしなければ、結婚って事実があるだけで世間体は保てるわけだし」

「うーん……」

「頑張らなきゃいけないのは、私のほうなんだよ。余計なことを言っちゃいけないし、燈哉さんの嫌がることもしちゃいけないって思って我慢してたんだけど……」

「半年、ね。随分長いこと我慢したわねぇ」

「うん……もう鬼のように長かった……。禿げるかと思った……」

「禿（は）げてもおかしくないと思うわ。ストレスは頭皮にいきやすいもの」

「とにかく会話が成立しないのがストレスでね。家事をやっちゃだめならだめで理由を教えてほしいのに、黙っちゃうし」

　私が熱弁を振るうと、カナはなにやら難しい顔をして黙り込んでしまった。

「カナ、聞いてる!?　無口は燈哉さんだけで十分なんだけどっ」

「聞いてるわよ。人として、いろいろ問題ありって感じはするのよね……。桜の存在を気にかけてるの自体はいいことなんだけど、やり方がなんっか強引で気に入らないし。無口な割に顔色は忙しいってのも、ちょっと引っかかる」

「あぁ、顔色は確かに忙しいね……。赤くなったり青くなったり……。だからその思いを口にしていただきたいのよ私はっ」

「家の都合で結婚したわけだし、嫌われてなさそうなら放っておけばいいって思うけど。なにもしなくても文句言われないんだから、楽でしょう。でも、桜はそうじゃないわけだ」

「うん、楽じゃない……。全然楽じゃない……」

「つまり、あれでしょ？　ただでさえ桜にとっては贅沢（ぜいたく）な空間に、自分のことを気にかけてる旦那がいて、なにもしないで過ごすのは嫌なんでしょう？」

「そうっ、そうなんだよ！」

「楽してりゃいいのに。桜らしいわ」

カナのハイペースに釣られるようにして呑んでいたら、あっという間にワインボトルが空になってしまった。

ボトルを抱えたままソファに転がって考えてみても、やっぱりわからない。でも、わからないからっていじけていたら、なにも解決しない。そんなの絶対に嫌だ。

傅かれる生活も、なにもしないでただ暇な時間を過ごす生活も、真っ平御免。

政略でもなんでも結婚は結婚で、私は彼の奥さんになったんだから。

「うん、やっぱり頑張ってコミュニケーションを取るしかないね。あの口をこじ開けて、いつか大笑いを……！」

「え、笑い必要？」

「うん。そのほうが楽しいじゃない。一発ギャグでもするべきかな？」

「頑張る方向違うって」

じゃあどうすれば……、と頭を抱えると、カナはなぜか目をキラキラと輝かせて言った。

「ねぇ、桜は旦那とヤる覚悟はあるのよね？」

「えぇ!?」

話の方向をガラッと変え私を驚かせた彼女は、涼しい顔をしてクラッカーをかじっている。

「夫婦なんでしょ？　当然のことじゃない」

「や、私もそれなりの覚悟はしてたよ。してたけど、燈哉さんとそういう雰囲気になったことないし」

「桜、処女だもんね。いい雰囲気になったとしても、気付けると思えない。旦那も男なんだから、溜まる生き物なのよ？」

「ど、どっかで発散してるんだよ、きっとっ」

「ほぼ毎日、仕事終わりにまっすぐ家に帰ってきて？　休日も桜にべったりなのに？」

「なにその言い方！　べったりしたことなんかないわ！」

「精神的にってことよ。よしわかった、桜と旦那が仲睦(なかむつ)まじい夫婦になるために、私も協力するわ。作戦は任せて」

「だから言い方……っ、別に仲睦(なかむつ)まじくしたいんじゃなくて、私は普通の生活を送りたいってだけで……」

「まずはそうね、夜は寝室で寝てもらうようにお願いしてみなさいよ」

あまりの急展開ぶりに、全く付いていけない。

お掃除ロボットのモーター音が、無駄に広いリビングに静かに響き渡る。

すかさずカナから視線を逸らしてそちらを注視すると、お掃除ロボットは充電のために基地へと戻るところだった。

私は君が充電しにいくところを見るのがすっかり日課になっているよ……、かわいくて好きだ……

「はい、作戦会議から逃げない」

「逃げたくもなる！」

カナはタイトスカートから覗く脚をやたら上品に組み替えて、呆れたようにまたため息を吐いた。ため息恐怖症の私には辛いリアクションだ。

「あんたたち夫婦の問題なんて、他人から見たらすっごい簡単よ。桜の考えは間違ってないと思うわ。コミュニケーションを取ればいいだけ。そうすれば、大笑いを拝める日もすぐかもね。とりあえず寝室で寝るように、話してみなさいよ。ヤるかヤらないかは旦那次第だし、元々覚悟してたならいいじゃない」

「ねぇ、なんでヤるとかヤらないとかいう話になるわけ……！　意味わかんない。これ以上謎を増やさないでくれる⁉」

話は終わった、とばかりに立ち上がる彼女のあとを追う。

「謎でもなんでもないわよ。一緒の寝室で寝ることになったら、すぐに訪れる展開でしょ。とにかく、ソファで寝るのが体によくないのは事実なんだし、ちゃんと提案してみなさいよ。そういう方向から攻めれば、うまくいくから」

「あれ、待って、そういう話だったっけ!?」

「まぁ、またなんかあったらいつでも聞くから。じゃ、頑張って」

「適当！　酷い！」

私がしつこくくい下がってみても、カナはどこ吹く風で玄関へ向かう。そしてすでに、ピンヒールのパンプスに足を入れている。彼女が、諦めの悪い私の頬をぐいっと引っ張ったところで、玄関の扉が開いた。

冷たい空気が一気に流れ込んで来て、カナに引っ張られて伸びきっている頬に当たる。

「と、燈哉、さん……」

夫の不在時に友人を家に上げ、昼間から酒盛りしていたこの状況がうしろめたくて、ぱっと視線を逸らしてしまった。

一瞬見た彼は、どうしてか、お酒を呑んでいる私と同じくらい頬を上気させていた。その上、肩で息をしていて、コートが必要なこの季節に汗まで光らせていた。

「こんにちは。ご主人がお留守の間にお邪魔して申し訳ありません。桜の友人の、上原カナと申します」

ようやく私の頬から手を離したカナが口を開いた。その姿は完全によそ行きに武装していて、声色まで違う。

一方（書類上の）旦那様は、玄関に人がいたことに驚いたのだろう。珍しく驚いた表情を露わにしたまま、小さな声で「どうも」と呟いた。

「あら、桜にお土産ですか？」

カナの声を聞き、なんの話だ、と疑問に思い彼の手に視線を飛ばす。するとそこには両手サイズの白い箱が握られていた。

「ええ、まあ」

気まずそうに顔を歪めた彼が、白い箱を大きな体のうしろに隠す。そしてそのまま、そっぽを向いた。

そんな彼を見たカナは、大きな目を三日月みたいに細めて、それはそれは楽しそうに笑った。こういう顔をする時、彼女は大抵余計な一言を放つのだ。

「愛妻家ですね。安心しました。そうそう、桜が、ご主人にお話があるそうですよ。聞いてやって下さい。お邪魔しました。桜、またね」

腕を引いて止めに入っても、カナは私の手を蚊でも叩くようにぱちんと弾く。そうして、するりと家から出て行ってしまった。

予想通り、とんでもない爆弾を落とした彼女の背を見送ってから、天を仰ぐ。真横から送られてくる彼の視線が、矢のように突き刺さる。「カナってば余計なこと言いやがってもう困っちゃいますー」なんて、フランクに言葉を発せたらどんなに楽だろう。

残念ながら、私と彼の間に、そんな気安い関係性は築かれていない。

「お、おかえりなさい……」

視線に耐えられなくなり、なんとかにっこり笑ってそう言ってみた。

「……ただいま」

やっと返してくれるようになった帰宅時の挨拶（あいさつ）。彼の目がなんとなく怖く見えるのは、気のせいだと思いたい。

私は戦々恐々としながら、彼と並んでリビングへと向かった。

4　旦那さん、絶望する。

リビングのローテーブルを片づけている妻を、俺——水嶋燈哉は凝視（ぎょうし）してしまう。

彼女の姿はどこか落ち着きがなく、視線も泳いでいるように見える。

これから妻にされるであろう話は俺にとってもっとも聞きたくない話題で、絶望的なまでに気分が落ち込んだ。

やはり、数日前に彼女を怒らせてしまったことが原因だろう。

彼女との結婚生活が始まってからというもの、かなり浮かれていたのは自覚している。

それでも、自分としては常に最善を尽くしていたつもりだった。

入籍してから彼女を怒らせてしまうまでの半年間は、ただ幸福の中にいた。休日はその最たるものだ。彼女と長い時間同じ空間で過ごせる。彼女の買い物へ付いて行ける。なんと言っても、休日だけは三食彼女の手料理を食べることができる。

彼女がせっかく声をかけてくれても、どう答えればいいのかわからず、押し黙ってしまう自分にため息を吐く瞬間も多々あった。それでも彼女の側にいられる幸せを噛みしめて、日々を過ごしていた。恐らく、そういう浮かれた部分が、いけなかったのだろう。

——どうして家事をさせてくれないんだ、ジェスチャーやため息ではなく、きちんと言葉で話せ。

あの日、彼女はそう言って怒った。

俺が意識的に行っていた振る舞いこそが、彼女の怒りに触れたのだ。

どうしてだろう。なぜ、怒らせてしまったのか。

怒りの原因を提示されても、情けないことになぜそうしてはいけなかったのかわからない。

「あの、きゅ、休日出勤お疲れ様です。今日は、お帰りが随分早かったんですね」

声が上擦っている様子すら愛らしい。

今この瞬間も、妻のすべてがかわいくてかわいくて仕方ない。

だからこそ、その分、焦りと不安が大きくなる。絶望も。

「……通常業務ではないからな」

妻と会話をする時は、落ち着いた話し方をするように心掛けている。最低限の言葉で済むように、ともすれば、自分としてはかなり冷たい話し方になるように。

結婚生活に焦りと不安が生まれてからも、彼女と長い時間を共に過ごせる休日が至福であることに変わりはない。

だから今朝、どうしても出社して欲しいと連絡を受けた時は、仮病でも使ってやろうかと本気で考えた。そんなことはできるはずもないから、考えるに止めたけれど。

渋々出社し、トラブルを解決した後すぐに迎えの車を呼んだ。一刻も早く帰宅したかったから。

しばらく待っていると、運転手から『渋滞にはまって到着が遅れる』という報告を受け——俺は瞬時に『電車で帰るから、迎えはいい』と伝えた。あの時の運転手の声は、ものすごく驚いていた。そして、その時、近くにいた秘書は呆れた表情を隠そうともしなかった。

しかし俺は構わず会社を出て、近くのケーキ屋に駆け込んだ。近頃、すっかり常連になった店の店員には、未知の生物でも見るかのような目を向けられてしまった。『釣りはいらないから急いでほしい』という一言が余計だったのだろうと、少し冷静になった今ならわかる。

久しぶりに切符を買った。久しぶりに電車に乗った。少しの時間も待てなかった。一秒でも長く、彼女と共に休日を過ごしたかったから。

「あの……、すみませんでした」

控えめに俯いたその様は、玄関の外まで聞こえるような溌剌とした声で話していた彼女とはまるで別人だ。

妻が謝ることなど、なにもない。なにひとつ。なにを詫びることがあるというのだろう。

つい、眉間に皺が寄ってしまう。彼女といると感情を隠すのに酷く苦労する。表情を取り繕う努力はしているが、咄嗟のこととなると、まだボロが出てしまう。

「燈哉さんが休日出勤をなさっている間に、勝手に友達を呼んで、しかも昼間からお酒を……、呑んでしまいました。すみませんでしたっ！」

空になったワインボトルには、リビングに入ってすぐに気付いていた。なるほど、どうりで妻の柔らかそうな頬がいつもより赤みを帯びているわけだと、納得はしたが不愉快な気持ちになどなるはずがない。

友人を招いて酒を呑むくらい、なんの問題もない。ここは彼女の自宅なのだから。

それでもなお、すまなそうに顔を歪めて、上目遣いで俺を見る彼女。身長差は三十センチ以上。百五十センチと小柄な妻が俺を見る時、上目遣いになるのは必然と言える。

必然だ。わかってる。

けれど……、下から見上げるような仕草の、かわいらしさといったら。どうして、妻はこんなにもかわいいのだろう。

口元が勝手にふにゃふにゃと笑みを作ろうとする。それを、必死に堪えた。

「それから、友達が変なことを……。あの、カナの言ったことは忘れて下さい。なんでもありませんから」

友人への怒りを、思い出したのだろうか。彼女の眉間にも皺が寄る。そんな表情もかわいくてたまらない。

しかし、浮かれている場合じゃない。今、彼女が持ち出した話題は、俺を絶望に突き落とすだろう。

――婚姻という事実だけがほしかったわけじゃない。

「倉木」の家の娘だから、彼女と結婚をしたわけでもない。

自分と同じような境遇なのに、眩しいくらいに強くて優しい彼女だから、こんなにも焦がれて止まないんだ。

彼女に愛されたくて、滑稽にも偽りの自分を演じてしまうほどに。

どれだけ馬鹿げたことをしているのか、自分でもわかっている。

「俺に話があるのなら、言ってくれ」

そう言った俺を見て、妻が驚いている。

彼女の話すことならばなんでも聞きたいし、願いは叶えたい。

とはいえ、聞きたくない、叶えたくない願いもある。

……どうしても考えてしまう。なにがいけなかったのか、と。すべきことは貫いたし、この瞬間にも貫いているはずだ。

「え……と、いや、でも……」

妻は戸惑いながら呟き、果てには小さな手で頭を抱えて唸りだした。

苦悩しているのは、きっと自分の実家のことだろう。いらぬ苦悩だと教えてやりたい、けれど……、悪いが絶対に言わない。

妻がこれから口にする願いは、俺にとってはもっとも叶えたくない望みだ。すぐに手放してやれるほど彼女への想いは軽くない。執着心は自覚している。

意を決したように、妻が唇を引き結んだ。それは彼女がなにかを話し出す前の癖のようで、結んだ唇は口角が上がっていて、とてもかわいらしい。

「も、もし、嫌じゃなかったらなんですけど……、ん……？　嫌じゃなかったらソファでは寝ないだろうから……あれ、やっぱり嫌なのか……!?」

……ソファ？　……寝る？

俺の顔の横、斜め上を見ながら首を傾げて、妻は自分の発言に自分で訂正を入れている。

妻の話したい内容には心当たりがあったが、それはソファにも寝ることにも、結び付かない。

俺も思わず首を傾げそうになったが、慌ててそれを止めた。

ジェスチャーはだめだ。彼女が嫌がっていたから。

「そのー、つまり……、ソッ、ソファで寝るのは体によくないんです！」

「……え？」

「だから、一緒に寝ませんか!?」

「えぇっ!?」

予想外の話に驚いたあまり、またボロが出た。

思い切りリアクションしてしまったことを悔やんでも、後の祭りだ。

先日妻を怒らせてしまったこともあり、話の内容は離婚したいという旨一択だと思っていた俺は、あまりの驚きに思わず叫んでしまった。最悪だ。一瞬、艶（つや）っぽい意味での「寝る」を想像したため動揺を隠しきれなかったのだ。

ただ俺の出したボロに、妻は気付かなかったらしい。自分の発言に驚いて、慌てふためいていた。

妻の持ち出した話題が「離婚」に関したものではなかったことに、とりあえず安堵（あんど）

する。

妻に対しては微塵も自信を持てない俺の情けなさが、思考へ如実に表れている。するりと入り込んでくる不安や焦りは簡単に大きくなり、制御できない。とことん不甲斐ない……

しかし安堵は束の間だった。彼女の言葉を思い出す。

寝室で、一緒に、寝る？

……申し訳ないが、それも聞けない頼みだ。

「すぐには無理だが、努力はする」

自分でも呆れるような馬鹿な返答に、妻はなにも言わなかった。

しかし「意味がわからない」と顔にはっきり書いてある。当然だ。ソファで寝るのが体に悪いことなんて、子供でも理解できる。

それでも俺には、精神衛生上受け入れられない提案だった。妻の前でそういう素振りを見せたことはないから、彼女には絶対、理解できない理由だろう。

とはいえ妻から一緒の寝室で寝るよう提案されてしまったことに、少なからずショックを受けている。つまり彼女は、俺が隣で眠っても平気だと考えているということだ。

それは……男として致命的じゃないだろうか。

その日、俺の顔色が終始優れなかったのは言うまでもない。

——彼女の理想の男になれる日は、まだまだ遠いようだ。

5　奥さん、旦那さんの誕生日とクリスマスに思いを馳せる。

『すぐには無理だが、努力はする』

その言葉の意味がさっぱりわからないまま十二月に入った。もう二週間もすれば、クリスマスがやってくる。

夕食の片付けを終えた私は、キッチンの隅に立ち、ここ数週間のことを思い出していた。

（書類上の）旦那様の寝床は、今もリビングのふかふかソファのままだ。相変わらず家事も阻止されるし、質問に対して一言以上返ってくることは少ない。彼のほうから話をしてくれるわけでもない。

それでも、以前よりはいくらか会話は増えたし、彼の表情がわかりやすく変化することも大分多くなった。無視されたり、すべてを「ああ」で済まされていた時とはまるで違う。

カナの作戦とやらは結局失敗に終わったわけで、ヤるとかヤらないとかいう局面も迎えていない。

冗談でも誇張でもなく、ヤることについての覚悟ならある。政略結婚なら、子作りは義務だと思うから。跡取りがいないとなれば問題になるだろう。

……もしかして『すぐには無理だが、努力はする』って、私とそういうことをする気になれるよう努力するって意味なのかしら。

それはそれでちょいと失礼じゃないか、と、私は若干切なくなった。私だって別に積極的に望んでるわけじゃありませんからと毒を吐きたくもなる。

彼は私のことを、そういう目では見ていないのだろう。とはいえ、人として嫌っているレベルではない……と思う。以前より会話は増えたし、関係も進展している、はず！

というわけで、ここらで私は、また新たなコミュニケーションを試みようと思う。

彼とは政略結婚という関係上、知り合ってから結婚までの期間が三ヶ月。その間、ふたりきりで会ったのは三度だけだ。それもすべて式の打ち合わせのためだった。つまり、一緒にどこかへ出かけたことがないのだ。

結婚してから何度か日用品の買い物には行ったけど、どこにも寄らず目的の物を買って帰って来ただけ。「お出かけ」とは到底言えない。

外へ出て、いつもと違う環境に私たち夫婦をおいてみたら——

ひょっとしたら、なにか変わるかもしれない。家の中にいるよりも話題だって増えるかもしれない。

折しも、約二週間後の十二月二十三日は彼のお誕生日。「お出かけ」に誘うには持ってこいのイベントだ。

クリスマスも近いけれど、私はクリスマスにそこまでワクワクを感じられない残念な女の子日本代表なので、そっちのイベントは毎年割とスルーしている。クリスマスツリーやキラキラなイルミネーションを見るのは好きでも、特別なにかしようとは思えないのだ。

実家にいた頃は、全体的にアホな父の企画したアホなクリスマスパーティーに強制参加させられていたから、余計にそう思うのかもしれない。クリスマスが近付くと「ああ……また親父のいかれる季節がやってきた……」とげんなりしてしまう。

今年は彼と過ごすことになるわけだから、それについてのお伺(うかが)いは、すでに立ててある。燈哉さんが、全体的にアホな父のように、クリスマスに命をかけている可能性が全くないとは言い切れなかったから。

返答は「なんでもいい」とのことだったので、特別なことはしなくていいだろうと思っている。

二十三日は、彼の生まれた日だから、少しでも喜んでもらえるような一日にできたらいいなと思う。喜んでもらえるプレゼントも送りたい。正直、喜ぶ顔なんて全く想像できないけど、そのためになにかを考えるのは私の勝手だろう。

無理に誘うような真似だけはしないと心に決めて、大きく息を吐く。お断りの返事がきたらさっさと引き下がるぞ。余計に距離ができちゃうといけないから。

（書類上の）旦那様は、お風呂から出ていつものようにソファに座ってコーヒーを飲み、まったりしている。もう少しするとパソコンとの睨めっこが始まってしまうから、その前に、突撃だ。

「燈哉さんっ！」

張り切りすぎて、思ったよりも大声が出てしまった。そんな私を、彼は不思議そうに見上げている。結婚当初の彼ならば、ここで首を傾げるだけだった。でも、今は違う。

「どうした？」

そうして、ちゃんと言葉にしてくれる。返ってくる言葉がどれだけ短くても、その意味をクイズのように考えることになっても、私の訴えを行動に反映してくれているのはわかっている。私は嬉しくなって、彼ににっこりと微笑んだ。

「あの、二十三日って、お休みですか？」

「二十三日は……祝日だから休む予定だ」

タブレットを操作してスケジュールの確認をしてくれた彼は、パーカーと、スエット素材のズボンを身につけている。

パーカーが妙に似合うのは、私と同類の童顔さんだからかな、と思ってすぐに、こんなにもお顔が綺麗な人と自分を一括りにしたことが、死ぬほど恥ずかしくなった。

「なにか予定はありますか？　ご両親や、お友達とかと……」

「いや、なにも」

「じゃあ、もっ、もしよかったら、なんですけど」

多分赤くなっているであろう自分の頬を、掌でちょっと隠してみる。

やっぱりちょっと……いや、だいぶ恥ずかしい。なんせ男性をお出かけに誘うなんて初めてのこと。でも今止めたら、きっともう誘えない気がする。気合いを総動員して必死に口を開いた。

「出かけませんか!?　あの、一緒に……」

彼は無言で目を瞬かせ、小さな声でなにかを呟いた。なんと言ったかは、わからなかった。

「プレゼントを、ですね。買いに行きたいな、なんて、思ったりしたりして……」

「なにかほしいものがあるのか？」

「えっ？」

「クリスマスの……」

「ち、違いますっ。私のじゃなくて、燈哉さんのです！」

「俺、の？」

どうしてそんなに驚きましたか、と聞いてもいいのだろうか。彼はあんぐりと口を開けたまま、非常にわかりやすく呆けている。

「知って……？」

コーヒーの入ったカップをローテーブルにそっと置きながら、彼が言った。

「はい。十二月二十三日、燈哉さんのお誕生日ですよね？　書類とかで何回か見たことがあるので」

気恥ずかしくて、あわあわと無駄に動いてしまう自分の腕が憎い。

黙り込んでしまった彼に、慌てて話し続けた。羞恥を押し隠して。

「燈哉さんのほしいものがわからないので、よかったら一緒に買いに……」

「行く」

珍しいこともあるものだ。彼が、私の言葉を遮って即答するなんて。

無視されなくなった今でも、質問から返答まで間が空くことが多く、テンポよく会話が繋がることはほとんどない。断られる可能性のほうが格段に大きいと思っていたし、実際にそう覚悟して誘ったのだ。即答でＯＫしてもらえるなんて考えてもみなかった。

「あ、ありがとうございます！　じゃあ、行きましょう。一緒に」

「うん」

顔をほんのり赤らめて、まるで少年のように（書類上の）旦那様が小さく頷いた。どうやら照れているようだ。

最近よく見かけるようになったかわいらしい反応がくすぐったくて、爪先で床を叩く。

「で、では、そういう予定で……」

「うん」

「あっ、あと、どこに行きたいとか、あったら教えて下さい」

「わかった」

このところの彼の変化にいちいち反応してしまうのは、世間でいうところの「ギャップ」というやつを感じているからなのだろうか。そういう彼を見つけるたびに、近頃の私は驚きどころか淡い喜びを感じるのだ。

無事に誘えたことも、彼がきちんと返事をしてくれたことも、嬉しい。今までは意味がわからないと思っていたけれど、彼の頬が染まる理由をなんとなく理解できたことも。

いそいそとタブレットを持ち出し、お出かけの候補地を探す彼を見つめる。

この夜は、すんっとなることもなく、ぽつぽつと会話をしながらその後の時間を過ごした。

6　奥さん、助手席で笑う。

いよいよ迎えた十二月二十三日。今日は、彼の二十八歳のお誕生日だ。

(書類上の)旦那様は、週末必ず朝寝坊をする。

今朝の私も、いつもの休日と同じく、九時頃まではリビングに近付かないでおこうと考えていた。ベッドの上でスマホをいじりながら時間が過ぎるのを待つ。

というのも、結婚したばかりの日曜の早朝に、喉が渇いたのでお水を飲もうとキッチンに入ったら、物音で彼を起こしてしまったことがあるのだ。

私の謝罪や制止の言葉なんか耳に入っていない様子で起き出してきた彼は、一日中眠そうに目をこすっていた。

その時、また無視ですか……!　と思うと共に、とてつもなく申し訳ない気分になったので、以来注意を払うようにしている。本来朝は強くない人なのだろうと、踏んでいるのだ。

だからこそ尚更深まるお風呂掃除争いの謎……。なぜ苦手な早起きをしてまでお風呂掃除をするのか、その辺りも今日聞けたらいいなと思っている。

ベッドから体を起こし寝室のカーテンを開くと、色の薄い青空が視界いっぱいに広がる。思わず唇の端を上げた。

少し風はあるようだけど、とってもいいお天気でまさに買い物日和。この様子なら明日、明後日も晴天だろう。今年もホワイトクリスマスにはなりそうもない。その事実にほっと胸を撫で下ろした。

私がなぜ、ホワイトクリスマスを嫌うかというと、それは全体的にアホな父との苦い思い出に起因する。とある年のクリスマスに、晴天にも拘わらず『今年はホワイトクリスマスを過ごすぞ〜！』などとアホなことをぬかしたことがあった。なにを言っているのやらとうんざりしていたら、信じられないことに、父は人工降雪機で実家の庭に無理やり雪を降らせたのだ。スケールの大きな無駄遣いを目の当たりにした私は、眩暈がした。以来、父の愚行を思い出すホワイトクリスマスには恐怖を感じるようになったというわけである。

考えてみれば、燈哉さんだって莫大なお金のかかりそうな趣味をいくつも持っているのに、極端な無駄遣いをしているところは見たことがない。まぁ……、ヨットが増えたとしても、家に置くわけじゃないから知りようがないけれども……

そんなことを考えながらパジャマを脱ぎ捨て、昨夜決めておいた洋服にさっそく着替える。

パールのついた丈が長めの白いニットと、ピンクベージュのミニスカート。これに、ショート丈の白いコートを合わせようと考えている。足元はキャメルのブーツか、黒のパンプスでもいいかもしれない。

いつもより丁寧に、いつもよりちょっとだけ濃くメイクを施していく。それから、緩めに髪を巻いてふわふわにセットした。

鏡に映った自分を見て、肩を竦めてしまう。思っていた以上に今日を楽しみにしていたのだと、実感してしまったのだ。同時に見つけた仄かな緊張感に苦笑しながら、寝室を出る。

長い廊下を歩き、リビングへ。物音は聞こえない。彼はまだ眠っているのだろう。注意してそっと扉を開いた。

「おはよう」

「えっ!?」

(書類上の)旦那様は、ソファではなくリビングの入り口に位置するダイニングテーブルの椅子に座って、コーヒーを飲んでいた。

着ているものはパジャマ代わりのパーカーではなく、外出着だ。休日だというのに髪もすでにセットされているし、テーブルの上にはマフラーとコートが置いてある。

いや、それよりも！　今、おはようって言った!?

「……おはよう」

ま、また言った！　驚かずにはいられない。何事においても、こちらから声をかけるのが常なのだ。それが、彼のほうから「おはよう」だなんて。どれもこれも、結婚して初めての出来事だった。

「お、おはようございます」

慌てて私も挨拶を返す。すると、どうしたのだろう。彼は首のうしろを押さえながら、ダイニングテーブルに、がばりと突っ伏してしまった。なにが起きたのかと少し心配になる。

「燈哉さん？　どうしました？」

「か、か……」

「か？」

私の声に顔を上げた彼は、どこかぎこちない表情をしていた。気のせいでなければ、笑いを堪えているように見える。「か」ってなんだ。痒いのか。

「いや……」

黒いパンツに、暗いボルドー色のカットソー。テーブルの上に置かれているPコートはダークグレーで、その横には黒いマフラーも用意されている。彼の体に沿った綺麗なラインのパンツもあのカットソーも、きっと高級品だ。今、私が着ている服の値段を全部足してみても、きっとあのカットソー一枚にも届かないだろう。いや、届きたくもないけど。

かたん、と音を立てて椅子を引いた彼が、おもむろに立ち上がる。すぐさまコートを手にした様子を見て、あれ、と首を捻(ひね)った。

もしかして、すぐに出られるよう準備を整えてくれていたのかもしれないと思ったのだ。

開放感溢(あふ)れる広いリビングは薄暗く、ダイニングテーブルの上にだけ、ＬＥＤの小さなライトが灯(とも)っている。テレビもオーディオも電源は入っていない。いそいそとコートに腕を通すその姿といい、マフラーといい、すでに準備万端(ばんたん)のようだ。休日はたっぷり朝寝坊をする彼が。

「すみません、お待たせしちゃいましたか……？」

「……いや」

言葉の続きがあるのかと思い、じっと待ってみたものの、それ以上なにかを話すつもりはないらしい。そうしているうちに、黒いマフラーをしっかりと巻いた彼が、俯(うつむ)いてコートのポケットに手を入れた。

「朝食、も……」

「はい？」

「外でも、いいか?」

「あ、はい。もちろんです。コート取ってきますね」

寝室の隣にあるクローゼットルームへと小走りで向かう。

急いでコートを羽織り廊下に出ると、彼はすでに玄関にいた。壁にもたれかかって、スマホをいじっている。それさえも絵になるのだから、スタイルのいい人って得だ。

いつもはのんびりまったりとしている（書類上の）旦那様が、今日はあからさまにせっかちになっている。早く出かけて、早く帰って来たいのだろうか……。その理由はわからない。

でも、彼も私と同じように、今日のお出かけを少しは楽しみにしてくれていたのなら……

――それはちょっと、嬉しいかもしれない。

「お待たせしました」

「……うん」

彼は小さく呟いて、スマホをポケットにしまった。

かわいい呟き方に心が和(なご)む。ちっとも彼らしくない、こういう呟きを聞くのが、このところマイブームだ。

「行くか」

「はい！」

満面の笑みで返事をすると、彼はわざとらしい咳払いをひとつしてから、玄関の扉を開けた。

地下駐車場へと向かい、早速彼の車に乗り込む。助手席でシートベルトを締めて、エンジンが温まるのを待った。

「考えたんだけど」

よく通る低い声に、ぱっと顔を上げる。しかし、彼は一旦言葉を切ったまま、その先をどう話すか考えているようだった。余計な声かけはせずに、彼が話し始めるのをそわそわと待つ。

行き先の話も、プレゼントの話も、具体的なことはまだなにもしていない。

どちらとも、当日までに彼のほうで考えておく、ということになっていたのだ。

「その、買ってほしいものは……」

「はいっ」

待ち望んだ話題に、私は身を乗り出して目を輝かせた。

「……なくて」

「っ、えええ⁉ なっ、ないんですか？」

「ない」

「なにも!?」

「……なにも」

「ひとつも!?」

驚愕（きょうがく）と興奮からつい詰め寄ると、案の定、彼は黙り込んでしまった。

え、ないの？　ないんですか!?　と、飛び出してしまいそうな言葉をぐっと呑み込んだ。

期待していた分、落胆も激しい。彼自身、お金は有り余っているだろうし、私に買ってほしいものなんてないのかもしれない。なんだってすぐ手に入れられるのだから。

じゃあ、なんのために今日出かけるの、という私の心の内が、恐らく顔に出てしまったのだろう。

私を見た彼が、慌てた様子で声を上げた。

「買ってほしいものはないけど、行きたいところが！」

「えっ？　行きたいところ？」

「その……、一緒に」

（書類上の）旦那様は、見事なまでに顔を真っ赤に染めた。薄暗い地下駐車場でも、彼が耳まで赤くなっているのがはっきりとわかる。

どうしてそこまで照れるのか考えてみたけれど、やはりわからない。

「……いい？」

視線をハンドルに向けながら、彼がぽつりと呟いた。

「いい、んですけど、プレゼントは？　せっかくのお誕生日ですし……」

「それが、プレゼントってことで」

彼の綺麗なお顔は最早ハンドルにめり込んでいる。とてもわかりやすい恥じらい方だ。

一緒に出かけることがプレゼント、という解釈でいいのだろうか。改めて言葉の意味を咀嚼してみると、頭の中でツッコミが炸裂する。

な、なんだそれ！　そんなのがプレゼントでいいの？　お坊ちゃまなのに安上がりなっ！　と私は胸の内で思い切り叫んだ。

じわじわ込み上げてくる笑みを抑えられない。

そんなに顔を赤らめてなにを言うのかと思えば「お出かけ」がプレゼントだなんて。随分ロマンチックな発想だな、と思うと、余計に頬が緩んでしまってどうにもならない。

「……笑うな」

くぐもった笑い声を上げる私に、燈哉さんが顔を上げて拗ねた素振りを見せる。そんなかわいい態度が今の私には辛い。

「すみません……っ、なんか、かわいくて……！」

「か、かわいい？」

今度は唖然（あぜん）とした彼が、けれどすぐにその綺麗な顔から表情を消した。

「燈哉さんの行きたいところって、どこですか？」

「まだ笑ってる」

「ご、ごめんなさい。馬鹿にしてるわけじゃないですよ」

「本当に、どこでもいいのか？」

「はい。もちろん」

「車、出すから」

車が静かに発進する。その後、結局何度聞いても行き先は教えてくれなくて、でもそれ以外のことにはきちんと返答してくれた。

以前の無視（シカト）っぷりが嘘のようだ。

沈黙が続いても、もううんざりした気分にはならなかった。

家のリビングで彼がよく流している英語の歌が、車内に響く。高音域も聞きやすいボーカルとギターがかき鳴らされているその曲はロック調だ。洋楽に馴染（なじ）みの薄い私にはアーティストの名前もわからないし、今日初めて聞いたわけでもないのに。どうしてだろう。すごくいい曲だな、と思った。

カーナビに表示された道路の線が、真っ赤に染まっている。それは渋滞を意味する色だ。クリスマスシーズンで交通量が多いのだろう。高速道路では長い渋滞にもはまった。

「燈哉さん、運転大丈夫ですか？　疲れたら代わるので言って下さいね」

「代わりたい？」

「え？　いえ、代わりたいってわけじゃ……」

「なら、大丈夫」

どういう意味だろう……。代われと言っているように聞こえてしまったのだろうか。

長い長い渋滞においても、彼は少しも苛々することなく運転を続けている。

終始滑らかな運転で、助手席より運転席のほうが好きな私でも疲れることがない。

長距離移動で助手席に乗って、疲れなかったのは初めてかもしれない。地味に感動し、そのことを彼に伝えようか悩んで、結局やめた。音楽と窓の外に流れる景色を楽しみながら、心地いい運転に身を任せる。

途中で食事休憩を挟みつつ、マンションを出てから二時間半後。お昼前に、とある場所に到着した。

「わぁ……！」

駐車場の中を走っている途中で見かけた人たちの洋服がはためく様に、海風の強さを感じる。目的地は私の大好きな場所で、飛び上がって喜んでしまいそうだ。心模様を表すように、足がうずうずとはしゃいでしまう。ミニスカートで来たのは失敗かもしれない、なんて気を逸らしてみても、嬉しくて微笑みがぽろぽろと零れた。

（書類上の）旦那様の「行きたい場所」。

何度聞いても教えてくれなかった「お出かけ」の行き先。

それは、周辺を海に囲まれた人工島にある水族館だった。

7　奥さん、ペンギンにはしゃぐ。

「運転お疲れ様でした。ありがとうございます」

「いや」

駐車場に停めたところで声をかけると、素っ気ない返事があった。でも今は、そんなことまったく気にならない。

「燈哉さん、水族館がお好きなんですか？」

「まぁ……」

好きなの、嫌いなの、一体どっちなの。

答えにはなっていないものの、返事があるだけいいような気もする。彼に対する会話への期待値が、とてつもなく低くなっている証拠のような思考だ。

「私は大好きなんですよ、水族館。池袋（いけぶくろ）の水族館とか、よく行くんです。でもここに来るのは初めてで。ずっと来てみたかったから嬉しい」

「そう。なら、よかった」

水族館は私にとっての癒しスポットだ。

水槽の中で悠然と泳ぐ魚や、見ているだけで顔が綻ぶかわいい生き物たちが大好きで、結婚前は度々足を運んでいた。

だから、久しぶりに大好きな水族館に来ることができて喜びも一入だ。

「お出かけ」の行き先が私も予て行きたかった水族館だなんて、なんて素敵な偶然だろう。誇張ではなく、私のテンションは今、大変なことになっている。嬉し過ぎて、ここへ来た本来の目的を忘れてしまいそう。留意しなければ……！

「行きましょう、燈哉さん！」

シートベルトを外して車を降りると、海の香りが鼻を掠めた。湿った潮風が肌を撫でる。

チケットを買って入り口のアーケードをくぐると、まずはフードコートやお土産屋さんが立ち並ぶエリアへ入った。

昼時のため、フードコートは人でごった返している。

「サービスエリアで食事を済ませてきてよかったですね」

「そうだな」

　フードコートの入っている建物の前を通りかかり、ちらりと中を覗く。

「燈哉さんはこういう……フードコートとか、縁遠そうですよねぇ……」

　私は大好きですけどね。会社勤めしていた頃は、胸を張って常連でしたしね。

「……ある」

「えっ、あるんですか！」

「最近は、ないけど。……学生の頃に」

「学生の頃？」

「そう。サークルの連中と」

「サークル！　入ってたんですか」

「まぁ、な」

　生粋のお坊ちゃんである彼が、フードコートを利用していたということに激しい違和感を覚えた。人と群れるイメージが全くなかったので、サークルに入っていたことも意外だ。

「あっ！　燈哉さん、ジンベエザメですよっ」

　建物の前には、ジンベエザメの大きな人形が飾られていた。クリスマスシーズンのためサンタさんの帽子を被って赤いマフラーを巻いている。かわいいことこの上ない。うきうきと踊る心のままに、彼の腕を軽く叩いて人形を指差した。

「……ジンベエザメだな」
「燈哉さん早く早く！　早く中に入りましょう！」
自動ドアをめがけて走り出そうとした私は、「転ぶぞ」と彼に声をかけられてはっとした。

いかん、なんか子供とその保護者みたいになっている……。いかんいかん。今日は彼のお誕生日なんだから、私がはしゃいだらいかん！

一緒にここへ来ることがプレゼントでいい、彼はそう言ってくれたけれど、せっかくだからなにか記念にプレゼントできないだろうか。お土産（みやげ）屋さんが立ち並ぶエリアがあるのだし、時間を見計らって探してみようか。

うむ、とひとつ頷き、彼の隣に並ぶ。薄暗い館内に入ると、まず目についたのはウェルカム水槽の黄色い魚たち。この水族館のキャラクターフィッシュなのだそう。小さな水槽の周りにはクリスマスの飾り付けがしてある。

入って正面がウェルカム水槽。その角を曲がると、床から天井までの大きなガラスに覆（おお）われた様々な海の動物たちの部屋がある。

「あっ、ペンギン！」

部屋の一番左側には、フェアリーペンギンという小さなペンギンがいた。

館内は人がまばらで、人混みが苦手な私にとっては嬉しい誤算だった。

「燈哉さん、ペンギンペンギン！」

「……ペンギンだな」

「かわいいーっ！　わっ、見て見て！　あのちっちゃい子、赤ちゃんですよっ。かわいい！」

　私より少し遅れてガラスの前にやって来た彼に、身振り手振りを交えてペンギンのかわいさを熱く語る。

　見上げた彼の口角は少しだけ上がっているように見えた。なんだか嬉しそうだ。

　そうだろうとも、そうだろうとも。ペンギンの赤ちゃんのかわいさには誰だって夢中にさせる魅力があるもの。というか、私はペンギン自体が大好きだ。

　ペタペタペタ、と、音がしそうな歩き方。あの丸っこいフォルム。なのに水に入るとめっちゃ俊敏（しゅんびん）というギャップ。ああ、なんてかわいいんだろう！

「ペンギンがパレードをするらしい」

「えっ？」

「これ」

　彼が指差したのは、首にマフラーを巻いたペンギンの写真が載っているチラシだった。

　なんでも、クリスマスの衣装を着たペンギンが、サンタに扮（ふん）した飼育員さんとパレードをするイベントがあるそうだ。

この水族館はふたつの建物が渡り廊下で繋がっていて、ひとつが海の動物たちの展示、もうひとつが、ショーや動物たちと触れ合える広場とイルカのトンネル、という構造になっている。ちなみに、イルカが泳ぐ様子を真下で見られるトンネルが、この水族館の目玉だ。

私たちが今いるのは展示の建物。イベントが行われるのは、もうひとつの建物らしい。

「行く？」

「行きたいです！」

「一時の回のパレードには今から行っても間に合わないな……。次は、四時か」

「あ、でも、時間の合う回があったらでいいです」

イベントの時間に合わせて行動すると、建物を行ったり来たりしなきゃならない。ひとりで来たなら何往復でもするけど、今日は彼のリクエストで来たわけで、しかも（書類上の）旦那様はお誕生日なのだから。私のしたいことに付き合わせたらだめだ、と、慌てて付け足す。

改めて冷静に考えてみると、はしゃいだらいかんと自分を戒めたはずなのに、建物に入った瞬間にそれを忘れていた気がする。こ、今度こそ落ち着こう……！

「イベントの時間、先に調べるか」

「でも、それだと移動が大変だから……」

「いいよ」

その声を聞いた瞬間、私は自分の耳を疑った。もしくは、他の誰かの声を間違えて拾ったのかと思った。

「見たいところ、全部行こう」

いつもはぶっきらぼうで素っ気ない話し方の燈哉さんが、甘く優しい声色で私を誘う。

大きな掌が、私の髪をそっと撫でた。つむじの辺りを撫でていた彼の指先がするすると下りてきて、巻いた毛先を持ち上げる。

彼の言葉とその仕草に、信じられない気持ちで息を呑んだ。

「あっ、ありがとうございます……」

「ん」

戸惑いながら見上げた先には、柔らかな微笑みをたたえた彼がいる。

私は初めて目にした笑顔にまた驚いて、口を半開きにした間抜けな表情のまま、ただ彼に視線を送り続けた。

幻聴かと思うようなあの甘い声と、目の前に広がる優しい微笑み。驚きの後でこの現実を反芻してしまい、一気に頬が熱くなる。

耳のすぐ近くで、心臓の音がうるさく鳴り始めた。上気した頬を両手で覆ってみても、高まる熱をより一層感じてさらにうろたえるだけだ。

誰……っ、この人、誰……!?

姿形は（書類上の）旦那様なのに、まるで中身が他の誰かと入れ替わってしまったかのよう。

今朝の彼のように、いや、それ以上に私はわかりやすく頬を熱くして、ドキドキとうるさい心臓の音と戦う羽目になった。

8　奥さん、会話の成立にはしゃぐ。

ペンギンの前でゆで蛸状態に陥った私は、彼に連れられてイベントの時間が記されている掲示板の前に来ていた。

時間を確認して大方のスケジュールを組む。クリスマスの期間は、いつもよりも開催されている催しが多いそうだ。

できればすべて見たいけれど帰りの時間もあるし、何度も往復させるのは悪いと思う気持ちも消えず、必死になって絞り込みに励んだ。

すると、彼が「全部見ればいい」とまた声をかけてくれる。

さっきとは違う、硬く静かないつもの声色で。

「燈哉さんは？　どれが見たいですか？」

「俺のことは気にしなくていい」

「でも、燈哉さんが来たくてここに来たわけですし。すみません、はしゃいじゃって。どれが気になります？」

やけに困った顔で、彼が私を見下ろす。

「これ……？」

腕を組んで考え込んでいた彼は、疑問符を浮かべながら掲示板を指差した。

長い指が示したのは〝白イルカのショー〟だった。

「いいですね！　他にはなにを見ましょうか？」

「他は、別に」

「えっ、これだけでいいんですか？」

「いい」

彼はそれだけ言い、口を噤んでしまった。

さっき私がときめいた、笑顔と甘い声はどこへ行ったんだろうか。

今はもう、すっかりぶっきらぼうで無表情な元の彼に戻っている。あれは一体どんなマジックを使ったんだ。

けれどその話し方も、近頃は案外嫌いじゃない。答えてくれるだけマシだ。

そうして私たちは、またペンギンのいるフロアへ戻ることにした。ペンギンの他に白クマや、ラッコ、セイウチもいる。それ以外にも中央には大きな円柱形の水槽があり、中には二万匹の魚がところ狭しと泳いでいた。その水槽では、サンタさんに扮(ふん)した飼育員さんが餌やりをするイベントもあるらしい。

フロアを出て階段を上(のぼ)ると、今度は小さな水槽がずらりと並んでいる。サンゴやイソギンチャク、熱帯魚。ここのフロアは一階よりもさらに暗く、水槽ごとにクリスマスカラーにライトアップされていた。

「わぁ……、綺麗……」

水槽の中を自由に泳ぐ美しい生き物たち。

捕らわれた世界にいてもなお、美しさを失わない姿に気高さを感じる。そんな風に思うのは、私だけだろうか。

だから私は水族館が好きなのかもしれないと、水槽の前に立つといつも思考を巡らせる。

私も、限られた中で生きていかなきゃいけなくても、自分を失わずにいたい。与えられたものの中で、とびきり幸せな毎日が送れるように。

「このサンゴ、お花みたいですね」

「そうだな」

「あ、クラウンアネモネフィッシュだ。この魚が主役のあの映画、最近見てないなぁ」

「アニメの？」

「そうそう。見たことあります？」

「ない」

「すっごいいい話なんですよ！　私、後半泣きっぱなしでした。今度レンタルショップで借りてこようかなぁ」

「買えばいいのに」

さも当然のように彼が尋ねる。「なぜ買わない？」と言っているようにも聞こえる発言だった。

学生時代、ブルジョワ集団の中で珍獣として名を馳せていた時にも散々聞いた台詞だ。

全く、レンタルショップの素晴らしさを知らないとは！

「そんなにしょっちゅう見るわけじゃないし、レンタルで充分ですよ。燈哉さん、行ったことあります？」

「……ないな」

「じゃあ、今度一緒に行きましょうか」

「行く」

「えっ？　本当に？」

まさか頷くとは思わず、ななめうしろにいる彼を振り返ると、もう一度「行く」と同じ言葉を告げる。

「レンタルショップだろ」

「あっ、うん、行きましょう。映画見たら、燈哉さん泣いちゃうかもしれませんよ」

「俺は泣かない」

彼が、私の言葉を拾ってきちんと返してくれる。普通に会話が成立する、なんて当たり前のことが、彼と私の間では奇跡みたいに感じられる。

私はどんどん彼と気安く話せるようになってきていて、気のせいでなければそれは（書類上の）旦那様も同じようだった。

二階のフロアをくまなく見回ってから、渡り廊下を通って隣の建物へと移動する。

次に向かうのは、まるで空を飛んでいるかのように頭の上をイルカが通り過ぎていくという、イルカのトンネルだ。

扉を開けて中に入ると、視界に飛び込んできたのは、屋根の部分がガラス張りになっている、アーチ状の水槽。

ここでは太陽の光を浴びながら自由に泳ぐイルカの姿が見られる……はずだったのに。

無言で彼と見つめ合ってしまう。トンネルの通路を埋め尽くすのは、見渡すばかりの人の頭だ。

「こ、混んでますね」

「酷(ひど)い混雑だな……」

上を見れば、水槽は見える。イルカも時々横切る。けれどなんせ人が多くて、前に進むのも容易(ようい)ではない。

「……大丈夫？」

「あ、はい」

大抵の人よりも背が低い私は、人混みに入ると半端(はんぱ)ではない圧迫感に襲われることになる。だから人混みは激しく苦手だ。恐怖すら感じてしまう。ただ、私とそう変わらない身長の妹は、小さいほうが人混みで小回りがきいて楽だと言う。どう感じるかは人それぞれ、結局は考えようなんだろう。

「やめておくか？」

心配そうに眉尻を下げて、彼が私の顔を覗(のぞ)き込んでくる。人波から守るように、腕で私を囲ってくれる。それだけで少し楽になったような気がするから不思議。

「せっかくだから奥まで行ってみましょう」

「でも辛いだろ」

「私は大丈夫です。燈哉さんは？」

「俺は、別に……」

フロアの一番奥には大きな円柱形の水槽があって、そこにもイルカがいるようだ。

白イルカのショーが見たいと言っていた燈哉さんは、きっとイルカが好きなのだろう。

この水族館でイルカが見られるのは、ショーとこのフロアだけ。本当ならすぐにでも出たい気分だったけど、今日は彼のお誕生日だ。思う存分、楽しんでほしい。

「なら行きましょう。ね？　大丈夫だから」

しかし、そう意気込んで歩き始めたものの、人の波にさらわれてうまく進めない。

「ちょっと……」

「はい？」

「嫌なら、言って」

「え？」

うしろにいた燈哉さんが、すっと私の前に出る。

彼の背中に鼻をぶつけそうになっていた私は、手に触れた温もりに驚いて大袈裟(おおげさ)に体を揺らしてしまった。

「大丈夫？」

「だっ、大丈夫です」

声が思いっ切りひっくり返った。誰が聞いても全然大丈夫じゃなさそうな声だった。

「ゆっくり見られそうな場所まで行くから」

「は、はい……！」

男性と手を繋いだのは相当久しぶりで、私は盛大に混乱していた。

なんせ幼稚園から女子校で、基本的に男性に免疫(めんえき)がない。

こんな状態で、ベッドを共にする覚悟があるだなんてよく言えたもんだと、自分を指差して笑いとばしたい気分だ。

「出たかったら早めに言ってくれ」

「はい……」

ぎゅっと握られたその手を、反射的に握り返す。

こちらを振り向いた彼が、困ったように眉尻を下げている。なのに唇の端は少しだけ上がっていて、私はどうしたらいいのかわからず、つい下を向いて視線を外してしまった。

ある程度進んで、宣言通り人波の途切れた場所で歩みを止めた彼に、そっと手を引かれる。

「あれかな。混んでる理由」

燈哉さんの声に、おずおずと顔を上げた。

そこにはいくつもの光の筋が重なり合っていて、イルカたちを照らしている。

何頭かが寄り添いながら自由に泳ぐその中に、一際小さなかわいい影が見えた。

よくよく見ると、ここにいるほとんどの人が、私たちと同じ方向を見ている。

「わぁ……っ、かわいい！」

「うん」

混雑の正体は赤ちゃんイルカだった。

お母さんイルカにぴたりとくっついて、片時も離れないでいる。かなり速いスピードなのに、大きなイルカたちと一緒になって泳いでいる。

「ずーっとお母さんにくっついてますね！」

「速い」

「ね、上手に泳いでる。混雑も納得ですね」

彼と話しているうちに、いつの間にか絡めるように繋がっていた指先。それが気になって仕方ない。

私の手を引いて人混みを歩き始めた彼の背中は、とてもとても頼もしく見えて、合わさった掌（てのひら）には、どうしてか大きな安心感を覚えている。

大人になってから誰かに手を引いてもらって歩くと、こんな気持ちになるんだ。初めて味わう感情について思案し、少しだけ眉根を寄せた。

「どうした？」

「……なんでもないです」

思わず彼をじっと見つめてしまい、慌ててイルカに視線を戻す。

触れ合う肌が、むず痒くて恥ずかしい。なのに、ほっとする。

唐突に抱いたその気持ちに少し戸惑いながら、冬だというのにむせ返りそうな熱気の中で、自分の体温すらも上昇していくような感覚に襲われた。

9　奥さん、隠す。

イルカのトンネルを隅々まで堪能した私たちは、次にふれあい広場へ向かうことにした。

繋がれた指先は、トンネルの出入り口で解けてしまった。

ペンギンパレードの行われるふれあい広場には、小さなステージが用意されていた。

イルカのトンネルほど人は多くないが、それでもかなりの人数が集まってきている。

「始まる」

「あっ！　ペンギン！」

赤や緑や白の、クリスマスカラーのマフラーと帽子をまとったペンギンたちが、サンタクロースの格好をした飼育員さんとステージを行ったり来たりしている。

ちゃんと一列に並んで一生懸命飼育員さんに付いて行き、ご褒美(ほうび)に魚をもらうかわいらしい姿には、ただただはしゃぐしかない。

ステージから下りてきたペンギンたちが、私たち観客の前を通過していく。

「触っていいですよー」という飼育員さんのアナウンスに、私も手を伸ばしてペンギンに触れた。

「かっわいい……！　たまらん……！」

ペタペタと歩いて、客席をくまなく回るペンギンを視線で追いかける。けれどその姿は、すぐに見えなくなった。

「ペンギンが一番好き？」

「んー、一番って難しいです。ペンギンもイルカも好きだし、エイも好き。熱帯魚も好き！」

「そう」

彼の頬が緩む。それは馬鹿にしたような笑みではなく、一生懸命耐えてるのについ笑ってしまったような、柔らかい微笑みだった。

「ペンギン、今どのへんにいますか？」

「うしろから二列目辺り」

「そっか。じゃあ、そろそろパレードも終わりですね。羨(うらや)ましいなぁ……」

「なにが」

「燈哉さんが。背が高いと、人混みでも埋もれないじゃないですか。周りの人たちよりも頭ひとつくらい飛び出してるから、こういうパレードもよく見えるだろうし」

「別に、そんなにいいことじゃない」

「そうですか？　羨(うらや)ましいけどなぁ」

チビの嫉(そね)みを聞いた燈哉さんは、手の甲で口元を押さえて下を向いてしまった。ただ、気を悪くしたわけではないらしい。じゃあなんなんだと追及してみたけれど、はぐらかされてしまった。

パレードはあっという間に終了し、最後にステージへ戻って来たペンギンたちと手を振って別れる。

次いで、ふれあい広場で海の生き物たちと少し遊んでから、本日最後のイベントである白イルカのショーを見るために、屋外の会場へと移動した。

「わぁ……」

私の小さな呟きは、雑踏にかき消される。

ショーの会場は半円形で、奥にあるステージとイルカの泳ぐプールがよく見えるよう、客席は階段状に設置されている。

ショーの開始まではまだ時間があるにも拘(かか)わらず、すでに満席状態だ。

白イルカの登場を心待ちにする観客のざわめきが、耳に響く。

「かなり上の席まで行かないとだな」

彼の言葉に頷いて、階段を上り始める。

ゆっくりゆっくりと、私の歩幅に合わせて彼は階段を上がってくれて、気遣いがとてもありがたかった。

「あっ、燈哉さん、あそこ空いてますよ」

ショーの始まる少し前に、ふたつ並んだ空席を見つけることができ、ようやく腰を落ち着ける。

プラスチック製の椅子は気温に比例しとても冷たくて、ミニスカートを穿いているため飛び上がりそうになってしまった。吹き抜ける風もまた、肌を冷やす。短いスカートで来たことを激しく後悔した。

調子に乗って六十デニールのタイツなんか穿いた朝の自分を本気で殴りたい。

この寒さには六十デニールでは太刀打ちできない。完全に百二十デニールの出番だった。

ちょっとでも脚が細く見えるようにと見栄を張った私のバーーカ……！

どれだけ悔やんだところでタイツの厚さについては今更どうにもならない。ただ、椅子の冷たさには徐々に慣れてくる。

「始まりますね」

脚の震えがようやく収まった頃に、ショーの開演を告げるアナウンスが流れた。

「寒い？」

「うーん、さっきよりはだいぶ慣れました」

「……これ」

なに、と、聞き返すよりも早く、私の首元に黒いマフラーが巻きつけられた。

驚きながらふわふわのマフラーに指で触れる。私が好んで使っている柔軟剤と似た香りが、ふわりと鼻を掠めた。似ているけれど少し違う。ほっとして気持ちが落ち着くような、不思議な感覚。

いい匂いだなぁ……

そう考えた瞬間、はっと我に返り急いでマフラーを首から外した。

「燈哉さん、ありがとう。でも、大丈夫だから」

彼の香りを盗み嗅ぎしたようで、うしろめたい。目を合わせられなかった。マフラーをなんとなく折り畳んで彼の膝の上に載せ、ふう、と息を吐く。

すると、マフラーを手に取った燈哉さんが、またそれを私にぐるぐると巻き付けて小さく首を横に振った。

「ほんとに平気だよ。燈哉さんだって寒いでしょう？」

爽やかな柔らかい香りが戻ってくる。ふわん、ふわん、とまるで香りが揺れているよう。

「あの、ファンデーションとかついちゃうと困るし」

「気にしない」

「でも」

「しっかり巻いとけ……、風邪引くぞ」

彼の指先がまたマフラーに触れて、私の鼻がすっぽりと隠れるように、ふわふわの布地を丁寧に調節してくれる。香りが一段と濃くなって、頬が熱くなった。

「さっきの話だけど」

どうしてか、とても真剣な表情でマフラーをいじりながら、彼が口を開く。

なんの話かわからず、ぱっと顔を上げると、至近距離に綺麗な瞳があった。

「背が高いのは、別にいいことじゃない」

先に目を逸らしたのは彼のほうだ。口元を不自然に押さえて、明後日のほうを見ている。

「あっ、身長のこと……？　どうしてですか？」

少し困った顔をして、太腿に片肘をつき、そこに顎を乗せた（書類上の）旦那様。

非常に前傾姿勢で、かなり辛そうな体勢に見える。

「こういう、ショーとか映画館とか……俺のうしろの人は迷惑だろう」

ぱちぱち、と瞬(まばた)きを繰り返しつつ、一瞬言葉を失ってしまった。窮屈(きゅうくつ)そうに丸まっている彼の顔を覗(のぞ)き込むため、私も体を前に倒す。

長身というのは、世間一般ではプラスと考えられる事柄だ。男性の場合は特に顕著(けんちょ)だろう。

「そ、それで、その体勢……？」

「……昔、子供に『全然見えない』って泣かれたことがあったから」

なのに彼はそれをマイナス要素として挙げ、周囲への配慮を口にした。迷惑だと言い切り、大きな体を小さく丸めているのだ。

「今日、うしろ大人の方ですよ……っ？」

尊大とは真逆のその態度が、好感という感情と共に小さな笑いの波を運んでくる。本人は至って真面目なのがおもしろくて、込み上げる笑いで声が震えてしまった。

「うしろの人が見えるか見えないかを気にするより、自分が丸まったほうが早い」

私は、ふわふわの黒いマフラーに手をかけ、ぎゅっと握りしめた。

かわいい理由だな、なんて浮かんだ想いを、マフラーの中に隠した。

「白イルカ、出てきたぞ」

「あっ、ホントだ。あの、貸してくれてありがとうございます」

イルカの動きを目で追いかけている燈哉さんに、小さく頭を下げる。すると彼は、頭を動かした拍子にマフラーが下がった分、おまけのように引っ張って直してくれた。

10　奥さん、混乱する。

主役の去ったプールを、放心した顔つきで（書類上の）旦那様が眺めている。ショーの間中、燈哉さんは食い入るようにして白イルカを見つめていた。

空いっぱいに広がる夕焼けを見上げながら、彼が動き出すのを待つ。

「……そろそろ行くか」

「はい」

彼のうしろの席の人は、あれだけ背中を丸めてもらったら、前方になんのストレスもなくショーを楽しめただろうな。

立ち上がった時にうしろの座席が目に入って、思い出し笑いをしてしまった。もちろん、そこにもう人はいないけれど。

これで今日の予定は終了。楽しい時間が過ぎるのは、あっという間だ。

「ああっ！」

とてつもなく大切なことを思い出して、目を見開き叫んでしまった。（書類上の）旦那様が振り向いて「どうした？」と、声をかけてくれる。

どの時間も楽し過ぎてすっかり忘れていた、なんて、言い訳にしかならないだろうか。うん、多分言い訳だ。今日なんのためにここへ来たのか、浮かれていないで思い出せ！と脳内で自分をはり倒した。このまま帰ってしまったら、結局形のある誕生日プレゼントはなにも用意できないままになってしまう……！

「私っ、ちょっとお土産（みやげ）屋さんを見て来てもいいですか？」

「いいけど……」

「時間かかるかもしれないので、燈哉さんもどこか建物の中にいて下さいね。外、寒いですし！」

「……わかった」

「終わったら電話しますね」

「急がなくていいから」

「はーい！」と返事をしつつ、小走りで手を振った私に彼は苦笑していた。

小走りどころか本気のダッシュで、なにか記念に残るようなプレゼントを探すべく、お土産（みやげ）屋さんの立ち並ぶエリアまで戻る。

肩で息をしながらお店の中に足を踏み入れると、お昼頃とは違って割と混雑していた。

彼の好きなものなんて、この一日の中で知ったイルカぐらいしかわからない。

普段の私は、プレゼントをするならサプライズよりも本当にほしいものを、と考えるのに、この気持ちは、一体どこから湧き上がってくるのだろう。

どのお店も強めの暖房が効いていて、冬だというのに汗をかきそうだ。汚したらまずい、そう思って、彼のマフラーを急いで首から外した。

ああ、返してから来ればよかった。イルカショーの時も寒かったろうに、彼のほうこそ風邪を引かないといいけれど。

窓の外を見ると、外はもう真っ暗。太陽は完全に沈んでしまい、月が顔を出している。

これ以上、彼を待たせるわけにいかない、と気持ちばかりが焦る中、いくつものお店を行き来して棚という棚を覗いて回った。

けれど、誕生日プレゼントという観点で品物を探すと、なかなかよいものは見つからない。

うんうんと唸りながら額に手を当てていると、ある棚の前で唐突にひらめいた。

――誕生日プレゼントではなく、私からのお土産としてなにかを渡すのはどうだろう。

それはとても名案のように思えて、心がぴょんぴょんと跳ね回った。お土産としてならば、これに決まりだ。

目の前の商品をひっ掴んでレジへと駆け込み、会計を済ませて彼に電話をかけた。

（書類上の）旦那様は、フードコートにいるそうだ。

高揚そのままに、すぐに向かいますと大きな声で伝え、通話を終了させる。全力疾走で彼のもとへと向かった。

「燈哉さん」

フードコートの入り口に出て待っていてくれた彼に、駆け寄って声をかける。

「おかえり」

彼は遠慮がちに、私の頭にそっと触れた。そしてそのまま、まるで子供を褒めるみたいにして撫でてくれる。こんな風にスキンシップを取るなんてこと、結婚してから今まで一度もなかったのに。彼のほうから、頭を撫でてくれるだなんて。一日のうちに、二度も。

また少し距離が近付いたような気がして嬉しかった。しかも、嬉しいと、はっきり感じた自分になんの疑問も持たなかった。そして同時に気恥ずかしくもあり、つむじに彼の温もりを感じながら俯いてしまう。

すべてが嬉しくて、くすぐったい気分だ。コミュニケーションを取るという目標を掲げてから少しずつ繋がるようになった会話も、ほとんど表情を動かさなかった彼の笑顔を目にしたことも。彼の変化と、自分自身の心の変化も。

お互いに歩み寄ることが、それを実感することが、こんなにも温かい感情を連れてくるなんて、知らなかった。

「た、ただいま。お待たせしちゃって、本当にごめんなさい」

「そんなに待ってないから」

待っていないはずがない。私が買い物に出た時には夕焼けの色に負けていたイルミネーションが、今はもう、はっきりと見えるのに。

「あの、ありがとう」

彼の気遣いに、私は頭を下げた。

「ずっとフードコートにいたんですか？」

「いや、イルカのトンネルをもう一度見に行ってから出て来た」

「そうなんですね！　どうでした？」

「本当に空を飛んでるみたいで、綺麗だった。夕焼けだったから、余計に」

「そっかぁ。さっきよりは、ゆっくり見られましたか？」

「そうだな、人の数はかなり減っていた」

「じゃあ、あの時がピークだったのかもしれませんね。夜になると、水槽がライトアップされてまた違うみたいですよ。もう一度、見に行ってみますか？」

「……いや、それはまた今度にしよう」

また今度。

その言葉が、私を舞い上がらせる。あからさまに機嫌よく笑ってしまった。

「また来よう。今日は、楽しかった」

楽しかった、なんて、言葉にして伝えてもらえるとは思ってもみなかった。

「私も、すーっごく楽しかったです！　また一緒に来ましょうね」

「そう、か。よかった……」

並んで歩く距離感も、朝よりずっと近くなった気がする。広場中央の大きなクリスマスツリーを、彼とふたり、足を止めて眺めた。

「燈哉さん」

「ん？」

「あの、これ……」

大慌てで買ったプレゼント、もといお土産の入った紙袋を彼に差し出す。

柄にもなく手が震えていて、どうしてこんなに緊張しているのか自分でも理由がわからない。

「本当はなにかお誕生日のプレゼントを、と思って探したんですけど、なかなかいいものが見つからなくて。なので、これはその……、私からのお土産です」

「お土産？」

こくこくと何度も頷いて、緊張を逃がすために大きく息を吐いた。

「一緒に来たのに……？」

「う、……はい」

優しい笑顔で私を見下ろしながら、燈哉さんはお土産の入った紙袋を持ち上げた。

「ありがとう。開けていい？」

「あ、はい。どうぞ」

長い指が、包みを丁寧に丁寧に剥がして中身をつまみ上げる。

「イルカ」

彼は破顔して目を細めた。こちらが嬉しくなるような無邪気な笑顔だ。楽しげな笑い声が零れる。

「……の、枕です」

「しかも低反発だ」

「燈哉さん、いつもリビングのソファで寝るから……。枕使ってないし、これがあったら楽かなって。買ってきてからであれなんですけど、もしかして枕を使わない人ですか？」

「いや、使うよ」

「よかったー……。合わなかったら遠慮なく言って下さいね。私が使いますから」

「やだ」

「えっ？」

「俺が使う。ありがとう、最高の誕生日プレゼントだ」

「や、だからそれ、お土産で……」

「誕生日にもらったんだから、誕生日プレゼントでしょ？」

「そ、そうなんですけど。そうなんですけどねっ」

「嬉しい。大切にする」

その声色は甘く、ありがとうと囁く笑顔はまるで別人のように柔らかい。話し方まで、いつもとは全く違う。

——まただ。姿形は間違いなく彼なのに、まるで中身だけ誰かと入れ替わったみたいだ。いつもと全然違う彼は頬を染め、イルカの枕をぷにぷにと、いじっている。

〝ギャップ〟で片付けるには少々無理がある。なのにどうしてだろう。不自然な彼のごく自然な仕草に、視線に、戸惑いを強く感じながらも、それだけじゃないなにかが胸の奥で音を立てる。指先は冷えていくのに、心のどこかが少しずつ熱くなっていくのだ。

ぎゅっと拳を握り、大袈裟な深呼吸をする。

「燈哉、さん……？」

「どうした？」

優しく目を細めた彼の、とろけてしまいそうな眼差し。

まともに見ていられず、きょろきょろと視線が泳いでしまう。

「あ、えーっと……」

問いかけに意味なんてない。本当に彼なのかと、名前を呼んでみただけだ。

じっと見つめられるのには随分慣れたと思っていたのに、そんな熱の籠った眼差しを寄越されるとどうしたらいいのかわからなくなる。

「あっ、あの、燈哉さんって早起き苦手ですよねっ」

羞恥をごまかすために口を開く。咄嗟に出てきたのは、あらかじめ用意していた質問だった。

彼との会話が成立しているこのチャンスに、ずっと聞きたかったことを尋ねてみようと意気込む。今を逃したら、いつまた話ができるかわからない。

「うん、まぁ、得意ではない」

「じゃ、じゃあ、なんで毎朝早起きしてお風呂の掃除をしてくれるんですか？」

「……突然どうした？」

「その、私のお風呂の洗い方とか、家事の仕方が気に入らないのなら言って下さい。ちゃんと直しますから！」

握った拳を片手で押さえて、更に力を加える。どれだけ必死なんだと笑われてもいい。事実必死なんだから。

「っ、気に入らないなんて、そんなこと思ってない」

彼はイルカの枕を両腕で抱いたまま、悲しそうに顔を歪めた。

「そんな風に思ってたのか……、ごめん……」

「いいえ、別に謝っていただきたいわけではなくてですね。理由を、教えてもらえたらと……」

「嫌いだろ？」

「えっ？　なにがです？」

「家事」

「ええ!?」

そんな話、今まで一度だってしたことがない。なのに、驚いた私を見て、彼も同じように驚いている。

「別に嫌いじゃ、ないですよ……？　得意かどうかと聞かれると得意ではないけど、結婚したんだし家のことは私が……」

「無理しなくていい」

「むっ、無理なんかしてない！」

「結婚しなければ、やらなかったことだろう」

「そうだけどっ、でも、ひとり暮らししてた時は自分で全部やってました！」

言い返さずにはいられなかった。

「無理しなくていい」「やらなくていい」――その言葉はもう聞き飽きている。どうしてそう思うのか理由が聞きたいのに、彼はイルカの枕に視線を落としたまま口を噤(つぐ)んでしまった。

「私、ぼーっとしたまま一日を過ごすのは性(しょう)に合わないんです。燈哉さんは働いて私を養ってくれてるんだから、私だって燈哉さんのためになにかしたいし、家事くらいやりたいよ。それはそんなにいけないことですか⁉」

だめだ、泣きそう。じんわりと熱くなってきた目頭を押さえて、なんとか感情の高ぶりをやり過ごす。この話題になると、やっぱり彼は途端にわからず屋になる。結局、また理由も教えてもらえないのだろうか。

「……泣かないで」

「泣いてない」

――冷静に、冷静に。細かく震える指先を握りしめて、自分に言い聞かせた。このままでは、せっかくの機会が無駄になってしまう。やっと話せるようになったのに。

詰めていた息を吐き切って、唇を引き結ぶ。きつく目を閉じ、緩みかけた涙腺(るいせん)をなんとか引き締めようと躍起(やっき)になる。

すると、強い力で唐突(とうとつ)に腕を引かれ、つんのめって倒れそうになった。そこで待っていたかのように腕を広げた彼に、抱擁を受ける。わけがわからず彼の腕の中で身じろぐと、離さないとでも言うように、より強く抱きしめられてしまう。

抱きしめられる感覚が、あの香りが、彼の鼓動が、混乱の渦をますます大きくする。

「いてくれるだけでいいんだ」

彼が切ない声で訴えるから、堪えていた涙が目の縁を滑って頬に落ちてしまう。答えは得られたはずなのに、謎は増え続ける。どういう意味なのか聞き返そうとしても、口を開いたら余計に泣いてしまいそうで、なにも言えなかった。

「……顔、隠して」

掠れた囁き声は、どんな気持ちで発されたものかわからない。

彼は腕の力を緩めると、私が手に持っていた黒いマフラーを引き取り、首に巻いてくれた。鼻まで隠されて息が苦しい。泣きながらもごもごと文句を言うと、マフラー越しに頬を手で包まれた。

「泣き顔、誰にも見せたくない」

少しずれたマフラーをまた引き上げられて、手を引かれる。

刺すような冷たい風が、マフラーに隠れていない肌にぶつかる。高らかに流れるクリスマスソングが歪んで聞こえた。

――無表情で、ぶっきらぼうで、必要最低限も喋らなくて。

感情の起伏も見せなくて、たまに吐く嫌そうなため息と「ああ」だけで会話を済ませようとして、都合が悪くなると聞こえないふり。なのにいつだって私を気にかけているということを、行動で表現するわけのわからない人。

出会ってからの三ヶ月と、結婚してからの半年。私の見てきた、私の知っている水嶋燈哉とは、そういう人だ。

なら、今、私の手を引いて歩いているこの人は一体誰なんだろう。どっちが本当の、燈哉さんなの。

心の中に渦(うず)巻く疑問を上手く言葉にできず、私たちは重苦しい空気と沈黙を守ったままアーケードを抜け、車に乗り込んだ。

なにか話さなければと思ったけれど、結局どの言葉も選べない。車がゆっくりと発進する。

彼の二十八歳のお誕生日。初めての「お出かけ」は、こうして幕を閉じた。

言葉にならない感情を残して。

11　旦那さん、熱に浮かされる。

「三十九度二分……。風邪ですかね……」

翌朝、ソファに寝たまま妻に体温を測られた。面目(めんぼく)なくて、どう言葉を返していいのかわからない。

「昨日、私がマフラーを借りちゃったから」

「……いや」

昨日の朝、いや、正確には一昨日(おととい)の夜から、体が重いような気はしていた。風邪を引いたのは誰でもない、自分のせいだ。昨日、水族館に出かけた時、妻にマフラーを貸したことは全く関係ない。

「ごめんなさい」

ソファで寝転がっている俺を、彼女が悲痛な表情で覗(のぞ)き込む。

慌てて起き上がって、熱は一昨日(おととい)の夜からあったかもしれないから、昨日のことは関係ないと伝えたところ、その表情は一変した。

「一昨日(おととい)からって、昨日は無理してたってことですか!?」

「いや、そういうわけでは」

「そうか、だからかっ」

「え……?」

「昨日の燈哉さん、いつもと違ったもん！　帰り際だって……」

「昨日は、その……」

熱のせいで普段とは違う態度だったのか、という質問に答えるならば、半分はそのせいかもしれない。自制が利かなかったのは、熱のせいもあるだろう。けれどもう半分は違う理由だった。

とはいえ、それを彼女に説明するわけにはいかない。

「少し、おかしかったというか」

「あの、それって本当に全部、熱のせいですか？　昨日の燈哉さんがいつもと違ったのは、他になにか……」

胸のうちをずばり言い当てられて、頬が強ばった。

「なにも」

「……そう、ですか」

身勝手で苦しまぎれでも、〝熱のせいでおかしかった〟と押し通すしかない。昨日の俺は確かに最悪だった。八割は素であったと言っていい。あまりにもかわいらしい言動や表情を連発する彼女に、感情の抑えが利かなかった。

いつもより長く喋ってしまったし、堪えきれず笑ったりしてしまった。そしてその言動は、彼女に〝かわいい〟と思われてしまったらしい。今までの苦労がすべて水の泡になったかもしれない。息を詰めて、彼女の言葉を待つ。

「体調が悪いのに長時間運転させて……。あーもうっ、気づかなくてごめんなさい」

納得してくれたのか、あえて追及せずにいてくれるのか……。恐らく後者だろう。彼女の優しさをまた利用したような気がして、胸が痛む。

そのくせ、ほっとしているのだから性質が悪い。

「多分、朝はそれほど高くなかったと思う」

「でも今三十九度二分ですよ!? そうだっ、お医者様に来てもらいましょう」

「寝ていれば治る」

「治るわけないでしょう。インフルエンザだったら、どうするんですかっ」

かわいらしく声を上げ続ける彼女に、笑みが込み上げる。けれど、それを必死に戒めた。

とりあえず様子を見るから大丈夫だと何度も伝えたところ、顔をしかめながら「明日になっても熱が下がらなかったらすぐに医者を呼ぶ」と彼女が言う。

それに頷いて、俺がソファに横になろうとした時、彼女が待ったをかけた。

「寝室のベッドで寝て下さい。ソファで寝るよりもゆっくりできるだろうし、ここだと、私の出す物音がうるさいでしょう？」

――いや、リビングで彼女が家事する姿を眺めながら寝ていたほうが、癒されて早くよくなると思う、とはもちろん言えない。

それに、今更かもしれないが彼女に風邪がうつったら申し訳ないと思い直し、渋々寝室へ移動する。

寝室に足を踏み入れるのは何日ぶりだろうか。一度も使っていない自分のベッドに横たわると、掛け布団のカバーからも枕からも、彼女が好んで使っている柔軟剤の香りがした。

全く使っていないのに、定期的に洗濯をしてくれていることに気付き感動してしまう。だから、それを言葉にして伝える。できる限り、短く。

「洗って……？」

「あ、はいっ。シーツもカバーも洗濯したばかりだから、安心して眠って下さいね」

――にっこりと笑って布団をかけ直してくれる彼女を、このベッドに引っ張り込むことができたらどれほど幸せだろう。

熱があるとわかった途端に、邪なことばかり考えてしまう。ああ、まずい。想像しただけで眩暈が酷くなってきた。

「着替え、ここに出しておきます。汗をかいたら、まめに着替えて下さいね」

「ありがとう」

「いえいえ。とりあえず薬を飲まないと……。燈哉さん、車を借りてもいいですか？」

「いいけど、どこに？」

「薬局とスーパーに行ってきます。とりあえず市販薬で様子を見ましょう。なにか食べたいものはありますか？」

「いや、特には」

「じゃあ、ゼリーとプリンなら、どっちが食べられそう？」

「ゼリー、かな」

「わかりました。雑炊（ぞうすい）は？　嫌いじゃない？」

「嫌いじゃない」

「よしよし。じゃあ、ゆっくり寝ていて下さいね」

そう言って微笑んだ彼女の、なんとかわいらしいことか。

大きな目が、その口元が、優しく弧を描く。

「気をつけて」

「はーいっ」

パタパタと軽い足音を響かせて、彼女が寝室を出て行く。

彼女の手を煩（わずら）わせてしまって、申し訳ない。つくづく情けない自分が嫌になる。

彼女が出かけるなら、本当は自分付きの運転手を呼びたいところだ。そのほうが安全だと思うから。だけど、多分彼女は嫌がるだろう。

そんなことを考えていたところ、起きたばかりなのに、もうすでに睡魔が襲ってきた。

爽やかで柔らかい香りに包まれながら、目を閉じる。彼女が愛用しているこの柔軟剤が好きで、似たような香りの香水を買ってみたが、やはり本物には敵わない。

彼女と同じ香りに包まれているとそれだけで、言いようのない幸福感が全身に広がる。

——そのまま眠りについたからだろうか。次に意識が浮上した時、霞む視界の向こうに彼女がいた。俺の額に手を当てて、心配そうに眉をひそめている。

少しだけ頭を動かして彼女を見上げると、かわいい目が優しげに細まった。俺の額に触れていた彼女の手が、今度は頬に移動する。親指で肌をなぞられたその瞬間、ああ、これは夢だと、確信した。現実世界の彼女が、こんなに愛しげな手付きで俺を撫でるはずがない。

「なんだ、夢か……」

声に出してみると、視界が余計にぼんやりした。でも、自分の発した声は耳に届いている。

「燈哉さん？」

彼女の声も、ちゃんと聞こえた。夢の中でも。

どうやら今日は運がいいらしい。いつも見る夢では、音が聞こえないことのほうが多いから。

「桜」

現実ではなかなか呼べない愛しい名前を、ここぞとばかりに声にする。

眠りにつく前に想像したのと同じように、彼女の手を取りベッドの中へ引っ張り込んだ。

「えっ、とっ、燈哉さん!?」

驚きの声を上げ続ける彼女を、思う存分抱きしめた。苦しい、と言われて笑ってしまう。やけにリアルな夢だ。この手に感じる彼女の熱が愛しい。今日は、本当に運がいいようだ。

少しだけ腕の力を抜くと、するりと体の向きを変えた彼女に、背を向けられてしまう。

昨日、水族館で抱きしめた時に腕の中で身じろいでいた彼女と、随分似た反応だ。余計にかわいく感じてしまって、締まりのない笑いを漏らした。

「かわいいなぁ……」

夢の中でまで人格を偽る必要はないだろう。素のまま振る舞ったところで、なんの問題もない。

本当は、本当の俺は、彼女を甘やかしたくてたまらないのだから。

昨日は、それが前面に出てしまった。

笑顔を惜しみなく向けてくれる彼女が愛しくてたまらなくて、会話が繋がることが嬉しくて、本当に幸せで、我慢できなかった。

あのイルカの枕は、間違いなく人生で最高の誕生日プレゼントだ。

水族館もイルカも、本当は然して興味なんてなかった。

でも、昨日見た白イルカはとても美しくて、ショーには見入ってしまったし、ペンギンも彼女の言う通りかわいいと思った。ペンギンにはしゃぐ彼女のほうが、何倍もかわいかったけれど。

彼女のおかげで水族館もイルカも好きになった。

また一緒に、夜の空を飛ぶイルカを見に行きたいと、心から願っている。

繋いだ手は小さくて柔らかかった。離したくないと思ってしまうほどに。

「顔を見せて。こっち向いてよ」

少しだけ体を起こして、幻想の彼女の耳元で、囁いた。彼女は首だけを回して、自分の肩越しにこちらを見つめている。恥じらいの籠った唇が、薄く開く。たまらない気持ちになって、そのまま彼女に覆い被さった。

驚愕に揺れる彼女の瞳と、昨日よりもっと近い場所で視線を合わせる。微動だにしない体の横に手をついて、唇を合わせた。

「んっ……!?」

かわいい唇に吸い付いては離れて、羞恥に染まっていく彼女の表情を凝視する。

愛しくて愛しくてたまらない彼女の恥じらう姿を、好きなだけ堪能した。

そしてそれは、そのまま欲望に直結する。

小さなボタンのついた白いニットと、色の濃いデニム。服装まで先ほど部屋を出て行った彼女とまるで同じだ。

俺の妄想力が逞(たくま)しいのは知っているが、そっと手を這(は)わせた丸い膨らみの感触までが、あまりにリアルで感動してしまう。

「あー……、柔らかい……。感動……」

ニットの上から、やわやわと胸に触れる。

待って、とかわいい唇が囁いたので、くすくすと笑いながらまたキスをした。その言い方がいかにも彼女らしくて、嬉しくなったのだ。

吸い付いた唇に舌を這(は)わせると、彼女の目蓋(まぶた)がぎゅっと閉じてしまう。遠慮なく彼女の口内に舌を差し入れ、彼女の舌をちろりと撫(な)でる。

柔らかい舌を舐(な)めしゃぶり、指の先に力を入れて膨らみをふるふると揺らす。すると、舌を擦(こす)り合わせている口の中から、かわいい吐息が漏れた。

困惑に混じる艶(つや)やかな魅力に、熱に浮かされた体が一層強く反応する。

「もっと口開けられる？　舌を伸ばして」

「やっ、無理ぃ……」

「ほら、手伝ってあげる」

じゅっ、と彼女の舌に吸い付き、顎の先をくすぐった。

「ん……、上手だね」

こんな夢を、今まで何度見ただろう。

この幸せな夢が、現実になる日はやってくるのだろうか。

彼女が「倉木」の娘だと知り、彼女の見合い相手になるため、親父に頭を下げて水嶋の家へ戻って、四年。

水嶋の情報屋を使って彼女の情報を得られるならば、死ぬほど嫌いだった親父の言いなりにだって、喜んでなろうと思った。

彼女の経歴、人となり、周囲の評判。

無機質なデータでも、「倉木桜」という名前があるだけで、それは俺の宝物になった。

俺と同じような世界で生きてきたにも拘わらず、彼女は親の敷いたレールの上をただ歩くだけでなく、自分で考え行動しているのだと知った。強く自由に生きる彼女に、強烈な憧れを抱いたのだ。そして、もっと彼女のことを知りたいと願った。

ただ檻を攻撃し、そこから出ることばかり考えていた自分を、初めて恥ずかしいと思った。

彼女に見合う人間になりたい。

彼女の隣に立つことを許される男になりたい。

来る日も来る日も願い動き続けてやっと手にした、彼女の夫という肩書き。とはいえ、婚姻という事実だけがほしかったわけじゃない。俺が、本当にほしいものは——

「はぁ……、ん、んぅっ！　も、苦しい……！」

「じゃあ、ちょっと休憩」

彼女の目尻に浮かぶ涙を拭い、そこにそっと唇を落とす。途端に昨夜の彼女の涙が脳裏を掠め、肩で息をする小さな体をきつく抱きしめた。

泣かせるつもりなど、毛頭なかった。

だけど、どうしても、理由は話せなかった。

彼女の理想に近付こうと努力すればするほど、空回りしているような気すらする。彼女の言う通り、家のことは任せてしまえばいいのか。

それが彼女の負担になると、わかっているのに？

彼女が家のことを一生懸命やってくれるのは、倉木の家族を守るため。

俺との婚姻関係を保とうとしているのも、俺に優しく接してくれるのも、全部家族のためだ。

そんな心配しなくても、倉木家の事業をどうこうするつもりなんて毛頭ない。でも、ずるい俺は、そうとは言えないのだ。伝えてしまえばすぐにでも、彼女は離婚を切り出すかもしれない。だからせめて彼女に負担をかけないよう、先回りして家事を禁止している。

何事にも懸命に取り組む彼女が、頑張り過ぎてこの結婚生活にうんざりすることのないように。

そんなことを考えながらも体は正直で、ここぞとばかりに幻想の彼女に触れたがってしまう。

ニットとキャミソールをずり上げて、胸を下着ごと揉みしだく。

素肌に唇を落とすと、俺の体の下で、彼女が肩を震わせ首を横に振った。そのたびに、美しい黒髪が波を打つ。

白い肌の上を黒い髪が流れる様は艶かしく、鼻をくすぐる彼女の香りも相まって、余計に興奮した。

強引に上の下着をずらし、胸の先を舌でくすぐる。そこがぷっくりと芯を持っているのは、彼女が感じている証。ぢゅ、と音を立てて吸い付くと、明らかな喘ぎが耳に届いた。

「気持ちいい？」

「わ、わかんない……っ」

「そっか。じゃあ、気持ちいいって言ってもらえるまで、頑張ろうかな」

「やぁっ、なに言って……！　あっ、んん……っ」

もう片方の胸の先を、指で優しく弾く。人差し指から小指まで一本ずつ順に弾いてやると、喜悦（きえつ）を表すようにびくびくと反応してくれる。

片方を口に含んで刺激を与えながらそれを何度も繰り返し、やだぁ、という舌ったらずな甘えた声に耳をすませる。

彼女の艶声（つやごえ）が一際大きくなる愛撫を、ひたすら模索した。

舌の先に感じる感触に歓喜しながら彼女を見やると、潤（うる）んだかわいい瞳と視線がぶつかる。

どこか呆然としている、その表情がまたかわいい。

小さな鼻と薄い唇。感情をそのまま表現する素直な瞳。柔らかな頬。

彼女の視線の先にいるのは自分だけ。今この瞬間の彼女は自分だけのものだと思うと、欲望が煮えたぎって止まらない。

「待っ、てぇ……っ！　あっ、んん……っ、とう、や、さん……っ」

喘（あえ）ぎの間に自分の名前を呼ばれて、背筋にぞくりと痺（しび）れが走る。熱を持った昂（たかぶ）りが疼（うず）いて仕方ない。

かわいい、かわいい、かわいい。

頭の中が同じ言葉で埋め尽くされていく。

この甘い声を、何度でも聞きたい。

目が覚めても忘れずにいたい。

この手の温もりとこの声が、本物だったらいいのに。

「見て、ここ」

ちゅぱ、とわざと大きな音をたてて彼女の視線を誘う。

「舐めすぎて赤くなっちゃった。かわいいね」

彼女の視線がこちらに向いたのを確認し、胸の先を舌の上で転がす。

「も、燈哉さん……っ、どうしたのぉ……っ」

「うん？　気持ちよくなってほしくて。ああ、肩がびくびくしてる」

「だっ、て。燈哉、さんの……」

「うん。俺の？」

「息が、く、くすぐったい……」

「そっか。ごめんね」

一度口を離してから、わざと見せつけるように舌を伸ばし、胸の先に触れるぎりぎりの場所で、顔を左右に小さく動かした。

「んあぁっ」

かわいい喘ぎに笑みが零れる。もっと、もっと聞きたい。

今度はきっちり口に含み、円を描くように胸の先を刺激する。

　大きくなった艶声を聞きながら、反対の胸をくにゅくにゅと揉んで感触を楽しんだ。

「かわいい……」

「そ、んなとこ、かわいくない……っ」

「かわいいよ。真っ赤になって震えて……、俺のせいでべたべたになってるのも、すごくかわいい」

「うう……、恥ずかしい……」

　俺の言葉で顔を赤くして、もじもじと膝を擦り合わせて……、ああ、もう最高だ。その姿をもっと見たい。

「反対もする？」

「ええ……？」

「こっちはまださっきみたいに舐めてない」

　胸を揉みながら、人差し指と中指で先をくりくりといじる。

　ここだよ、と視線を合わせて言うと、彼女はピンク色に染めた頬を押さえて眉尻を下げた。

「どうする？　舐めていい？」

「ど、どうするって……」

「ああ、指で挟んだまま舐めようか」

「えっ、あっ、あぁ……ッ」

人差し指と中指で挟んだまま、舌を伸ばして胸の先をねっとりと舐る。

胸の先の根元をぎゅっと挟み、柔らかな双丘に指を食い込ませた。

ゆさゆさと揺すりながら舌先で刺激すると、彼女は控えめに腰をくねらせていじらしく反応する。

自分の腰が動いていることにも、気付いていないのかもしれない。

——ああ、彼女の下の口は、どんな反応を示しているのだろう。

ぐちゃぐちゃに濡れていたらいいな、と妄想してますます息が荒くなる。

指を入れて、中をたくさん掻き回して。もういいと言われるまで舐めて吸って、何度もイかせるんだ。

自分の唾液にまみれた胸の先を恍惚の眼差しで眺めながら、愛しい彼女にまたキスをする。

両手で彼女の髪ごと頬を挟み、肌の香りを楽しむべく大きく息を吸い込んだ。

くちょくちょと濡れた舌が絡み合う音を聞きながら、きつく眉根を寄せて官能にまみれた表情を追いかける。

五感のすべてで彼女に酔いしれた。

「ん、んんっ、……ッ、ふ、あぁ……っ」

誘い出した彼女の舌の上を、れろ、としつこく舐め上げる。

舌と舌を飽きることなく絡ませて、口の端から零れる唾液も余すことなく舐めとる。

——このまま彼女の中に入って、めちゃくちゃに奪ってしまいたい。

頭が痺れるほど、気持ちがいい。

暴走気味な口付けに、彼女はただ口を開いて慈悲をくれた。

「はぁ……。キス、すごく気持ちいい」

「ん……、キス……？」

「そう。唇も舌も、ずっと触れていたいくらい気持ちいい」

「え、えと……」

「もう一度したい」

「えっ……、んっ、んんっ……」

幻の彼女との、あえかな戯れ。

眠気が色濃くなっていくのを感じながら、意識を手放すぎりぎりまで彼女を貪る。まだまだ、この幸せな夢を見ていたいのに。

——本当は、現実の彼女と気持ちを通い合わせて、本物の彼女に触れたい。

だが現状は、水嶋の名を使い、卑怯な手段で彼女を手に入れただけ。道のりは果てしなく長く思える。

……どうすればいい？　ぐらぐらと揺れる。思考も、視界も。

どうすればいい？　どうしたら——

彼女に、愛してもらえるんだろう。

問答を続けるうちに、意識にまた霧（きり）がかかる。

鈍く痛む頭を押さえて、意識を手放した。

12　奥さん、悩む。

初めてソファで眠った翌朝、私は体の軋（きし）みで目が覚めた。

「こっ、腰が痛い……！」

体をゆっくりと回転させて俯（うつぶ）せの体勢になり、拳（こぶし）で腰を叩く。

高級とはいえ、やっぱりソファはソファでした。寝るには適さない。

昨晩は彼が寝室で眠ったため、私は必然的にリビングのソファを寝床にすることになった。

夜中も時折、彼の様子を見には向かったが、とてもじゃないけれど同じ部屋では眠れなかった。あんなことをされた後、平気で隣には寝られない。

『見て、ここ』

『舐めすぎて赤くなっちゃった。かわいいね』

耳の奥でリフレインする彼の声に、私は頭を抱えた。そして枕に向かって絶叫する。

恥ずかし過ぎて思い出したくない。そもそも衝撃が大き過ぎて断片的にしか記憶がないのだ。なのに、ほんの少し残っている記憶が、元々さほどよろしくない私の頭をさらに馬鹿にする。

——私にとっての大事件が起きたのは、昨日、買い物から帰った後。お昼頃のことだ。雑炊を作り、冷却シートやゼリー、飲み物などをお盆に載せて、寝室の扉を開いたその先で、先で——

「うわぁあああ！」

枕に向かって叫んでいるので声は籠っているが、そこそこの大絶叫だ。恥ずかしさが血流に乗って全身に届いているのではないだろうか。体中が異常に熱い。

落ち着け、落ち着け、私。

すべて忘却してしまえ！　あれは熱に浮かされた彼がしたこと。昨日の夕方起き出してきた彼の様子を見るに、きっと覚えていないのだから！

歯を食いしばってソファから起き上がり、足早に洗面所へ向かう。

洗濯機を回している間に、身支度を整え朝食を用意して、新聞をはじめとする資源ゴミを無駄にまとめたりもした。

洗い終えた洗濯物と角ハンガーを持って、ベランダへ。

無心で籠(かご)の中から洗濯物を掴(つか)み、パンッと広げて皺(しわ)取りをする。……私は、どうしてこのタイミングでこんなものを手に取ってしまうのか、と思わずにはいられなかった。

今しがた広げた燈哉さんのボクサーパンツを、半笑いで眺めてしまう。もう笑うしかない。なんで今日に限ってパンツが最初に出てきた。

「はは……、はははは……」

いま私は、昨日の夕刻頃の自分と同じくうつろな瞳で微笑みを湛(たた)えているだろう。私を散々翻弄しておいてこてんと眠ってしまい、その後のそのそと起きてきた彼から、体温計を受け取った時と同じく。

「うぅ……っ！」

性経験皆無な私にとって、あれはとてつもない大事件だった。

なのに、のそのそと起きてきた彼は、心なしか嬉しそうにリビングへ入ってくると、それはそれは誇らしげに体温計を掲げてこう呟いた。

『熱は下がった。リビングにいてもいいか』

信じられないことに、彼は大事件についてなにも覚えていない様子だったのだ。それとなく確認してみて、脱力してしまった。軽い怒りを覚えたので多少の毒を垂れ流してしまったが後悔はしていない。もちろん、リビングにいてもいいか、という問いには即刻「NO」をつきつけてやった。いい訳がないだろうと思った。まだ微熱があるじゃないか、下がってないよと思い切りつっこんだ。私の精神衛生上、とても同じ部屋にはいられなかった。

火照った体と耳に残る甘い声に辟易しながらも、彼との行為には少しの嫌悪も感じず、快感まで覚えてしまった自分に動揺した。そうして昨晩の私は、いつもよりもかなり早い時間に眠りについた。寝心地の悪いソファの上で。

「ちっくしょうぅ……っ」

ボクサーパンツを洗濯バサミで挟んで、悪態をつく。

昨日の彼の態度は――本格的に二重人格の線を疑うべきなのかもしれない……

あの時間の彼は、間違いなく、水族館で垣間見た甘い甘い彼と同じだった。口調も、雰囲気も、声色も。

本当は昨日、水族館へ行った日のことを詳しく聞こうと意気込んでいた。けれど、彼が困っているのを見たら、あれ以上追及する気にはなれなかった。

口数が少なくてぶっきらぼうで、わかりにくい優しさを見せてくれる普段の彼と、水族館やベッドの上で見た甘く優しい彼。

どちらが、本当の燈哉さんなんだろう。

本当は、知りたい。彼は二重人格なのか、もしくは理由があってそうしているのか。

燈哉さんは私と、どういう関係を築きたい？　そして私は――？

結局考えごとをしていたため、洗濯物を干す手がちっとも動いていない。

寝心地が悪かったせいかなんとなく体もだるくて、私は肩を落とし大きなため息を吐いた。

風に揺れる洗濯物をぼうっと眺めていると、部屋の中から、固定電話の着信音が聞こえてくる。

こんな朝早くから固定電話が鳴るなんて珍しい。慌てて駆け寄り、受話器を持ち上げた。

「はい、水嶋でございます」

『おはよう桜ちゃん。英人（ひでと）です』

「お義父様！　おはようございます！」

朝から腰が砕けそうな低音セクシーボイスをもろにくらってしまって、ちょっとした眩暈（めまい）を催（もよお）した。

『朝早くにごめんね』

「いえっ、大丈夫です」

彼のお父様、水嶋英人さんは、水嶋グループの現総帥（そうすい）。

高い地位にいらっしゃるにも拘わらず、私にも気さくに接して下さって、姿形はもちろんのこと、声まで大変素敵な方だ。耳に響く、その声の破壊力といったら。まさにセクシーボイス……！　若干寝ぼけていた頭が、とてもすっきりした。

『燈哉起きてる？』

「いえ、今日はまだ……」

『相変わらずの寝坊助か、あのバカ息子は』

「いえいえ、普段はすごく早起きなんですよ」

『そうなの？　じゃあ桜ちゃんにいいとこ見せたくて必死に早起きしてるんじゃないかな。あいつ桜ちゃんのこと大好きだから』

「なっ、なにを仰いますかっ。そんなわけありません……っ」

『ははは！　いいな、新婚からかうのが一番楽しい』

「と、燈哉さん、熱を出されまして。それで今日は珍しくお寝坊さんなんです！」

『あれ、あいつくたばってるんだ。それで一昨日から音信不通なわけね』

一昨日？　と、疑問に思ったけれど、声には出さなかった。

お義父様はなにかにつけて彼についての冗談を仰るので、一昨日ふたりで水族館に行った話は隠しておいたほうがいいだろう。また無駄に、からかわれてしまう……

「声をかけてみますね。少しお待ちいただけますか？」

『いや、いいよいいよ。あいつが起きてきたら、今日は休んでいいって伝えておいて。急用じゃないから、折り返しもいらないよ』

「わかりました。ではそのようにお伝えしますね」

『大好きな奥さんに看病してもらえてよかったなって言っとい……』

「それは言いませんっ」

私がムキになって言い返すと、セクシーボイスがセクシーにお笑いあそばされた。

『あいつ面倒かけてない？　とんでもない医者嫌いでね。ついでに薬も嫌いで。小さい頃は薬飲ますのにも苦労したよ』

「ああっ、そうなんですね。確かに、お医者様を呼ぶのを、ものすごく嫌がってました」

『やっぱり。悪いね、バカな息子で』

「いえ、そんな。でも市販薬は飲んでくれましたよ。無理してたのかな……」

『本当に？　へぇ、やっぱ愛の力かな』

お義父様の言葉を、私はまた全力で否定した。

愛の力なんて、そんなものを使える立場にありません。

『いつもありがとうね。桜ちゃん』

「いえ、私はなにも」

『ま、これからもバカ息子をよろしく頼むよ』

それから『いつでも遊びにおいで、待ってるからね』と言って下さったお義父様にお礼の言葉を返して、受話器を置く。

朝から心臓に悪いお声だ。耳が熱い。電話で聞くお義父さまの声は、もはや凶器だ。

少々行儀悪くソファでくつろぎ、ふと窓の外へ目を向けた。まだ昇りきらない太陽が、低い位置で顔を出している。空の色は不思議な黄金色だ。私は、風にそよいでさらさらと滑る横髪を耳にかけて、珍しい空の色をじっと眺めた。そうして、決意を新たにする。

……私はできれば、いつだって百パーセントの自分でいたいと思っている。

どんな時でも、どんな天気でも、そこがどこであっても、いつも笑顔でいたいし、いつも元気でいたい。

世に言う上流階級の家庭に生まれ、〝普通〟の生活に憧れを抱きながらも、結婚は家のためにするものだと教育されてきた私には、それがどんなに難しいことかわかっている。だからこそ、努力を怠(おこた)らずにいたい。気持ちの持ち方ひとつで見える世界は違うのだから。

最近の私は、暇だから家事をするのではなく、義務感で動くのではなく、毎日働いて、疲れて帰ってくる彼が少しでも安らげるように、家の中を整えたいと考えるようになっていた。今日みたいに彼が風邪をひいた日には、ちょっとでもいい環境で休んでもらいたいと思う。

おいしいご飯を作れるようになりたい。

いつも綺麗な部屋で生活してほしい。

いつも、いい香りの洋服に袖を通してもらえるように。

たかが家事なんて思わない。生活していく上で、絶対に必要なことなのだから。

結婚生活についても、そんな風に前向きに考えられるようになったのは、彼との心の距離が少しずつ近付いてきたことが大きい。

自分の中に起こった変化が面映（おもは）ゆくもあるけれど、同時に嬉しいとも感じている。

「おはよう」

びくり、と肩が大袈裟（おおげさ）に震えてしまった。

「おはようございます」

背後にほんの少しだけ顔を向けて、せめて声だけは震えないように努める。

「……どうした？」

思ったよりも近い位置にいた彼が、わざわざ腰を曲げて目線を合わせてきた。

ここで目を逸らしたら、すごく感じが悪い。

意地でも逸らすものかと目に力を込めて、強張っている頬をなんとか持ち上げる。

「いいえ。どうもしませんよ」

「体調は？」

「はい？」

「うつったんじゃないか」

おずおずと近付いてくる手が、昨日までとは全く違って見える。

途端に、わずかに覚えている彼の息遣いや甘い声が、蘇ってしまう。

自分だけがこんなに意識しているなんて、馬鹿みたい。彼はなにも覚えていないのに。

甘い声で私を『桜』と呼んだことも、あの行為も、なにもかも。

「私は大丈夫です。燈哉さんこそ、体調はどうですか？」

だから、私もあの大事件についてはなかったことにすると決めた。この問題について、思考を放棄することに決めたのだ。

「これ」

「ん？　あ、体温計……」

どことなく、彼が嬉しげなのは間違いないと思う。早く見てくれと言わんばかりに、彼が体温計をこちらへ差し出す。そして同時に、イルカの枕を私の隣にぽんと置いた。

「あれ。イルカ、寝室に持って行ってたんですね」

「ものすごくいい夢を見た」

「はい？」

「多分、その枕のおかげで」

「おぉ……、それは、よかったです……」

——あの大事件は、なかったことにする。けれど、ひとつだけ言わせてもらってもよろしいだろうか。あんな大事件を起こして私を悶絶させておいて、自分だけいい思いするとかずるくありませんか。

「三十六度七分……」

イルカを膝（ひざ）の上に置いて体温計を受け取り、表示された数字を確認する。

昨日の朝は三十九度を超えていたのに、たった一日で下がってしまうなんて驚きだ。なんという回復力。普段から体温は高めだそうで、今度こそ平熱に戻ったのだろう。

「下がった」

「そうですね。びっくりです。でも、よかったぁ……」

ほっとしたら肩の辺りが酷（ひど）く重くなった。知らず知らずのうちに気張っていたのだろう。考えてみれば、誰かの看病をするのも初めてかもしれない。実家にいた頃は家族やお手伝いさんに看病される側だったのだと、改めて実感し不思議な気分になった。

「ありがとう」

まん丸の目でじっと見つめられると、どうしたって頬が火照（ほて）るのを止められない。

もう少し休んで下さい、そう言おうとした私より先に、彼が口を開いた。

「支度するかな……」

「支度？」

「仕事」

「あっ、さっきお義父様から連絡があったんです。家の電話に。今日は休んでいいそうですよ」

「え、自宅に？」

「はい。折り返しはいらないって仰ってましたけど、燈哉さんと連絡がつかないって心配していた……ような」

「多分、気のせいだ」

「そ、そうかな」

「面白がっているだけだろう」

そう言った彼は今、パジャマ姿のまま、なにも羽織っていない。

一応ここだって床暖房は入っているけれど、エアコンも加湿器もかけてある寝室のほうが確実に暖かいし、寝起きに体を冷やしてまたぶり返したら大変だ。

せっかくいただいたお休み、しっかり養生しないと。

「体温計、見せてくれてありがとうございます。ベッドに戻って、ゆっくりしていて下さいね」

「……なんで」

「な、なんでって。病み上がりだからですよ」

「もう下がった」

「下がったばかりじゃないですか」

「いや、もう」

「無理したら、だめですよ」

悲しげに俯いた彼にちょっと絆されかけたけれど、でもやっぱりだめだ。リビングにいたら家事の物音だってうるさいだろうし、ゆっくり寝てもらわなきゃ。

「ほら、暖かくして、ベッドでもう一眠りして下さい」

言いながらイルカの枕をぎゅっと抱いて、ソファに深く腰掛ける。

渋々、ものっすごく渋々リビングを出て行く彼は、これでもかというほどゆっくりと歩いていて、どれだけリビングが好きなんだと笑ってしまう。こうしてお互いの意見を言い合えるようになった距離感も、嬉しい。

不器用な彼の中にあるかわいらしさを見つけるたびに、胸がきゅんとなる。

初めて見た笑顔と甘い声には、戸惑いと混乱の中にいてなお、わかりやすくときめいてしまった。

——あの甘い甘い彼と、不器用な中に隠しきれないかわいらしさを持っている彼。

どちらが本当の燈哉さんなのか。

ふいに聞いてみたい衝動に駆られるけど、困った顔を見て追及できないなら、諦めるしかない。私がどれだけ考えたところで、それは彼にしかわからない。

「まぁ、いいや……」

のんびりと足を進める彼の背を見つめながら、小さな声で呟く。そして、答えの出ない疑問をぽんと放り投げた。

どちらが本当の彼だとしても、まぁ、いいや。

どっちだって、彼が本当の意味で優しいのだけは、知っているから。この一ヶ月と数週間で、痛いほどに知ってしまったから。

どっちでもいいや。燈哉さんが、燈哉さんなら。

今はただ彼と、もっと仲良くなりたい。もっともっと心の距離が近付くように、たくさん話をして、同じ時間を過ごしていきたい。

――今の私の心に渦巻いている、この気持ちをなんと呼べばいいのだろう。どんな名前が、当てはまるのか。

「あれ、どうしたんですか？」

リビングを出て行く時とはまるで違う足取りで、彼がこちらに戻って来る。

そしてなぜか私の目の前に立ち、困ったように首を傾げた。もごもごと口が動いてはいるものの、声にはなっていない。

「燈哉さん？」

「あー……、その……」

「うん？」

「ま、くらを……」

「あっ、これ？　すみませんっ、どうぞ！」

どうやら、イルカの枕を取りに来たようだ。そうか、彼としてはもうリビングで過ごすつもりだったから、寝室から持って出て来たのか。それで置き忘れたことに気付いて、わざわざ取りに来たわけだ。

「……どうも」

彼のベッドには他の枕もあるのに。いちいち真っ赤になってまで、わざわざイルカを取りに戻ってくるなんて。今まで枕を使ってなかったのに、そんなに気に入ってもらえたのだろうか。形がイルカの分、余計にかわいらしさを感じてどうにもならない。ちょっと、かわいすぎやしませんか。

勢いよく弾み始めた心が、得も言われぬ感覚を連れてくる。鳩尾の辺りがぎゅーっとなって、痛いくらいだ。

「正月休みのことだけど」

唐突な話題に目を瞬かせながらも、カレンダーに視線をやって何度か頷く。

「休みに入るのは元日からになると思う」

「そうなんですね、わかりました」

何日休めるかは、まだわからないのだそう。ゆっくりできるといいですね、と言うと、ごく自然に「どこか、行きたいところは？」と尋ねられた。

「えっ……？」

誘いを受けたのだと気付くまでに、タイムラグが生じてしまった。

せっかく彼のほうから誘ってくれたのに、こんな時に限って出かけ先がぱっと思いつかない。

「ええと、ど、どこか調べてみます！　あ、あと、うちの家族、お正月はオーストラリアに行くそうなんです。なので、年始のご挨拶ができなくてごめんなさいって言ってました」

「そう。連絡しておく」

「え、わざわざしなくていいですよ？」

「昨日も連絡が来てたんだけど返信できていないから、ついでに」

「いつもすみません……。あの、遠慮なく無視して下さいね」

水嶋のお義父様とは比べるべくもなく全体的にアホな我が父は、小さな用事を見つけては、せっせと彼にメールを送っているらしい。もうほとんどスパムメールのようなものだ。いちいち相手にしなくていいのに、彼が丁寧に返信してくれるものだから、このところ完全に調子に乗っている。

「なんなら拒否登録してもらっても」

「いや、それは……」

水嶋のご両親も、お正月は毎年海外旅行に行くと聞いているし、休みの間はふたりきりで過ごすことになりそうだ。次のお出かけはどこへ行こうかなと考えるだけで、心がわくわくと弾んだ。

「そういえば、今日はクリスマスですね。ケーキとチキンでも買ってきましょうか。食べられそうですか？」

特別ななにかはしなくていいだろうと決めていたものの、一応もう一度お伺い（うかが）いを立ててみる。

「いや。雑炊（ぞうすい）がいい」

「わかりました。すみません、やっぱり、風邪の時にはちょっと重いですよね」

「……うまかったから」

酷（ひど）く真剣な眼差しで彼が私を凝視（ぎょうし）している。

——鳩尾（みぞおち）を締め付けるようなこの痛みはときめきと呼ぶものなのだろうか。もしそうだとしたら、ちょっと強烈すぎる。

もう、うまかったからなんだと言うのだね、なんて、言えない。

13　奥さん、甘い夢を見る。

年が明けた一月一日。

彼は、今日からようやくお正月休みに入った。

「燈哉さん、見て見てっ。屋台がいっぱい並んでる！」

「そうだな」

朝からおせち料理をたらふく食べた私たちは今、初詣をするべく近所の神社を訪れている。

神社までの一本道の両側に、ずらりと並ぶカラフルな屋台。呼び込みをする人の声と参拝者のざわめきが活気を伝える。

正面に見える大きな神社の厳粛な空気と、そこまでの道のりに溢れる活気は対照的で、不思議な高揚感を覚えた。

お正月だというのに暖かく、薄手のコートで充分なほどにお天気もいい。雲ひとつない青空は、冬なのにやけに濃い青色が鮮やかだ。

「転ばないように」

「はーい」

そこかしこから立ち上（のぼ）るおいしい香りに、あれだけおせちを詰め込んだはずのお腹が騒ぎ始める。

香ばしいソースの匂いはお好み焼き。甘く漂うのは大好きなベビーカステラだ。クレープ、じゃがバター、焼きそば。人混み嫌いの癖にお祭りの屋台は大好き、という我儘（わがまま）な私は、きょろきょろしながら、お参りの後でどの屋台に駆け込むか、考えていた。

「なにが食べたい？」

「チョコバナナは絶対に食べたいです！　あとベビーカステラと、お好み焼きと、じゃがバターも」

「じゃあ、並ぶか」

「いいの⁉」

苦笑混じりの声に、目を輝かせてしまう。

お参りが先だと言い聞かせていた心は、彼の誘いにあっけなく傾いた。

「参拝の前はひとつだけ。あとは帰りにいくらでも」

大きな掌（てのひら）が私の頭をぽん、と一撫（な）でしてすぐに離れていく。まるで子供を諭すように。

その手が触れた場所を大袈裟に押さえてしまう。

「チョコバナナがいいな」

過剰な反応を隠そうとして、私は声を上げた。

前回のお出かけ以降、ますます表情豊かになった彼の甘い視線は心臓に悪い。

「チョコバナナか」

「燈哉さん、食べられます……？」

「食べられる」

「よかった！」

神社までの石畳は、さほど混んでいない。

有名所に初詣に行くと、水族館の二の舞か、下手するとあれよりも危険な人混みにでくわすから初詣は毎年近所の神社と決めている。実家にいた頃も、もちろんそうだった。

本当は年明けのセールなんかにも参戦したいけれど、混雑が怖くて、とてもじゃないけど出向く気にはならない。

チョコバナナの屋台は、すぐに見つけることができた。ざわめきの中においても、その屋台は一際賑やかだった。

どうやらこの屋台では、じゃんけんで屋台のお兄さんに勝つとチョコバナナをもう一本もらえる仕組みになっているようだ。

負けなら一本のまま、あいこでも同じ。店先にディスプレイされているチョコレートのたっぷりついたバナナに、にんまりしてしまう。ピンクのスプレーチョコが、とてもかわいい。

「おいしそうだなぁ」

「甘いものは別腹？」

「もちろんです。二本食べたい……！」

「そう。頑張って」

彼に背中をそっと押されて一歩前へ出る。愛想のいい屋台のお兄さんに会釈をし、お金を渡した。

「お願いします」

「おっ、ねーちゃんかわいいね！」

紺色のはっぴに白いサラシを巻いた屋台のお兄さんは、ベンチコートを羽織り、屋台の裏に小さなヒーターを置いているものの、寒そうに見えた。

今時なかなか見ない金髪リーゼントを揺らしながら、気のいい笑顔でじゃんけんについての説明をしてくれる。

「ねーちゃんかわいいから言っちゃうけどさ、俺、今日手の調子わりぃんだよな」

「えっ、大丈夫ですか？」

私が言葉を放った途端に、両隣の屋台から笑いが起こった。各店のお兄さんたちがお腹を抱えて笑っている。

心配しているのに、爆笑される意味がわからない……

「ははははっ！　大丈夫じゃねぇなぁ！　今日は手が握れそうになくてよ」

「はぁ……」

にこにこ笑うお兄さんの言葉の意図がちっともわからずに首を傾げていると、うしろから彼の囁き声が聞こえた。

「パーを出す、って意味」

「えっ!?　ああっ、そ、そういう意味……！」

「よし、いざ勝負！」

お互いに大きな声でじゃんけんの掛け声を叫び、私はなんの遠慮もなくチョキを出した。

「わっ、やったー！」

「あー、くそっ。手の調子さえよけりゃなぁ」

わざと負けてくれたのに、大袈裟に悔しそうにするお兄さんがおかしくて、笑ってしまう。

「はい、燈哉さんの分」

八百長ではあるけど二本頂戴した戦利品のチョコバナナのうちの一本を、彼に差し出した。なんとなく、ひとりで全部食べるより分け合って食べたほうがおいしいのではないかと思ったからだ。

「いいのか？」

「うん。一緒に食べよう」

おいしい、おいしい、と連呼する私を見て、彼は口角を上げて微笑んでいる。

彼がそうして微笑みを見せてくれるたびに、いちいち頬が熱くなってしまう。

最近の私はどこかおかしい。それは、彼が寝ぼけたあの日のことだけが、理由ではないはずだ。

きっかけがどこにあったのか自分でもよくわからない。

石畳を進み長い階段を上ると、今度はお参りをする人が列を作っている。それほど長くない列の最後尾に私たちも加わった。

「燈哉さんはなにをお祈りするんですか？」

「……内緒」

「あ、そっか。話したら願い事、叶わないんだっけ」

「そうだな」

順番が回ってきてすぐにお賽銭箱へ小銭を入れ、二礼二拍手一礼をする。

私の願い事は考えなくたってすぐに頭に浮かんだ。

燈哉さんと、もっともっと仲良くなれますように。

両手を合わせて長く祈る。念入りにお祈りして目を開けると、私よりも真剣に手を合わせている彼の姿が視界に映った。邪魔をしないように、燈哉さんを待つ。

「お待たせ」

「いえいえ」

「行くか」

「うんっ」

ゆっくりと歩いてくれる彼の少し後をついていく。屋台の並ぶ石畳に比べれば多少人の少ない神社の境内。そう混雑もしていない空間で、彼のななめうしろを歩きながら、コートの裾から覗く彼の指先を、目で追ってしまう。

――どうしてかはわからない。けれど唐突に、その指先に触れたくてたまらなくなった。

理由なんてなくても、きゅっと指先を絡めて、あの時みたいに。

ゆらゆらと揺れる彼の手を目指して、そっと腕を伸ばす。どくん、と大きく心臓が鳴り響く。この気持ちをどんな名前で呼べばいいのか、唇を引き結び思考を巡らせる。

あと少しで、あの温もりに手が届く。ざわめきが遠のいていくのを感じながら、ちらりと彼を見上げた。――燈哉さんは横顔もすごく綺麗だな、と思った。

「どうした？」

そうして、彼がぱっと振り向いた瞬間。体中に緊張が走った。

ほわほわと緩んでいた心が正気を取り戻した途端、自分は一体なにをしているのだと顔が熱くなる。慌ててコートのポケットの中に手を隠すと、遅れてやってきた羞恥心が騒ぎ始めた。

「好きなだけ買っていいから」

私が送っていた視線を催促と勘違いしたらしい彼が、白い息を吐く。

頬は勝手に熱くなるし、心のどこかがむず痒い。じわじわと体中に広がっていく感覚に、呑み込まれてしまいそうだ。

「催促じゃないですよ」

声が上擦っていることが、ばれませんように。祈るような気持ちでなんとか言葉を絞り出すと、彼は優しく目を細めて「ごめん」と言った。見事に空回っているのを自覚して余計に恥ずかしくなる。

「催促じゃないけどっ、では、お言葉に甘えて。お好み焼きが食べたいです！」

逃げるように彼を追い抜かし、小さく呻いてしまう。

なった。

「そっちじゃないぞ」

笑いが零れそうになるのを耐えるどころかくすくすと声を漏らしながら、引き止められる。優しく腕を引かれると、大袈裟に反応してしまってどうにもならない。

騒ぐ心を誤魔化すように、あれもこれもと屋台を指差す。両手がいっぱいになるくらいに屋台で食べ物を買ってもらい、ますますなにをしているのだろうと若干泣きたくなった。

だというのに、もういいのか、屋台は今日だけだぞと、彼が煽るように勧めてくる。あちこちの屋台に引っ張り回されたにも拘わらず、まるで私を甘やかすような態度を見せるのだ。

「もう大丈夫です……、すみません、無駄遣いさせちゃって……」

「無駄じゃない」

こんな時でも酷く優しい彼は、嬉しそうに頬を緩ませた。本気で泣きたくなるから止めてほしい。心が正気を取り戻してなお、手を繋いで歩きたいと、性懲りもなく願ってしまいそうになる。

帰り際、神社の鳥居を見上げながら「夏祭りもあるんだろうな」と、彼が呟いた。

「また来よう」

そう言いながら、私が抱えていた荷物を全部引き取ってくれる。

空（から）になった手を伸ばして、私は半分近い袋を取り返した。ガサガサとわざと袋を鳴らしながら「また一緒に来ましょうね」と、未来の約束を取り付ける。

それから、年始の残りの休暇も、とても楽しく過ごした。

この頃から、休日に限らずお互いに誘い合って、誕生日などのイベントにかこつけて外出する計画を立てなくとも、自然と予定が埋まっていくようになった。外食をしたり、ＤＶＤのレンタルショップへ出向いたり、テレビで放映された映画の録画を見て感想を言い合ったり。

コミュニケーションが全く取れず爆発した時に掲げた、「普通に意思疎通の取れる生活を送る」という目標は、すでに達成されたと感じる。でも、欲張りになってしまった私は、より深く彼を知りたいと思うようになっていた。彼と過ごす時間が、純粋にただ楽しくて仕方なくて、こんな日がずっと続きますようにと、願っていた。

――こうして、充実した一月はあっという間に過ぎて行った。その後、仕事が忙しくなった燈哉さんは休日も減り帰宅が遅くなることも増えたけれど、ふたりで過ごせる、眠りにつくまでの短い時間を楽しみに、私は日々を過ごしていた。

どんどん距離が近付いている気がして、仲良くなっているような気がして、嬉しかった。

もっともっと彼を知りたくて、たくさん話をした。

そうして、自分の中に芽生えた感情に、明確な名前を見つけた私は——

夏祭りまでには「書類上の」じゃない本当の夫婦になれていたらいいな、なんて、甘やかに願った。

14　旦那さん、心を決める。

妻と過ごす楽しい正月休みが過ぎ、二月も終わりに差し掛かったある日曜日のこと。

その日は、彼女とリビングのソファに座り映画を鑑賞していた。

隣で食い入るように画面を見つめている彼女を微笑ましく思いながら、ぼんやりと考える。

——十二月頃から徐々に、仕事が忙しくなっている。最近では平日は帰宅が遅い日が増えたし、土曜日の昨日も出勤した。今日はようやく手にした、ゆっくりできる一日だ。

新規プロジェクトが大詰めを迎え、仕事量はこれまでと比にならない。

そんな状況の中、不覚にも体調を崩したクリスマスの時、親父が仕事を休んでいいと言ったのは意外だった。這ってでも来い、そう言うと思っていたから。

親父には、親子という関係上、知られたくない個人的な事情が筒抜けになっている。

婚姻関係を結ぶための工作も、彼女に惚れた理由も、彼女に対する俺の想いも。

彼女に愛されたくて、滑稽な自分を作り上げていることさえも。

不本意だが仕方ない。全てを打ち明けてでも、彼女を手に入れたいと望んだのは自分。

なにがあっても戻らないと決めていた、水嶋の力を借りることを選んだのだから。

俺が水嶋の家を忌み嫌うようになったのは、幼少期の経験によるもの。幼い頃からずっと〝水嶋の長男〟に相応しくないものには、手を伸ばすことも許されなかった。望む前に、ほとんどのものが揃う。しかし、本当に望むものは手に入らない。そういう生活に、いつも強い苛立ちを感じていた。


　あの頃の俺は、水嶋の名を傷付けることに躍起になっていたし、そのためなら他人を傷付けることも厭わない酷い人間だった。

　恋愛に関しても冷めていて、言い寄ってくる相手と適当に付き合って面倒になったら終わり。愛されたいなどと思ったこともなかったし、そんな自分に疑問すら抱かなかった。

　俺にとって一番大切なことは、〝水嶋〟の檻から外に出ることで、それ以外はどうでもいいと思っていた。自分本位で、馬鹿だった。

　そんな俺の価値観を揺さぶったのが——彼女だった。

同じような環境で育ったのに、彼女は真っ直ぐで、優しくて。制限された環境でも努力する強さに感銘(かんめい)を受けた。強く、優しい彼女に、どうしようもなく惹かれた。彼女に見合う男になりたい。本気でそう思った時から、何事にも真摯(しんし)に向き合ってきたつもりだ。

とはいえ、いまだ至らないところも多い自分が、どうすれば彼女に愛してもらえるのか……わからない。

心の距離が近付いているのでは、と思う瞬間がないわけではない。親しみを覚えてもらえたようだと胸を弾ませることもある。けれどそれが、倉木の家族のために努力してそう振る舞っているのか、俺自身に目を向けてくれた結果なのか、わからないのだ。

過去を思い返すと、自分という人間は隣に立つのに相応(ふさわ)しくないと思い知らされる。そのために、ここまでやってきたはずなのに。

いつか彼女に「もうこんな生活は嫌だ」と言われるのではないかと、不安になってばかりいる。

テレビに映し出されている、無口な男に目を向ける。映画はそろそろ、クライマックスだ。

どうしようもなく運が悪いのに明るく陽気な主人公の男と、圧倒的な歌唱力を持ちながら名の売れない女性シンガーの恋物語。

結婚前に、何度も見た映画だ。彼女がこの映画のとある登場人物を好んでいるという情報を得たのをきっかけに、繰り返し鑑賞した。

彼女の理想に近付きたくて、そんなことまでしてきた自分を笑ってしまう。結局今も、彼女の理想にはなりきれていないのに。

彼女の愛を欲する心の渇きはますます進行し、時間だけが過ぎていく。焦りは大きくなる一方で、八方塞がりだ。

項垂(うなだ)れている間に、映画はエンディングを迎えた。

「いやー、泣けたぁ……。何回見ても泣いちゃう……！　燈哉さん、どうでしたか？」

俺は歯がゆくて、奥歯をきつく噛みしめてから、口を開いた。

「……いい話だったな」

正直、画面よりも彼女を盗み見ている時間のほうが長かったように思う。その視線を向けられる画面の中の男に、ともすれば怒りを覚えていた。ふつふつと沸き上がる、強烈な嫉妬からくる怒りを。

「私の好きなものを、燈哉さんにも気に入ってもらえると嬉しい」

——初めて見た時には、いい話だと思った。間違いでも嘘でもない。しかし今は、別な想いが大きくて、すぐさま小さな罪悪感が浮かぶ。

「……そう、か」

「うんっ」

黒目がちの大きな目。彼女が自分を見ていると思うだけで、いまだ胸が跳ね上がる。

「この映画のね、主人公カップルのストーリーももちろん素敵だけど、主人公の友達がたまらなく好きなんです。何度見ても、同じところでときめいちゃうんですよー」

彼女のかわいらしい声が、青く燃え上がる嫉妬心を煽(あお)る。

瞬間的に、全身に緊張が走った。

わかっている。

そのかわいい瞳をうっとりさせて、画面の男を見つめていたのはわかってる。

けれど、俺は。今の俺には――

結婚相手として出会ってからこれまでの間に、その熱烈な視線が向けられたことはない。

「寡黙(かもく)だし冷たい感じに見えるけど、いざという時には必ず主人公を助けて、しかも奥さんに一途でっ。クールで、かっこいいところが本当に素敵！」

彼女が熱弁を振るうその男は、二時間のストーリーの中でほとんど話さず表情も動かさない、無口でクールな男だ。常に冷淡なその視線は、彼の妻を見つめる時に限って情熱的な色に変わる。

彼は視線で、態度で、妻に対する愛情を雄弁に語る。

「あっ、ごめんなさい。こんな話つまらないですよね」

黙り込んでいる俺を見て、彼女は心底申し訳なさそうに頭を下げた。

「いや」

「どうも私、昔からクールで一途な登場人物に弱くて」

「……よく喋(しゃべ)る明るいタイプの男は、好きじゃない？」

わかっている癖にわざと問いかけたのは、手の中の情報を、愛しくてたまらない彼女の言葉で確かめたかったから。

「んー、明るい人が好きじゃないというか……、クールな人を素敵だなって思うことのほうが多いんですよね。苦手なのは、主人公みたいな軽い人ですね。苦手というか嫌いです。いくら会話が楽しくても、こう……なんというか」

「そう」

彼女の言葉を反芻(はんすう)し、腹が決まった。

素(す)の自分を見せては、やっぱりだめだ。もういい。なんでもいいから、彼女の愛がほしい。

必ず彼女の理想の男になる。

もう一度、今度は完璧に。もっと、映画の中の男のように。

彼女と話したい、笑い合いたい……、そういう欲を、彼女の前で中途半端に存在する自分を、すべて隠してしまおう。

――彼女はきっと忘れているだろうが、過去に一度だけ、映画の男に送るような熱い視線を俺に向けてくれたことがある。結婚するよりも、ずっと前のことだ。あの時のような熱を帯びた視線を、もう一度俺に向けてほしい。

彼女に愛してもらえる可能性があるなら、俺はなんでもする。

「うー……、泣いたら小腹が……。燈哉さん、一緒になにか摘まみませんか？」

このかわいい人に心から愛されたい。

本当の意味で、彼女を俺の「妻」にしたい。

15　奥さん、家中を磨く。

「今日も休日出勤ですか？」

「……帰りは遅くなる」

「わかりました。あっ、燈哉さん待って」

硬い表情で振り向いた彼に手を伸ばした。

珍しくシャツの襟が曲がっているのを、直そうとしたのだ。けれど――

瞬間的に身を捩り、さっと手を払った彼が、俯いて謝罪の言葉を口にする。

「……悪い」

「いえいえ。いってらっしゃい」

振り払われてしまった手をぎゅっと握りながら、無理やり笑顔を作った。そんな私を見て、彼はもう一度、今度は「ごめん」と言った。謝罪の言葉が余計に辛い。

玄関の扉が閉まり、電子ロックの冷たい音が響く。

最近、前のように「いってきます」と言ってくれなくなった彼のうしろ姿が、いつまでも頭の中に残った。

厚手のコートのいらない季節になった三月の終わり。

観測史上最速で開花した今年の桜は、あっという間に散ってしまった。今年は春がやって来るのが異常に早かった。

彼の様子がおかしいと気付いたのは、今月に入ってからだ。

十二月頃から忙しくなった仕事も、二月に入って多少は落ち着いていたのに。

三月になってからは、さらに仕事量が増えたようだ。

この一ヶ月の間、休日はほとんど出勤、平日も深夜帰宅で、その間二度だけあった休みも自室に籠って出てこなかった。話をする時間なんてまるでなくて、それでも声が聞きたくて話しかけると必要最低限の言葉で済まされてしまう。会話がちっとも続かない。

「私、なんかしたかなぁ……」

ひとりになったリビングで呟いてみても、自分としては思い当たる節がない。話しかけてもあしらわれているような気がして、問いかけることもできない。改善のしようがなく、心苦しい日々が続いている。

その一方で、忙しいにも拘わらず、家事に関しては相変わらずだ。いつの間にかキッチンやお風呂場が綺麗になっていることも何度かあったし、お土産を買って来てくれることもある。そこから優しい気遣いは感じる。

だけど……。だけどやっぱり、なにかおかしい。

深いため息が零れて、体が急に重くなる。一緒に見ようと思って借りてきた映画は、リビングのソファに並んで座る機会もないまま、返却日の日曜を迎えてしまった。

ここで、一緒に座って映画を見たり、ご飯を食べに行ったりして過ごしたあの時間が、幻だったかのように思えてくる。

今は忙しいからだと、前向きに考えてずっと自分に言い聞かせてきた。見え隠れする怯えを、無理やり押し込めて。でもやっぱり、ふとした瞬間に考えてしまう。

なにかのきっかけで、私のことが煩わしくなったんじゃないかって。

冷たく感じる視線で射貫かれるのが酷く寂しい。聞きたいのに聞けない。聞くのが、怖い。溢れそうになる涙は唇を噛んで耐えた。

なんでもいいからやることはないかと、家の中をぱたぱたと駆け回る。じっとしていると悪い方向にばかり思考が引き寄せられて、心の中が不安でいっぱいになってしまうから。

あっという間に家の用事が済んでしまうと、今度はクローゼットルームへ駆け込んだ。棚からお気に入りのワンピースを取り出し、袖を通す。

袖の部分がシースルーになっているワンピースは、春らしいシャーベットグリーン。ふんわりとした形なのに全体のラインがとても綺麗だ。滅多に服を増やさない私の、お気に入りの一着。

軽くお化粧を直してから、ウェッジソールのパンプスを履いてマンションを出る。実家へ車を取りに行くことにしたのだ。ドライブでもして気を紛らわせれば、少しは気分も変わるかもしれない。

実家までは電車で二十分ほどで、同じ沿線なので乗り換えもなく、気軽に行き来しやすい環境だ。

とはいえ、最後に帰ったのは昨年の十一月頃で、お正月が明けてからも結局顔を見せに行かなかったし、全体的にアホな父に「旅行のお土産があるから取りに来て」と言われたのも、つい先送りにしてしまっていた。

すると私が実家に取りに行くよりも早く、宅配便で送られてきたのは、案の定しょうもない木彫りのカンガルーの人形で……

　売り物にしては随分乱雑な作りだな、なんて首を傾げていたら、それはなんと父の手作りだったらしい。オーストラリアへ行ってまでそんなものを作る気持ちは、ますます理解できなかった……

　父を含め、家族全員と割と頻繁に連絡は取っているし、弟妹や母とはランチに行ったりもしている。相変わらず家族は大好きだけど、実家はやっぱり苦手だ。なのに自分の用となれば、すぐさま足を向けるのだから、自分は大概我儘だなと思った。

　電車を降りて、高い空を見上げながら、実家までの道のりを歩く。

　専業主婦の母親はかなりの確率で家にいる。家族以外の人と出かけることもほとんどないし、主婦同士のお茶会も最低限しか参加していない。その理由は母曰く「家にいるのが一番楽しいから」だそうだ。

　父が頻繁に乗っている何台か以外の車は好きに使っていいと言われているけれど、さすがに黙って持っていくわけにはいかない。もし母がいなかったら帰って来るまで待ってればいいやという安易な考えと、「これからそちらに向かう」なんて連絡をしようものなら間違いなくやってくる迎えの車に申し訳ないという思いから、私は連絡を入れずに実家を目指した。

　しばらく歩くと、一体どこまで続くんだとげんなりしてしまう、我が家の長い塀が視界に入る。

久しぶりに実家を目にして、乾いた笑いを漏らした。それすら懐かしい気持ちになるのがおかしい。

門に備えられている指紋認証センサーに指を合わせると、冷たい音が響きロックが解除された。母の好みに合わせて造ったという英国式の庭を通り抜け、硬質な玄関扉の前でまた人差し指を合わせる。それから暗証番号を入力して、最後に鍵を回す。

玄関に入ってすぐ、見慣れたものとまったく同じ革靴が飛び込んできて、私の背筋は冷たくなった。

「なんで……」

悲しみをたっぷり含んだ呟きが落ちる。彼の冷たい視線を思い返して、心のどこかが鋭く痛んだ。

そのまま玄関で呆然としていると、長い廊下の向こうから「まぁまぁ！」という声が聞こえてくる。長年お世話になっているお手伝いさんだった。人差し指を立てて口に当てると、彼女が両手で口を覆う。ごめんね、とジェスチャーで謝ったところ、神妙な顔をして頷いてくれた。

音を出さないように靴を脱いで、スリッパも履かず足早に廊下を歩く。

客人は普段応接室に通される。でも、もしも彼なら、きっとリビングにいるはずだ。

この家の住人ではなくとも、彼は家族なのだから。

冷え切った頭のまま廊下の突き当たりまで進んで、扉の前で息を潜めた。

ゆっくり、細心の注意をはらって、少しだけ扉を開ける。

そうしてまず聞こえてきたのは父の硬い声だった。

「君は……」

全神経を耳に集中させて声を拾う。

彼の声が、どうか聞こえませんように。

今ここで父と話している人は、彼と同じ革靴を履いた別人でありますように。

「俺は、情けない男です……、本当に」

唇が勝手に震えた。不規則に痙攣する口元を慌てて手で押さえる。

実家のリビングから聞こえてきたのは、今日も仕事に行ったはずの彼の声だ。

でも、まだ信じたくない。聞き間違いであってほしい。

私の勝手な願望が、胸の奥から燻るように湧き上がってくる。

「そんなに辛いか。桜との結婚生活が」

人生の八割を、酒も呑まずに酔っ払っているような状態で過ごしている父の声が、硬く冷たい。

仕事の電話をしている時にしか出さないようなその声に、ますます体が冷たくなる。

「……自分で決めたことですから」

「桜を君のところへ嫁がせると決めたのは私だよ。その他のことも含めて、責任を感じている」

「いいえ。倉木さんには本当によくしていただきました。ただ俺が、彼女に対する自分の気持ちをコントロールできずにいるだけです。なかなか以前のようには振る舞えなくて……」

願望はあっさり打ち砕かれた。

震えるような低い声が、悲しげに響く。

「君はこだわりすぎていると思う。まずは体調の管理をしっかりしなさい。水嶋も心配していたよ。桜がいると難しいのなら、こちらに戻してもいい」

「……お気遣いありがとうございます。ご心配をおかけして申し訳ありません。父が余計なことを言いました」

わずかな望みに縋ってみたって、現実は変わらない。

彼の声を、私が聞き間違えるはずがないのに。

「君は水嶋燈哉だ。他の誰でもない。今の生活を無理に続ける必要はないんだよ。そんなに辛いのなら一度距離を置くことを考えてもいいんじゃないかな。もちろん、違う道もあると思うけれどね。誰も君を咎めないのはわかっているだろう？　君のお父さんも、私もね」

「違う道……？」

「君が心のまま、正直に生きることさ。無理に今のまま桜との生活を続けていたって、いつか限界がくるだろう。その前に、生活自体を考え直してもいいんじゃないか。一度すべてをリセットすればいい」

「正直に……。そう、かもしれませんね」

絶望と心の乾きが、指の先まで広がって行く。

それが体中を駆け巡った後で、乾いた隙間を埋めるように失意が浸み込んでいく。

冷たい視線、硬い表情、拒絶するように振り払われてしまった指先。

ああ……、と絶望を吐き出した。足元が、ぐらぐらと揺れる。

突然冷たい態度になってしまった彼が自分をどう思っているのか、真意を考えるのが怖くて、悲しくて、その問題から必死に目を逸らしていた。私は、逃げていたのだ。

けれど今、答えを知ってしまった。

震える脚を必死に動かして、リビングの前から離れる。玄関先で心配そうにこちらを見つめているお手伝いさんのもとまで、転ばないよう慎重に歩みを進めた。

「桜さん……」

「お嬢様」と呼ばれるのが嫌で、この家を手伝ってくれる人たちには私のことを、そう呼んでもらっていた。「桜でいいよ、敬語なんて使わないで」といくら言っても聞いてもらえなくて、小さい頃はそれがとても悲しかった。

けれどそんなのは、なにもわかっていない子供の我儘だ。

「私が来たって、誰にも言わないで下さい」

小声で一気に言い切り、失礼を承知でそのまま玄関の扉を開けた。走って庭先を抜ける。まだ震えている脚はうまく動かなくて、だけどとにかく逃げたくて精一杯走った。

門を抜け、長い塀が終わった場所で、バッグからスマホを取り出してめちゃくちゃに画面をタップした。画面は当然変わらない。細い息を吐きながらゆっくりアプリを開き、目当ての番号に電話をかける。

お願い、出て、とただ祈った。

『もしもし』

凛としたその声を聞いた瞬間に、視界が歪んだ。

16　奥さん、涙する。

「カナぁ……っ！」

『やだ、泣いてるの!?　どうしたのよ！』

　これまで必死に抑え込んできた不安や悲しみが、嗚咽と叫びに変わる。

　往来に座り込んで泣くなんてみっともない。でも止まらなかった。

『桜！　今どこにいるの！』

　息苦しくて喉元を引っかいても、うまく空気を吸い込めない。悲痛と絶望が頭の中で溶け合う。

　——一体いつから、彼に我慢をさせてしまっていたのだろう。

　突然冷たい態度になったのは限界を突破したせい、そう考えれば辻褄が合う。

　うまく振る舞えない、自分の気持ちをコントロールできない、そう言った彼の辛そうな声が頭から離れてくれない。

　そして同じ分だけ、彼をなじる気持ちが心の中で暴れ回る。

　ふたりで過ごしたあの優しい時間は、彼にとって義務だったのだろうか。不器用な彼が見せるかわいらしさも、甘い笑顔も。

　寝室で私を抱き寄せ、あんなにも熱い声で「桜」と囁いたあの日のことは？　忘れたくても忘れられないのに。

『桜！』

「うっ、……っ、じ、実家ぁ……」

息を吸い込もうともがけばもがくほど、体のどこかから空気が抜けて行く。嗚咽と共になんとかカナに返事をして、鈍く痛む頭を押さえた。

『実家……？　実家ね！　わかった、すぐ行くから、いい!?　動くんじゃないわよ！　電話も繋げたままにしておいて！』

カナに伝わるわけもないのに、電話越しに何度も頷いた。電話の向こうで、派手なエンジン音が聞こえる。

こんなところで泣いていたって仕方がないのに、立ち上がることもできない。うずくまり、待っている間も、カナが何度も声をかけてくれる。でもそれに答えられないまま時間が過ぎていく。カナの声が泣きそうになっているのがわかって、それがまた私の涙腺を刺激する。

そのうち洒落にならないほど息が苦しくなってきて、手足の先に鋭い痛みと痺れを感じるようになった。呼吸を整える努力をしても、悪循環を生むだけ。

じんわりと、緩い風が吹いた。

――彼が弱ってしまうほど私との生活を苦にしていたなんて。心が砕けてしまいそうだ。

「桜！」

真っ赤なスポーツカーから飛び降りて駆け寄ったカナが、座り込んでいる私の体を支えてくれる。

細い体にぎゅっと抱きしめられて、私はその温もりに縋りついて泣いた。

「桜、息を吸い込んじゃだめ。ゆっくり、大きく吐いて」

涙混じりの声に頷いて、大きく息を吐く。優しい手が、私の背中を何度も擦ってくれる。

カナの呼吸に合わせてゆっくりと息を吐くと、少しずつ息苦しさが消えていった。不思議なくらいに。

「桜……、もしかして、なにか事件に巻き込まれたり……」

左右に首を振って、カナの質問に答えた。

安堵のため息を落としたカナにまた抱きしめられて、ぎゅっと目を閉じる。

「桜、行こう。立てる？」

カナに支えられてゆっくり立ち上がると、手足にまたチリチリとした痺れが走った。

カナの細い体に体重を預け、真っ赤なスポーツカーの助手席に乗り込む。

「ありがと……、来てくれて」

カナがすっぴんに部屋着のまま駆けつけてくれたことに、私はそこでようやく気付いた。

アクセルを踏む足元はハイヒールで、服装とミスマッチだ。

どれだけ急いで来てくれたのか、どれだけ心配をかけてしまったのか、喜びと申し訳なさが込み上げ涙が頬をつたう。

「ごめん、ね……、いきなり、電話したりして……」

「私じゃなきゃ、他の誰を呼ぶって言うの？　こんな状況で私以外の誰かを頼ったら許さないわよ」

信号待ちで車を停止させたカナが怒ったように眉を吊り上げて、私の頬を引っ張った。

彼女の気遣いが嬉しくて、私の頬を摘まむカナの指を強く握り返す。

小さい頃から何度も通ったカナの実家までは、車で走れば五分ほど。

私が就職してからはカナがアパートに来てくれることが多かったから、ここに来るのは随分久しぶりだ。

カナが小さなリモコンを操作すると、豪華な門が開く。車庫には入らず、彼女はその場で車を止めた。

「おかえりなさいませ」

スーツ姿で出迎えてくれたのは、何年たってもまるで容姿の変わらない、カナ付きのお兄さんだった。

「離れにいるわ。人を寄越さないで。車、お願いね」

「かしこまりました」

お城のような洋館のさらに奥に位置する、赤い屋根とクリーム色の外壁の平屋。カナのためにお父様が用意したカナ専用の離れだ。

いくつかのセキュリティーを解除して屋内へ入り、広いリビングのソファに隣り合って座る。

「桜……、旦那と、なにかあったの？」

その一言に、大袈裟に反応してしまう。

止まったはずの涙がぼたぼたと零れ落ちて、お気に入りのワンピースを濡らした。

「あ、あの……ね」

「うん」

「燈哉さん、私との生活が……辛いんだって」

「……どういうこと？」

「仕事に行ったはずの燈哉さんが、うちの実家にいたの……。うちの父にいろいろ相談してるのを……、聞いちゃって」

「いろいろってなに？　なにを聞いたの」

「わ、わたしとの生活が辛い、とか……。燈哉さん、体調も悪いみたいなのに、ぜ、全然知らなくて。うまく振る舞えないとか、自分の気持ちをコントロールできない、とか……っ」

「桜。ゆっくりでいいわ」

ワンピースの裾を握りしめて不自然に力の入った私の手を、カナの綺麗な指がそっと撫でてくれる。

あんなにもわかりやすい彼の変化から目を背けて、私は逃げていた。嫌われてしまったことを認めたくないから逃げていた。心の距離が近付くたびに、彼も一緒に喜んでくれているのだと思っていた。でも、違ったんだ。

「私との生活を辛いって感じてる燈哉さんが、心のまま正直になったら……その先にあるのってもう、離婚しかないよね……？」

「ええ？」

「お父さんが、私を実家に戻すって言ってたんだ……。一度距離を置くのも選択肢のひとつだって。それで、リセットすればいいって。燈哉さんが心のまま正直に生きるって、そういう意味だよね……？　私がいると、燈哉さん体調を整えるのも……む、難しいって……！」

自分でも気付かないうちに溜め込んでいた感情が、一気に爆発した。涙でぐしゃぐしゃになった顔を乱暴に拭って、カナに飛びついた。

「結婚してからの半年が嘘だったみたいに、年末の頃は仲良くなれたって……嬉しかったんだ。わたし、欲張りになってて……、燈哉さんの笑った顔が、見たくて。声が聞きたくて」

「うん……」

「でも、燈哉さんは迷惑だったみたい。もうなんか、も、申し訳ないし、あの時間が全部偽物だったなんてショックで悲しいし……、自分が、恥ずかしい……」

みっともなく泣き続ける私を、カナは黙って抱きしめてくれる。

「わたしね、燈哉さんが、好きなの」

「知ってる……」

「カナぁ……！」

大きなスピーカーからゆったりと流れるのは、カナの大好きな女性アーティストの歌声。

部屋に入った時から、スピーカーも電気も、テーブルの上のパソコンもついたままの状態で、テーブルの上に積み重なっている書類の何枚かが、崩れ落ちたみたいに床に散らばっている。

綺麗好きなカナが、なにもかもをやり残したままにするなんて考えられない。そんな状態で私を迎えにきてくれたんだ。

「カナ、ありがと……っ」

「さっきも聞いた」

目に涙を溜めて鼻を啜ったカナが、ティッシュを差し出してくれる。

ふたりで盛大に鼻をかんで、大きく息を吐いた。

泣きすぎたせいでぼうっとした頭のまま、そういえばどうしてここにいるの、とカナに尋ねる。

カナはもう長いことひとり暮らしをしていて、私とは違う理由で、実家に戻る回数はそう多くない。

「実家に用事があってね。昨日来て、そのまま泊まったの」

「そうだったんだ」

タイミングよく近くにいられてよかった、と、彼女は額を押さえながら言った。

「さっき電話をもらった時、びっくりして心臓が止まるかと思ったわ。あんたが泣きながら電話してくるなんて初めてだったし……。事件にでも、巻き込まれたんじゃないかって」

「あ、ごめ……」

「ごめんはいらないわ。私の早とちりなんだから」

「でも、心配かけちゃって。あの、本当にありがとうね」

「……桜は辛いことがあっても、いつだって限界を超えるまで言わないから」

「そんなことないよ」

私がそれを言い終えるよりも早く、カナにまた頬を思い切り摘まれた。

「いった、痛い痛い！」

こんな風に、彼女に頬を摘まれるのは割とよくあることだ。そのよくあることの中でも、間違いなく今この瞬間が一番痛い。いつもだって痛いけど、あれはあれで手加減していたんだなと思えるくらい今日は強い。頬が千切れそうだ。

ツンとそっぽを向いたカナが、ようやく私のほっぺたを離してくれた。明日になったら痣にでもなってるんじゃないだろうか。ものすごく痛い。

ほっぺたをさする私の顔を、たっぷり数十秒は見つめた後、カナは小さくため息を吐く。それから、わずかに切なそうな顔をして立ち上がった。

――なになに、いったいどうしてそんな表情をするの……？

普段あまり見たことのないカナの様子に、胸がざわめく。思わず唾を呑み込んだら、喉がゴクリと鳴った。

「……ちょっと、待ってて。すぐに戻るわ」

真っ赤な目をしたまま部屋を出て行ったカナは、本当にすぐに戻ってきた。

「ねぇ桜、これ覚えてる？」

手渡されたのは、見覚えのあるスマホだった。スカイブルーのスマホカバーは、学生の頃、彼女の誕生日に私がプレゼントしたものだ。

「そのカバー、まだ取っておいてくれたんだ」

「当たり前でしょう。でも、見てほしいのはカバーじゃないの。こっち」

カナが画面をタップすると、一枚の画像が現れる。そこには満面の笑みを浮かべた私が写っていた。隣には、無表情で視線を外している、背の高い美女っぽい人物が。

「楊貴妃だ……」

「言うほど年数はたっていないのに、もうずっと昔のことのように感じるわね。……懐かしい」

確か、大学三年の時だ。当時カナが付き合っていた年下の彼が通う大学の、学祭に行った時に撮った写真。でも私と一緒に写っているのはカナの元彼ではない。

真っ黒な髪と白い肌と、つけまつげのついた大きな目、赤い唇。

その人は銀色の華奢な髪飾りを載せて、背中に刺繍の施された豪華な白い打掛を羽織っていた。クールでそっけなくて、そのキャラクターも含め私の好みど真ん中で、この写真を撮った時も、はしゃぎたい気持ちを必死に堪えていたのを覚えている。

あの日は、実に学祭らしい高いテンションでの呼び込みが飛び交っていて、校舎に入る頃にはカナと私はふたりしてチラシの束を持っていた。

そんな中で、美しい楊貴妃さんは、やる気なんて全くなさそうに仏頂面をしていて、チラシをもらいに来た人にあげるという斬新な宣伝をしていたのだ。
私はその人があまりにも好みすぎてなかなか近付けず、チラシをもらいに行くまでも相当な時間がかかった。しばらく柱の陰から熱視線を送っていたほどだ。

もう四年ほどの月日が経過しているのに、その人に関する情報はすらすらと思い出すことができる。青春の思い出と言っていい。

「でもなんでこの画像を持ってきてくれたの？」

「……なんとなくよ。見たら涙も止まるかなと思って」

つまり、私を元気づけようとしてわざわざスマホを引っ張り出してきてくれたわけだ。
カナの思惑通り、涙は止まっている。優しさが嬉しくて、努めて明るい声を作り、思い出話に花を咲かせた。

「今見ても本当に綺麗だね。クールで素敵だったよねぇ」

私が真顔で呟くと、カナは呆れたようにして目を細めた。

「桜にはそう見えるんでしょうね。でもただのコスプレじゃない。しかも女装」

「だから余計すごいと思わない⁉　女の子だったらなぁ。抱きつくか抱きしめてもらうか……、できたのに……」

この美しい楊貴妃さんは、歴史上の有名な人物をあえて女装で表現し、更に彼らが店員さんとしてサービスをしてくれる、という女装喫茶の店員さんだったのだ。

「店に入る前から、私たちのことわざわざ案内してくれたよね。テーブルにもついてくれて。一言も言葉発さなかったけど」

「そう。なぜか私たちだけね。散々他の女の子に声かけられても無視してたのに」

「なぜって、カナが美人だからでしょう。いつものことだよ」

わざとらしく肩を竦めた彼女はなぜか自信ありげに「違うと思うけどね」と言った。

「こいつのことは最近まで思い出しもしなかったけど、この日、桜と随分話し込んでたのはよく覚えてるわ」

「こいつって……。でも私も覚えてるよ。この時期はいろいろあったからなぁ」

就職が決まって家を出る前の時期で、今振り返れば大変なことが重なり、私は容量オーバーに陥っていた。

そういえば、将来は親の決めた相手と結婚してもらう、と父から具体的に聞いたのも、この頃だ。

当然のことだと理解はしていたけど、多少恐怖みたいなものもあった。

私が私だけのことを考えていられるタイムリミットを、明確に示されたから。

結婚のことは、しばらくの間、誰にも言えなかった。カナにすら。決められた未来を言葉にするのが怖かったのだ。

でもこの写真を撮った日、初めて口にしてみようと決心できた。それはその店が、非日常の、ちょっとおかしな空間だったからこそ、カナに全部話せたのかもしれない。

そうして自分のこれからの道をはっきりと見つめて、私はまた頑張ろうって思えた。

「お店を出た後で、カナが頼んでくれたんだよね。写真いいですかーって」

「そうね」

「カナ、この写真を撮った後のこと、覚えてる？」

案の定首を横に振った彼女に、私はにっこり笑って見せた。

思い出したのだ。美しい人がくれた素敵なエールを。

「最後に楊貴妃さんがお見送りに来てくれたんだよ。廊下のところまで」

「そうだったかしら？」

「うん。でね、その時も、楊貴妃さんはやっぱりずっと黙ってたんだけど。私の頭をね、ポンッて、撫(な)でてくれたんだ」

「そうなの？」

「うん」

あの人がしてくれたように、カナの頭に手をのせる。

「頑張れって、言われた気がしたんだよね」

「……そう」

あの頃の私は、多分、不安に押しつぶされそうになっていたんだと思う。

新しい暮らしや、初めての仕事、大好きな家族と離れることもそうだし、カナが側にいない初めての場所に行くのも。

今となっては夢のような約二年だったけれど、そこに飛び込む前は不安でいっぱいだった。

自分が望んだことでも、ぬるま湯の中で生きていた自覚があったからこそ、本当にやっていけるのかと深く考えて眠れなくなったりして。

楊貴妃さんにしてみれば、頭を撫でたことにきっと意味なんてなかったのだろう。

でもあの時の私にとっては、最高の励ましだった。

「懐かしいな。あんなに感激したのに、すっかり忘れちゃってた」

その後も、お店を出た瞬間にカナがナンパされた話や、あまりに軽薄な男性に私が激怒した話など、文化祭でのエピソードを笑い倒しつつ、カナとたくさん話をした。

「ねー、カナ。いつもありがとうね。大好きだよ」

ここまでの人生の道のりで、どの瞬間にも、私の隣にはカナがいてくれた。

さっきまであんなに大号泣して、悲しみしか見えなくなった私を、今はもうこうやって笑わせて元気をくれる。

「なに、突然……、やめてよ」

私の人生にカナが居てくれて、本当によかった。

悲しみがなくなるわけじゃないけれど、カナのわかりにくい優しさは胸に沁みる。

――その時、コンコン、とリビングの扉がノックされた。お手伝いさんがお茶を用意してくれたようだ。

顔見知りの彼女に会釈(えしゃく)をすると、そっと微笑みながら蒸しタオルを差し出してくれる。カナが頼んでくれたのだろう。お礼を言って受け取り、目蓋(まぶた)に載せた。ほっとする温(ぬく)さが心地いい。

「これから、桜はどうしたいの？」

「燈哉さんのことを思ったら……離婚するべきなんだと思う。元々あっちには、なんの得もない結婚だし」

水嶋がどうして倉木と縁を結んだのか、今でも不思議に思っている。なのに彼は歩み寄ろうと努力してくれた。

それに引き替え私は、彼の態度に耐えられなくなって爆発して、勝手にコミュニケーションを図り始めて、勝手に好きになって。

勝手に勘違いして仲良くなったような気になって。勝手に失恋して、泣いて。

冷静になって考えてみれば、付き合わされる彼はたまったもんじゃないだろう。

「夏祭りまでに本当の夫婦になりたーい、とか……。ほんと、笑える」

他人事(ひとごと)のように呟いて、また熱を持ち始めた目頭を指で押した。

「あんたの馬鹿旦那の気持ちなんかどうでもいいのよ。私が聞きたいのは、桜の気持ち」

「馬鹿旦那って……」

カナがどんな表情をしてそう言っているのか見なくても簡単にわかるから、思わず笑みが零れた。

きっと整った形の眉を吊り上げて、目元をピクピクさせているはずだ。

「私は……、一緒にいたいなぁ」

涙が頬に落ちる前に、タオルで吸収する。こんなに簡単に涙が出るなんて、涙腺がどうかしているとしか思えない。

「それでも、好きなのね？」

「あの時間が全部嘘でも、燈哉さんが私のことを嫌いでも……、好きだって思う気持ちが、急になくなったりはしないよ……。だって、初めてこんなに人を好きになったの。ほ、ほんとうの夫婦になりたいって、本気で思って……」

「桜……」

「でも、それはもう叶わないから……、せめて出て行けって言われるまで、あのマンションにいたい……。燈哉さんの、迷惑にならないように……気を付けるから」

彼が離婚を選択したら、その時は悪あがきせずに望みを受け入れる。

今以上に迷惑な存在にはなりたくない。絶対に。

ふいに、視界を覆っていたタオルを外される。ソファの背もたれに体重を預け、天井を向いていた頭を少しだけカナのほうに向けた。

目の縁に涙を溜めたまま、唇を引き結んだカナは、迷うように視線をうろうろさせていた。竹を割ったような性格の彼女には珍しいリアクションだ。

「楊貴妃さんは、そっけなくてクールで視線が冷たくて、それが素敵だって思ったのに……、燈哉さんに同じように対応されると、どうして、きゃーっ！　素敵ー！　ってならないんだろうね」

冗談めかして笑ったものの、カナの顔が歪む。悲痛な眼差しに申し訳なくなり、ごめん、と小さく呟いた。

「理想と現実は違うものよ。好きなタイプってだけで恋愛関係に発展するなら、世の中もっと平和なんじゃない。そうじゃないから人は恋について悩むし、そうじゃないからこそ、もっと相手のことを知りたいって思ったりもする」

震える声で答えてくれた彼女に、私は何度も頷いた。

「そっか……、うん、そうかも。燈哉さんを好きな理由って、ひと言では言い表せないし……。気付いたらいろんなものがいくつも積み重なって、いつの間にか自然と好きになってた……ような」

「恋愛感情を持つきっかけなんて、それこそ人の数だけあると思うわよ。極論、好みのタイプと真逆でも、どうしても好きだって思うことだって、あると思う。それはある意味で、最強なんじゃないかしら。個人的にはそう思う」

ま、そういう場合は苦労が絶えないだろうけどね、とカナが付け加えた。

「うん……、そうだね」

お手伝いさんが用意してくれたミルクティーを飲み干し、カップをそっとテーブルの上に置く。

淡いピンク色のカップは、金の縁取りが施されていて、とてもかわいらしい。

「ありがと」

「しつこいわよ」

綺麗に手入れされた指で、カナが私の頬を摘まもうとする。慌てて頭を振って体を引いた。

「さー、じゃあそろそろ帰ろうかな」

汚れてしまったワンピースの裾を払って、座り心地のいいソファから立ち上がる。

「もう？　泊まっていけばいいじゃない」

「ありがと。でも、大丈夫」

目蓋はまだ熱いし、彼の言葉を思い出せば簡単に涙が溢れる。

心臓はいまだに嫌な音を立てていて、鋭い痛みも走る。

なぜ父が彼について事情をいろいろ知っている風だったのか、父が感じている責任とは一体なんなのか、彼がどうして私の実家にいたのか——、疑問も悩みもたくさんある。

こんな想いをするくらいなら、もういっそのこと離れてしまったほうが楽なのかもしれない。彼もそれを望んでいるのだから。

でも、どうしても、もう少しだけでいいから彼の側にいたいと思ってしまう。

「燈哉さんは離れたがってるのに」

「……え?」

「私は結局我儘（わがまま）だなぁ……」

彼が違う道を模索していると気付いているのに、私は自分の意思を優先して物事を考えている。彼のために身を引こうとは微塵（みじん）も思えないのだ。

欲求を高く掲げて、開き直っている自分が少し怖かった。

無言で私の手を取ったカナが、そこにぎゅっと力を込める。

「忘れないで。私はいつだって桜の味方よ。あんたの馬鹿旦那のことなんかどうでもいい」

辛口なエールに苦笑し、カナと手を繋いだまま玄関へ向かった。

17　旦那さん、幻覚を見る。

俺は、弱い。

情けない上に卑しくて、臆病だ。……彼女のことになると。

普段は自分を必要以上に卑下する性質ではないのだが。

倉木のお義父さんのもとを訪れた数日後、俺は普段通り会社に出勤していた。

そして、もうすぐお昼かという時間まで仕事したところで、社長室にいる親父に呼び出された。

至急の連絡と言われたから駆けつけたというのに、今、目の前に座っている親父は優雅に弁当を広げている。

その姿をぼんやり眺めながらも、考えるのは彼女のことばかりだ。

――今度こそ彼女の理想になりきろうと決めた。

今度こそ完璧に。熱烈な視線を得るために、彼女の愛を得るために。

水嶋の情報屋や彼女の父親である倉木さんの協力のもと、彼女についての情報収集は完璧に済ませている。

倉木さんの忠告は心して守っているし、シミュレーションも重ねた。

あとは、その通りに演じていけば、もしかしたら……

計画を完璧に実行するために、ちょうど最近、仕事量がますます増えたのは都合がよかった。

本当の自分は、彼女の笑顔を目にすれば笑いかけたいと思ってしまうし、彼女の声を聞けば性懲(しょうこ)りもなく話をしたくなる。いつだって同じ空間で彼女の気配を感じていたい。けれど、それは彼女の理想とする男性像ではない。

「ひっでぇ顔だな」

親父が、呆れ顔でそう言った。

「不本意ですが、あなたにそっくりだと言われて育ちましたが？」

「馬鹿。造りの話じゃねぇよ」

「そうですか」

「社内だがプライベートな話だ。敬語はよせ」

テーブルの上には、水嶋が贔屓(ひいき)にしている老舗(しにせ)料亭の弁当が、ふたつ置かれている。通常、親父のためにしか作られない特別なものだ。

弁当からふと顔を上げると、四角い窓の外に青い空が広がっていた。

雲が薄くたなびいている。親父越しに見えているその景色に、彼女を想った。

そこにいるはずの親父の姿は視界から消え、彼女のふんわりとした笑顔が広がる。

かなりやばいな、と自分でも思った。

「呆けてないで食えよ」

瞬時に意識を現実に引き戻されて、目が霞む。

このところ睡眠がまともにとれていないせいだろうか。

気を抜くと頭がぼんやりして、なにをしているのかわからなくなる時がある。

「お前、毎日飯食ってんのか？」

「食ってる」

「睡眠は？　ちゃんと寝てるか？」

「……うるさいよ。三十近くの息子に、そんなこと聞かないでくれる？」

「お前は……、本当に馬鹿だな。桜ちゃんにも、そうやって話せばいい」

手にした箸を、テーブルに戻す。元々なかった食欲が完全に消え失せた。

夜は、ちゃんと食べている。俺がどんなに遅くなっても彼女は寝ないで待っていてくれて、食事の支度もしてくれる。

肉でも魚でも、俺が帰宅してからわざわざ調理してくれて「出来立てのほうがおいしいかなって」と言って笑ってくれるのだ。

「体が資本だろ。ぶっ倒れでもしたらどうするんだ、とにかく食え」

「至急の連絡は？」

「そんなもんは建て前だ」

「あっそ……」

全身の力が抜ける。蓄積された疲労が一気にぶり返したようだ。

「馬鹿がまた、なにを思い悩んでる？」

目を開けているのも億劫（おっくう）で、目蓋（まぶた）を閉じたまま親父の声を聞いた。

「倉木も言っていただろう。違う道もあるって」

「違う道か。素（す）のままの自分で彼女と向き合うなんて、今更……」

「なんでだよ」

「俺には彼女に見合う魅力も価値もないから」

言いながら指先で目蓋（まぶた）を撫（な）でた。

「馬鹿が。どうしようもねぇ馬鹿だな」

「連呼するなよ」

「他にお前に合う言葉がない」

「同感だけど、何回も言うなって」

乾いた声で親父が笑う。今はいくらか心地いいと感じる、鼓膜に低く響く笑い声。

この声が、ほんの数年前までは大嫌いだった。

「今のお前があるのは……いや、俺とお前が今こうしていられるのもすべて、か。桜ちゃんのおかげだ」

「彼女と出会っていなければ、水嶋を継がせてくれなんて口が裂けても言わなかっただろうね」

「だろうな」

「勝手な息子ですみませんね」

「勝手なのは水嶋家のＤＮＡだ。気にすんな」

「なにそれ。寛容（かんよう）な言葉だな。昔と大違い」

　他の道を許さない父親だった。やることなすこと端（はな）から反対され、二言目には「水嶋の長男に生まれたからには家を継げ、そのための努力をしろ」と、繰り返し強制する父親だった。

　俺が勝手に家を出て水嶋とはなんの関係もない企業に入社した時、縁を切ると言われたし、自分もそれを望んでいた。世襲（せしゅう）なんて馬鹿げてるとずっと思っていた。何年もの間、口も利かなかった。

　それが、今となっては――彼女と出会い、プライドを捨て親父に頭を下げてから四年と少し。あれほど深かった溝も嫌悪感も、綺麗さっぱりなくなった。勝手であることは承知しているが、水嶋グループとここで任される仕事に、やりがいと誇りも感じている。

親父とひとつずつ問題を話し合い、関係を再構築できたのは、彼女がいたからだ。彼女が俺の人生に現れたことで、すべてが回り始めた。

〝水嶋に戻りたい〟という俺の願いを、どうして親父が聞き入れてくれたのか、今でもよくわからない。あれだけ反発していたのだから、戻りたいだなんてどの面下げて、と、思われて当然の状況。にも拘(かか)わらず、理由を吐かされた後、親父はただ頷き受け入れてくれた。

そして、彼女に関することだけは、面白がりはすれども馬鹿にするような態度は絶対にとらなかった。頼んでもいないのに率先して仲を取り持とうとする始末だった。

いい年して親に恋愛事であれこれアドバイスされるなんて、羞恥(しゅうち)の極みだ。それに、幼少期や思春期に見ていた親父と印象がまるで違う。

彼女のことで悩んでいると、今でも親父が一番に気付く。

そうして今回もまた、気付かれてしまった。

「お前、腹の括(くく)り方間違ってねぇか？　そんなに桜ちゃんが大切ならよ、それこそ無理は長く続かねぇんだよ。もうわかってんだろ」

親父と俺は、誰が見ても親子だとわかるほど似ていて、全く嬉しくないが「生き写し」だなんて表現をされることもある。

もう三十年たったら、自分は間違いなく今の親父のようになるだろう。

その親父の顔が、悲しげに歪んでいた。

そんな表情をさせているのが他でもない自分だということが、情けない。

人を見下すような表情ばかり見ていたからか、言い難い違和感がある。

「臆病にもほどがあるだろ。素のままだって、いいじゃねぇか」

「臆病、ね。それも同感だな」

漆塗りの重箱に入った高級料亭の弁当は彩りもよく、味も当然ながら一級品なんだろう。

それなのに食欲は一向に湧かなくて、にも拘わらず彼女の作る料理が恋しくなった。

重箱は結局持ち帰ることにした。

「いい年して親父にこんな心配されて気持ち悪い」と言うと「それこそ同感だな。俺だって大概気持ち悪いぞ」と親父が笑った。

それに対して……いろいろ悪いね、と言うのがせいぜいだった。ありがとうなんて、とても素直には言えない。

「燈哉」

部屋を出て行こうとしたところで、親父に呼び止められる。

「高原からレセプションパーティーの誘いが来てる」

「高原……、レイプラントか」

「お前、桜ちゃん連れてパーティーに出たことないだろ。高原のところにも今年に入って一度も顔出してないって聞いてるぞ。桜ちゃんの立場と水嶋の面子（メンツ）も考えろ」

親父の言うことはもっともだ。

入籍してからもひとりでパーティーへ出向いているのは、素（す）の自分を知っている連中の前に彼女を連れて行きたくないからだ。そしてそれ以上に、かわいい彼女を極力、人目のある場所に出したくない。それがどれだけ子供じみた考えなのかは自覚している。

結局俺は自分のことばかりだ。改めて実感し、唇を引き結んだ。

いつまでも、宝物を隠す子供のような真似（まね）を続けてはいられない。

「彼女の予定を確認してから返事する」

「そうか。とりあえずは、出席って方向でいいんだな」

「ああ。……俺は社会人としても失格だな」

「いつまでも、ぐちぐち言ってんじゃねぇよ。女々しい奴だな。しゃきっとしろ」

どん、と強く背を叩かれて、一瞬呼吸が止まった。

18　奥さん、どんよりする。

「レイプラントのレセプションパーティー？」

帰宅した彼と一緒に夕食を済ませたところで、突然、夫婦同伴のパーティーへ行かないかと誘われた。

――つい数日前に実家であんな光景を見たばかりで、こんな話が舞い込むなんて……。

本当に、私が行っていいものかと戸惑う。

「そう。二週間後の月曜日だから、予定しておいてくれ」

私の心境など知らない彼は、簡潔にそう伝えた。仕事関係のパーティーだし、仕方なく私を誘ったのかもしれない。

「わかりました」

「ごちそうさま」

雑談もほとんどないまま、夕食を終えた彼が自室へと戻っていく。

こんなことにいちいち傷付いていたら心が保てなくなってしまうと思うのに、正直で欲張りな感情を上手に制御(せいぎょ)できないでいる。

はぁ、と思わずため息を漏らしてから、片付けのためにキッチンへ入った。

燈哉さんの本心を聞いてしまったあの日以降、意識して、なるべくいつもと同じように振る舞っているつもりだ。自分のなにが悪いのか、考えながら。

「パーティーかぁ……」

大企業のご子息ともなれば、招待されるイベントは数多くあり、夫婦で参加すべきパーティーなどには、妻として当然私も出向くことになる。そういった機会はもっと頻(ひん)繁(ぱん)に訪れるものだと覚悟していたけれど、予想に反して、夫婦で同伴するのは今回が初めてだ。

片付けを終え、スマホ片手にリビングのソファに腰を下ろす。「レイプラント」を検索し、企業の情報をざっと確認した。

今回は新規開業に関するレセプションパーティーなのだそう。レイプラントがホテル事業を主としているのは知っているが、意外にも、企業の歴史は浅いようだ。

短期間でここまで成長するなんてすごいな、と、素人丸出しの感想を持ちつつ、いくつかの情報をスクリーンショットに収めた。

準備を始めながらもどんよりと気が重くなってしまうのは、華やかな場が得意ではないという理由以上に、彼に対する気まずさがあるからだろう。

でも、個人的な感情は抜きにして、妻の務めを果たすべきだ。パーティーとはいえ、営業飛び交うビジネスの場だ。水嶋の評価を下げないように、しっかり務めないと。

気を引きしめて、当日着る服の調達などを淡々とこなし日々を過ごした。

迎えたパーティー当日、夕刻に帰宅した彼と共に水嶋の車に乗り込み、会場へ向かった。

居心地が悪くて、背中を丸めたくなる高級外車の中でも、気を張って姿勢を正しく保つ努力をする。

盛装をした燈哉さんはいつも以上に綺麗で煌びやかだった。かっこいいなぁ、と思った瞬間、やるせない気分になって泣きそうになった。

「……その服」

「はい？」

「どこで用意した？」

スカートの裾を摘まみながら彼にブランド名を告げると、「そうか」と言ったきり会話が途切れた。

デザインもさることながら、着心地のよさを世界中で評価されている有名ブランドのワンピースは高級品なため、どうにも着られている気分になり落ち着かない。

形はごく一般的なフォーマルワンピースだ。品のある胸元のビジューがアクセントになっており、デザインは素直に素敵だと思う。光沢のある生地は渋みがかった水色。試着をした際に、鏡の中の自分がいつもより大人っぽく見えたのが決め手だった。

店員さんには色違いのベージュピンクを散々すすめてもらったけれど、彼の仕事関係の人目がある場所で、ただでさえ童顔な私がピンクを着るのはどうにも憚られた。

水嶋燈哉の妻として、相応しい身なりを整えなければ。その気持ちがなによりも大きかった。同時に、彼と並んだ時に、釣り合いのとれる自分になりたいと思ったのだ。その自信を少しでも持ちたいと。

「自分で……」

窓の外を見ながら、彼がぽつりと呟く。

「自分で、選んだのか」

「はい」

質問にどんな意図があるのかと探ってみても、答えは見えてこない。それでも結婚当初のように口数が少なくなってしまった彼と、もうクイズをする元気も起きなかった。

会場であるレイプラントが経営するホテルに到着し、燈哉さんが車を降りたところで、運転手の雨宮さんに声をかける。

「雨宮さん、ありがとうございました。帰りもよろしくお願いします」

壮年の彼は、どうしてか私の言葉に目を丸くした。それから、目尻を下げてにっこりと微笑んだ。

「こちらこそ、勿体ないお言葉をありがとうございます。奥様、今日のお召し物もとてもよくお似合いでいらっしゃいますね」

私が普段高価な服を好まないことを知っている雨宮さんが、「今日のお召し物も」と言ってくれたことが、嬉しかった。緊張で固まっていた体が少し解れる。もう一度彼にお礼を言って、体を横に滑らせた。

「奥様があまりにもお綺麗ですから、燈哉様は計り知れない喜びを感じていらっしゃるようにお見受けします」

「え……、あ、そうでしょうか」

人のいい笑顔を向けられ、一瞬言葉に詰まってしまった。

「いってらっしゃいませ」

いってきます、と返事をして、車を降りる。

燈哉さんと共にアテンドの方のうしろを歩きながら、ぐらぐらと危なっかしい足元に力を込めた。

このパンプスもまた、普段は絶対に手を出さない海外ブランドの、普段は絶対に履かない高さのピンヒールだ。時間がたつにつれて指の先が痺れてくるだろう。とにかく転ばないようにと注意して、前を向いた。

するとエレベーターホールに差しかかったところで、彼が手を差し伸べてくれる。

「あ、ありがとうございます……」

クラッチバッグを抱え直しながら、その手を取った。

触れた温もりに、胸がぎゅっと切なくなる。近い距離で必要以上にじっと見つめられ、燈哉さんの視線が上から下へと移動する。今夜の私の装いが、お気に召さないのかと不安になってきた。

余計なことは言いたくないのでぱっと目を逸らすと、ほどなくして彼の視線が剥がれる。

燈哉さんの本心を聞いたあの日から、私の心はとても臆病になってしまった。ポジティブだけが取り柄なのに、なにかにつけて思考がマイナスに働いてしまうのだ。

本当は、彼の口からきちんと事の詳細について説明してほしいと願っている。

私のどんな行動がいけなかったのか、なにが彼を追い詰めたのか。その心を正しく理解し自ら動いて、この状況をよくするための努力をしたいと。

けれどそうできないのは、これ以上煩わしく思われて、嫌われるのが怖いからだ。藪をつついて蛇を出し——燈哉さんがかえって「違う道」を選択することになったらと思うと、足が竦んでしまう。

誰かに嫌われたくないとこんなにも強く思うのは初めてで、どうしたらいいのかわからない。そんな自分にうんざりしながらも、解決策も見つけられずにいる。

「レイプラントの社長と親父は、学生時代の同級生なんだ」

「あ、はい。先日秘書の方が資料を送って下さって、確認しました。高原社長のご長男と燈哉さんも、同級生なんですよね」

企業と企業の関係性について学ぶのは初めてだったので、詰め込みすぎて頭がパンクしそうになった。実家である倉木が主催するパーティーでは、「誰が来ても、にこにこ笑って挨拶をしてね」と言われるだけだったのだ。

これが燈哉さんの妻としての務め、そう思えば、苦手な暗記だって頑張れた。

どんな小さな粗相もしないように、燈哉さんに恥ずかしい思いをさせないように。

水嶋の名に傷をつけないように、頑張らないと。

「親子二代でなんて、ご縁があるんですね」

「……。今日は、仕事の話が多くなると思う」

「はい、わかってます。ご挨拶はご一緒させてもらいますけど、あとはひとりでも大丈夫ですから。私のことは気にしないで下さい」

夫婦同伴とはいえ、パーティーの間中、燈哉さんに引っ付いていたら邪魔になるだろう。

ある程度挨拶を終えたら、ひっそり休憩できそうな壁際を探そう。いい感じに壁と同化して時間を過ごすのは、倉木主催のパーティーで体得した私の得意技なのだ。

　会場の入り口につき、受付をして名札を受け取る。彼のエスコートを受けながらフロアへ入った。

　豪奢な装飾と人の数に驚きながら、まずはレイプラントの社長のもとへ挨拶に向かう。

「おっ、燈哉くん。来てくれたんだね」

「ご無沙汰しております。このたびはおめでとうございます。申し訳ありません、父は急に海外へ飛ばなければならなくなり、出席できないことを嘆いておりました」

「ありがとう。うん、水嶋から連絡をもらっているよ。いやぁ、しかし君は年々お父さんそっくりになっていくねぇ」

「不本意ですが、自分でもそう思います」

「ははっ。仕事の腕もお父さんの才能を引き継いでいると評判だよ。全く、うちの馬鹿息子に見習わせたいものだ」

「ご冗談を。渓人さんは学生時代から優秀でしたよ」

　和やかに進む会話の中で、文字数多めどころか文字数たっぷりお話しされる彼を見ていると、じりじりとおかしな違和感を覚える。

　ビジネスの場であれほど無口なわけないとは思っていたけれど、実際に目にすると家での彼とのギャップに、なんとも不思議な気分になるものだ。

ふいに、ある場面が脳裏を掠める。

私の実家で父と話していた時の彼は、今のようにたっぷりと言葉を使って話していたじゃないか。考えたくもないのに心の声が浮かんでくる。

思い出すだけで胸が痛い。実家の扉の前に立つ自分と、あの日聞いた悲しげな彼の声を、必死に頭から追い出した。

「そちらのかわいらしいお嬢さんが、燈哉くんの奥様だね」

「はい。妻の桜です」

彼にそっと背中を押されて一歩前へ出る。

妻の、という言葉に、心が敏感に反応する。それが痛みなのか喜びなのか、他のなにかなのか、よくわからなかった。

「初めてお目にかかります。水嶋桜と申します。このたびは、おめでとうございます」

「桜さん、来てくれてありがとう。高原です。どうぞよろしく」

「お招きいただいて光栄です。こちらこそ、どうぞよろしくお願い致します」

挨拶さえ済ませてしまえば、あとは彼と高原さんの会話に微笑みながら相槌を打つのみだ。

しばらくそうしていると、輪の中に、ひとりの男性が新たに加わった。秘書さんが作ってくれた資料に顔写真が載っていたので、彼が誰なのかはすぐにわかった。高原社長のご子息だ。

それほど上背がなく中性的な顔立ちのせいか、一瞬女の人かと思ってしまった。名は高原渓人さん。年上の方に失礼かもしれないけれど、人懐こい笑顔は実家の弟を連想してしまう。

彼にも挨拶をしてしばらくすると、高原社長がその場を去った。

すると、会話の内容が砕けたものになっていく。

「しっかし水嶋が結婚とはねぇ」

ニヤニヤとからかいの笑みを向ける高原さんに、燈哉さんの眼差しが強くなる。

「随分な愛妻家だって聞いてるぜ。お前のお父上からな。全く、あの水嶋が……」

「高原」

明らかな制止の意図が込められた声に、肩が震える。高原さんも、驚いたように何度か瞬きをした。

「なんだよ。余計なこと言うなって？」

「……うしろに挨拶待ちの招待客がいる。お前を独占するのは申し訳ないな。失礼する」

「なんっだ、その喋り方」

行こう、と肩を抱かれて、不満げに彼を見つめている高原さんの側を離れた。

お父様同士はそれなりの関係を築かれているようだけど、彼と高原さんはそうではないのかもしれない。燈哉さんの表情が強張っているのも、顔色が悪く見えるのも、気のせいではないだろう。

「あの、大丈夫ですか」

「昔から突っかかってくる奴なんだ。気にしなくていい」

微妙に的を外した返答に、本当に大丈夫かなと余計心配になる。

飲み物を取りにブースへ向かう途中にも、少し進んでは声をかけられ、また人が離れると他の集団に囲まれ、挨拶の波は途切れることがない。その間に何人かの水嶋グループの社員とも合流し、具体的な仕事の話に移っていく。

「私、少し離れていますね。ご挨拶の必要な方がいらっしゃったら、スマホで呼んで下さい」

ようやくノンアルコールカクテルで喉を潤した彼に、そっと耳打ちをした。

「……ごめん」

「どうして謝るんですか。お仕事、頑張って下さいね。私はお料理を堪能しつつ、大人しくしてますから。水嶋の嫁が、めっちゃ頬張ってたとか言われないように気を付けます」

冗談めかして笑うと、どうしてか切なげに表情を歪めた彼に、体を引き寄せられる。

片腕で強く肩を抱かれ、すり、と頬を撫でられた。

突拍子もない彼の行動に驚き腕の中で固まると、耳元に低い囁きが吹き込まれる。

「このフロアを出る時は必ず連絡を」

たったそれだけの言葉を告げるのに、こんなに接近する必要があるのだろうか。

わかりやすく動揺した私はこくこくと何度も頷き、するりと腕の中から抜け出した。

水嶋の社員さんたちから飛んでくる冷やかしの声が耳に痛い。フロアに入ってからずっと、彼を追いかけるように動く女性の秋波も痛い。

どうして彼は、あんなことをするのだろう。ますますわからない。

つい先日まで、喜びの気持ちだけで集めていた彼の本当の姿を探るパズルのピースが、ばらばらになっていく。

今の私には、不必要な接触は毒でしかないのだ。彼が望むなら、いつでもこの結婚生活を終えられるようにと気を張っているのに。

触れられれば縋りたくなる。ずっと側にいたいと、燈哉さんの気持ちも顧みず自分の欲求を押し付けたくなってしまう。

久しぶりに感じた彼の温もりをかみしめつつも、心に予防線を張った。

もう二度と勘違いなんてしないように。

19　奥さん、即席ラーメンを欲する。

即席ラーメンが食べたい。できれば味噌味がいい。

料理ブースで取り分けてもらった、あからさまな高級食材を使用したメニューの並ぶ白いお皿を尻目に、私は真顔で唸った。

しかし、すぐに「いかん、いかん」と思い直す。

丹精込めて作られたフランス料理を見て、即席ラーメンを食べたいと思考するなんて。

得意技を駆使していい感じに壁と同化し、努めて上品に食事を進める。

豪奢な内装と飾りつけ、煌びやかに着飾った招待客。ほんの二メートル先では、奥様方が輪を作り、優雅にお喋りを楽しみ微笑み合っている。

ぼうっとしながらフォークをお皿に戻したその瞬間、体に軽い衝撃が走った。なにかが私の肩にぶつかったのだ。

「わっ」

「すみません」

聞き覚えのある声に顔を上げると、案の定、そこには高原渓人さんがいた。すまなそうに眉根を寄せて、こちらにハンカチを差し出している。

まさか、と思い武装しているワンピースを見下ろすと、胸元に、お皿の上のワインソースがべったりとくっついていた。

「桜さん、申し訳ありません。私の不注意で」

「いいえ、どうぞお気になさらず。ハンカチもありがとうございます。ですが汚してしまいますので、お気持ちだけいただきますね」

「それこそお気になさらないで下さい。どうぞ」

一歩も引かない様子に頭を下げて、ハンカチを受け取った。

ハンカチでワンピースを撫でていると、突然、私の手の上に、高原さんが手を重ねてきた。驚きながらもそっと手を引き抜いたところ、高原さんはどうしてか目を細めて微笑んだ。

「すぐに代わりのドレスを用意させます。準備が整うまで上の部屋でお待ちいただけますか」

「お気遣いありがとうございます。ですが結構です。主人に相談してみますので」

「あなたのように美しい人を、そのような格好で歩かせるのは忍びない。そのドレスより、もっと質のよいものをご用意させていただきますよ。……ご主人様には秘密で」

きゅっと片目を瞑ってウインクをぶちかました彼に、私は若干泣きそうになった。

心の中に嫌悪が芽吹く。なんとかにこやかな表情を保ちながら、胸の内では「君めっちゃ失礼な上に最低な奴だな！」と盛大に叫んだ。

迸る自信と金持ちアピールに本気で鳥肌が立つ。ほとんど出会い頭と言ってもおかしくないこの短時間で、学友の嫁を口説くとは一体どのような神経をしているのだろう。控えめに言って私がもっとも嫌いな人種だ。その上、私が精神的に背伸びして選んだワンピースに軽やかにケチをつけるとは、こっの野郎……！　本当は袖を通すのもうんざりする世界的高級ブランドだぞ！

「まぁ、お上手ですね。ですが主人に叱られてしまいます」

このアホ坊とこれ以上会話を続けたら体調不良に陥りそうだ。ただでさえこのところ食が細くなっているのに。

「ハンカチをお貸し下さってありがとうございました。後ほど、主人と相談してお礼をさせていただきます。では」

腹が立つだけの会話に終止符を打ち、けれどあくまでも感じのよさを失うことなく意識して、その場を離れた。スマホで燈哉さんの番号を呼び出しながら足早にホールを出る。胸元の汚れはクラッチバッグでなんとなく隠した。

彼への電話は繋がらず留守番電話サービスに転送されてしまう。このままメッセージを残すべきか、それとも、メールを送信するべきだろうか。

「待ってよ」

トイレに入る直前で、声の主に腕を強く引かれた。高いヒールを履いた足元がぐらつく。まさか、こんなところまで追いかけてくる？　笑みを浮かべ両手を広げている高原さんの胸に倒れ込むなんて、絶対に嫌だ。

持てる気合いを総動員し、少々下品なヒール音を響かせながら足を踏ん張った。

「水嶋の過去、知りたくない？　どうせ知らないいんだろ。あいつがどんだけ最悪な奴か」

燈哉さんの過去がなんだと言うのだ。彼のことならばなんでも知りたいと願っているけれど、それは彼の口から彼の言葉で聞くから意味があるもの。どう考えてもマイナスな情報を吹き込む気満々の人に、話を聞きたいなんて微塵も思わない。

高原さんは彼に、どんな恨みがあるのだろう。

突っかかってくるなんて次元の話ではない気がする。ほの暗い瞳には微かな恐怖を感じた。

「話をしようよ。いろいろ聞きたいこともあるしさ」

「でしたら、パーティー会場でお聞きします。手を離していただけますか。あちらへ戻りますから」

「ホールでは、とても話せないから誘ってるんだよね」

「痛……っ」

高原さんの指が、私の二の腕に食い込む。尋常ではない力で体ごと腕を引かれた。

「な……っ、離して！　誰か！」

ホールからそう離れていないにも拘(かか)わらず、人目につくことなく、従業員用の通路へ連れ込まれてしまう。腕を折られるのではないかと思うほど、骨が軋(きし)み酷(ひど)い痛みを感じた。ほとんど引きずられているような状態だ。全身が冷えていき、心臓がバクバクと嫌な音を立てる。

「クソッ、歩きづらい」

大きな音で舌打ちをした彼が、くるりと振り返って私の腰に腕を回す。そしてそのまま、まるで荷物のように私を肩へ担ぎ上げた。

「ちょっ、意味わかんない！　下ろしてよっ、触らないで！」

私はめちゃくちゃに手足を動かして、彼の上で大暴れをした。暴れすぎたせいでクラッチバッグもスマホも落下してしまった。助けを呼ぶ手段を自(みずか)ら手放してしまったのだ。拾いに戻りたくとも拘束(こうそく)の腕が緩むことはない。

「うるさい！　黙れ！」

「黙ってたまるか！」

思い切り怒鳴られたので背中をぶっ叩きながら怒鳴り返すと、彼は重そうな扉を開いて客室の並ぶ廊下へ出た。ポケットから取り出しているのはマスターキーだろうか。さすがホテルも経営する会社の息子、このやろう！　手早く開錠すると、部屋の中へ。すぐさまベッドの上へと放り投げられる。実に乱雑な手付きだった。

「いったいな！」

「本当にうるさい女。水嶋の奴、趣味悪すぎ」

「なんだと！　あんたに言われたくないわ！」

「この状況わかってんの？　よく俺に口答えなんてできるね」

にぃ、と唇の端を吊り上げた彼を見て、怯えが怒りに勝つ。

「そ、その言葉、そっくりそのままお返しします！　こんなん犯罪ですけどわかってます⁉」

「犯罪？　あいつの罪に比べれば、こんなの大したことじゃない」

異常だ。表情としては笑っているはずなのに、目がちっとも笑っていない。

私はシンプルなダブルベッドに手をつき、上半身を起こす。ベッドから飛び下りようとさらに体を動かすと、スーツのジャケットを脱いだ彼に仰向けで押さえつけられてしまう。見下ろしてくる高原を、眼差しに力を込めて睨み返した。

「こんなことして何になるわけ？　こんな晴れの日に、お父様の顔に泥塗るようなことして……！」

「水嶋の奥方にそんな心配をされるとはなぁ。お前もどうせレイプラントは水嶋より格下だって馬鹿にしてんだろ。ふざけんなよ」

「私がいつレイプラントを馬鹿に……っ、意味のわからない男だなっ！　このアホ坊！」

「……これが、水嶋が本気になった女、ね」

独り言のように呟いた彼が、私の腕をひとまとめにし、手首をネクタイで縛ろうとする。

この先の展開を想像して、背筋がゾッとした。もがいたところで力では敵わず、あっという間にベッドヘッドに手を固定されてしまう。

悔しくて、泣きたくもないのに涙が込み上げる。歯を食いしばると、ギリと耳障りな音がした。

「あれ、ようやく状況に気付いた？　でも安心しなよ。水嶋のお下がりになんて絶対に突っ込みたくないから」

「っ、最低……！」

本気になっただのお下がりだの、なにを見当違いなことばかり言っているのだろう。本当の私たちのことなんて、なにも知らない癖に！

「いいこと教えてやるよ。あいつがどんなに最低な男か」

いやらしい笑みを見せた男が、ベッドを下りる。そしてスーツのポケットからスマホを取り出した。

「あんたこそ、燈哉さんのなにを知って……」

高原が再度ベッドに乗り上げてくると、スプリングが軋んだ。ワインソースで汚れてしまったワンピースの襟元を思い切り引き下げられる。首のうしろが締め付けられて、思わず頭を振った。

ワンピースのうしろのチャックがぴったりと閉じているのに、そんな風に引っぱったところで脱がせられるわけがない。なのに高原は、その行動を何度も繰り返した。痛みがどんどん酷くなっていく。

「んだよ」

無理やり体を横に向かされ、チャックに手をかけられる。必死に肩を動かして身を捩った。それが無駄な抵抗だとしても、このまま高原の言いなりになんて絶対になりたくない。震えながら息を吐ききって、口を開く。恐怖で体中が粟立っていた。

「ああ迷惑……っ」

「はぁ？」

「あんたみたいなのがいるから、坊ちゃま嬢ちゃま馬鹿説が世間に広まるって話」

「なんだと……」

「ああ迷惑！　一括りにされるの、すっごい迷惑！」

首を捻って叫び、背後にいる高原の反応を窺う。声が思い切り裏返った。

「この……っ」

背を突き飛ばされ、俯せの体勢で押さえ込まれてしまう。胃が圧迫されて気持ち悪い。すぐそこで聞こえる男の呼吸音には、生理的な嫌悪を感じた。

「俺が馬鹿なら、水嶋はなんなんだろうなぁ？」

おかしくてたまらないとでも言うように、男は笑い声を上げた。

「知らないんだろうな。あいつが、女を道具みたいに使うだけ使って捨てるような男だって。そんなのと夫婦になったあんただって大概馬鹿だと思うけど」

歌うように話し始めた高原が、再度ワンピースのチャックに触れる。なんとか抵抗を継続するべく縛られた腕を上下に振ると、背の上に馬乗りになった高原が、今度は全体重で私の手首に圧力をかけてきた。ただでさえきつく縛られた手首が、更なる痛みに悲鳴を上げる。

「同じ大学に、俺の幼馴染がいた。あんたみたいなガキっぽい女と違って、誰もが振り返るいい女だ。水嶋はあいつの一途な想いを利用して、性欲処理の道具にした。わかる？　好きなだけセックスをして、奈々が縋ったら捨てたわけ」

心臓をそのまま鷲掴みにされたような衝撃が走った。

あの人が、そんな不誠実なことをするなんて信じられない。信じたくない。

「俺の幼馴染（おさななじみ）以外にも、そんな女は掃いて捨てるほどいたよ。でも、奈々は他の誰よりも純粋だった。あいつに捨てられてからおかしくなったんだ。精神的に病んで、ストーカーまがいのことをするようになった。そんなことをするような奴じゃなかったのに、水嶋のせいで人生がめちゃくちゃになったんだ。水嶋に、狂わされたんだよ。ねぇ、水嶋の奥さん。馬鹿は誰だと思う？」

　チャックが、ゆっくりと下りていく。完全に下がりきった時、背後でパシャと、スマホからシャッター音が響いた。

「なっ……！」

「いつもいつも……!!　スカしてやがる水嶋の、苦痛に歪む表情を見たいんだよなぁ！　今更あんな……、あんな紳士面（しんしづら）して女を側に置きやがって！　あんたの恥（は）ずかしい写真でも撮って世間にばらまいて気晴らししたい気分だよ。あいつ、きっと絶望するだろうなぁ」

　それまでとは声色を一変させた男が憤懣（ふんまん）を乗せて怒鳴り散らすたびに衝撃が走った。繰り返し響くシャッター音を聞きながら、シーツに額（ひたい）をつける。怖い、怖い、と声には出さずに心で嘆いた。

　肩で息をしながら、男が私の腕の拘束（こうそく）を外しにかかる。ワンピースを引き下げた男に仰向けにされて、何度も写真を撮られた。目を瞑（つむ）り顔を背けても、シャッター音はどこまでも付いてくる。

「こっち向けよ!! 目ぇ開けろ!!」

勝手に溢れる嗚咽に喉を震わせながら、それでも絶対に顔を向けなかった。現実の出来事とは思えない状況に、眩暈がする。悪い夢を見ているみたいだ。

「あんた倉木の娘だろ？ 随分釣り合いの取れない結婚だって専らの噂だよ。それなのに、よくもまぁ、あんなに堂々といちゃついて。愛されてんだなぁ。どんな手を使って取り入ったわけ？ どうやってあいつをあんな腑抜けにしたんだよ。なぁ。もっと早く、あんたらに痛い目を見せてやりたくて機会を窺ってたのに、全然出て来ねぇんだもんなぁ。レイプラントごときが主催のパーティーなんかには出たくもねぇってか。馬鹿にしやがって」

話の内容がどんどんおかしくなっていく。すべてこの男の、ただの逆恨みだ。

「水嶋さんは頭下げなくたって仕事が回っていいよなぁ。ふんぞり返ってりゃ、周りが全部お膳立てしてくれるもんなぁ。必死にやってる俺らが馬鹿みたいだ。なぁ、そう思うだろ」

この男は燈哉さんの一体なにを見たのだろう。

私だって、彼の仕事について詳しく理解しているわけではないが、燈哉さんは先ほどのパーティーでも取引先の方たちに丁寧に頭を下げていたじゃないか。

尊大に構えていたわけでもなければ、傲慢に振る舞ったわけでもない。

もし高原にそう見えているのだとしたら、幻覚レベルで様子がおかしいとしか言いようがない。

さっきからこの男が馬鹿だ馬鹿だと繰り返しているのはきっと、水嶋グループとレイプラントを比較してコンプレックスを感じているからだろう。そんなの、僻んでいるだけじゃないか。

それに……いちゃついてなんか、いない。

愛されてなんかいない。

弱い心が、暗い世界へと押し流されているのだろうか。こんな状況でも、燈哉さんのことを思うと、胸がツキンと痛くて仕方ない。

今、高原が言ったことと、事実との差異に苦しくてたまらなくなる。仲の良い夫婦に見えているなら、水嶋桜としての役目を果たせてるってことなのに。覚悟して彼の側にいるのに。いちいち傷付いてしまう弱い自分が嫌だ。

「なんにも、知らないくせに……」

「ああ!?」

悪魔に憑りつかれたかの如く奇声を上げる男が、私の顎を掴む。

「燈哉さんのことも、私のことも……っ、なにも知らないくせに！」

みっともなくぼろぼろ泣きながら、それでも叫んだ。

こんな男に屈したくない。自分のせいで水嶋の名に傷がつくのも嫌だ。そう思うのに、男の力に逆らえない非力さが悔しい。そしてどうにもできない目の前の男が、怖くて仕方なかった。

この男が話した燈哉さんについての過去。それが嘘なのか真実なのか、私にはわからない。燈哉さんの過去を、私は釣書でしか知らないのだ。

けれど、私と燈哉さんにしかわからない夫婦のことだってたくさんある。

他人の勝手な妄想で踏み荒らされるのは御免だ。

燈哉さんのことは、燈哉さんから聞く。彼の口から、彼の言葉で。

「も、妄想の激しい人間の噂話は、信憑性に欠ける……っ」

「ああそうか……、お前も奈々と俺のこと馬鹿にすんだな……。水嶋ごときと結婚した馬鹿女が!!」

男の声がどんどん大きくなっていく。まるで、体中のいろんな機能が壊れているみたいだ。自身の異常に少しも気付いていない血走った目を向けられると、ただただ恐怖が肥大していく。

背けていた顔を強制的に動かされた。正面を向かされ、ギラギラした瞳に至近距離で覗き込まれる。恐ろしく嬉しげな口振りで、男はこう言った。

「真っ裸に剥いてから撮るか」

私は閉じていた目を限界まで見開いて、驚愕に震える。

高原はスマホを置いた途端、上の下着の留め具を外しにかかった。

「やめてっ、やめてよ！　触るな！」

私が叫べば叫ぶほど、歪んだ笑みを深くする男が手を伸ばしてくる。

「水嶋燈哉と、あんな男に取り入った馬鹿な自分を呪えよ。一生苦しめ。あいつもあんたも、奈々や俺のように!!　ははっ！　抵抗してんじゃねーよ！　早く脱げ!!」

「いやだ……っ、離して！」

腕を大きく振り回して力の限りに暴れた。がくがくと震える手で、必死にもがき続ける。

「おい、まずは抵抗できなくさせんのが先か？」

ひゅっ、と喉に風が通ったような音が鳴る。

どうしよう、どうすればいい。

ただただ、息が震える。体が震える。どうしようもない恐怖が波のように襲ってくる。とめどなく頬を流れていく涙が、シーツに染みを作る。

「こんな女のどこがいいんだか。理解に苦しむ」

口元を思い切り押さえつけられ、ぎゅっと目を閉じた、その時——

私の上で馬乗りになっていた男の体が、鈍い音と共に視界から消え、ベッドの向こう側へと吹っ飛んだ。

なにが起こったのかわからず浅い息を繰り返す。ベッドから起き上がることもできずに呆然としたまま虚空（こくう）を見つめていると、愛しい人の声が鼓膜を叩いた。

「桜！」

涙でぐしゃぐしゃになった頬を、優しい温もりが包んでくれる。何度も何度も名前を呼ばれるたび、恐怖に支配された心が震えた。

そっと背を起こしてくれた燈哉さんが、私の体を持ち上げようとする。

もう大丈夫、ごめん。そんな言葉を呟きながら、その身をぶるぶると揺らす彼の存在に、頭の中の靄（もや）がほんの少し薄くなった。

「燈哉、さん……」

そう零した瞬間、視界の端に憤怒（ふんぬ）の眼差しを見た。

よろよろと起き上がった高原が、彼の背に掴（つか）みかかろうと手を伸ばしているのだ。

背後からスーツの襟を引かれた燈哉さんだけれど、びくともしない。逆に、高原の腕を捕まえた。そしてくるりと体の向きを変え、男と対面する。

燈哉さんに、逃げて、と大きな声で言われたものの、情けないことに、私はそれを実行できなかった。まるで金縛りにでもあっているみたいだ。指一本でさえ、自分の意思で動かせない。

ベッドから下りた燈哉さんに片腕を捕らえられながら、奇声を発し続けている高原がもう片方の腕を高く振り上げる。

その拳が私に当たる前に、高原は再度体ごと壁に叩きつけられた。燈哉さんが靴の底で高原の腹を蹴ったのだ。高原はそのまま、ベッドの脇の床に倒れる。

開け放しのドアの向こうから、怒号といくつもの足音が聞こえる。

視線だけを動かして音のするほうを見ると、警備服に身を包んだ男性が息を切らして部屋に飛び込んできた。

「入って来るな！」

低い怒鳴り声を上げたのは、燈哉さんだった。

助けが来たのにどうして、と思ったのも束の間。呻き声を上げ床に這いつくばる高原に目をやりながら、燈哉さんが私を抱き上げた。

「桜、ごめん……！　もう大丈夫だよ。もう、大丈夫だから……」

そのまま苦しいほどの抱擁を受ける。ごめん、と囁き続ける声は酷く掠れていた。

そう広くはない部屋の端に体を下ろされる。足が床についたのに、力が入らず体を支えられない。ぺたりと床に座り込んでしまう。それでも、どうやら硬直からは解放されたようだ。

「怪我はない？　どこか痛いところは？」

「だ、だいじょうぶ、です……」

　深い悲しみを湛(たた)えた彼が、震える指先でワンピースの背中のチャックを上げ、ジャケットを肩にかけてくれた。その額(ひたい)には汗の粒が光り、息も大きく上がっている。

　燈哉さんはすぐさまポケットからスマホを取り出した。スマホに向かって、たった一言指示を出した途端、先ほどの男性を含めた警備の人たちが、次々に部屋の中へと入ってくる。

「う……、いってぇ……」

　起き上がり、ベッドの上に顔を出した高原は、こめかみから血を流していた。

　最初に部屋の中に入って来た男性が、高原を背中からベッドの上に押さえつける。

　ふー、ふー、と、息と共に怒気を吐き出す燈哉さんが、私を背中に隠した。

「ごめんね、桜。ちょっとだけ待ってて」

　ぽたぽたと零れる涙を拭(ぬぐ)われ、わけのわからないまま小さく頷く。

　燈哉さんが側から離れると、代わりにやって来た警備の何人かに仰々(ぎょうぎょう)しく取り囲まれた。

　おもむろに高原へと近付いた燈哉さんは、両の拳(こぶし)をぎゅっと握り、怒りに体を震わせているように見えた。

手の甲に青い筋が浮かび上がっているのが、はっきりと見てとれる。

「は、ははっ！　その顔！　ああ、最高の気分だよ水嶋！」

狂気じみた笑い声が、またも私の怖気を連れてくる。唇を噛み、溢れる涙を乱暴に払った。

「高原……っ、彼女になにをしたか、忘れるなよ……！」

「それはこっちの台詞だろうが!!」

背を押さえつけられ拘束されながらも、高原は声を張り上げた。

「いつもいつも、涼しい顔して俺の邪魔ばっかしやがって！　水嶋の力がなければ、お前なんか……！　罰を受けるべきはお前だろうが！」

「お前が俺を憎んでいるのはよくわかったよ」

ベッドの上でもがく高原を、彼が冷酷な視線で見下ろす。

私が冷たく感じていた表情など比較にもならない。ぞくりと粟立った肌を、掌で擦った。

「でも、それとこれとは話が別だ。桜を傷つけた代償は必ず払ってもらう。社会的にも、個人的にも。どんな慈悲も示さない」

「はっ、いいご身分だなぁ水嶋！　今更、愛妻家気取りか！　気色悪いんだよ!!　そんな女のどこが……」

「お前が桜を語るな。虫唾(むしず)が走る」

「お前の、女なんか……っ、めちゃくちゃになればいい!! お前のせいで人生が狂えばいい!! 当然の報(むく)いだ!」

「させるか、そんなこと。もう二度とお前のような輩(やから)に桜を傷つけさせない。悲惨な末路を覚悟しとけよ、高原。どんな手を使ってでも、桜に触れたことを後悔させてやる」

高原の罵倒(ばとう)を背に浴びながらこちらに戻ってきた燈哉さんが、また私を抱き上げる。そのまま私の肩口に顔を埋めると、小さな声で囁いた。

「家に帰ろう」

顔を上げた彼は、酷(ひど)く傷ついた表情をしていた。切ない呟きに心が鈍く痛む。どう返事をしていいのかわからない。

迷いのない足取りで部屋を出ようと歩き始めた彼に、待ったをかける。

「スマホを……」

写真を撮られた、と高原のスマホを指差す。

さっと顔色を失った彼は私を抱えたままスマホを拾い上げ、荒々しい仕草でポケットに仕舞った。

20　奥さん、鈍い頭をフル回転させる。

従業員通路を通りホテルを出ると、迎えの車はすでに私たちを待っていた。

車に乗り込んでからマンションに着くまで、彼は片時も私を離さなかった。

自宅に戻ってほっと息を吐いたところで、先ほどまでの恐怖がじわじわと蘇ってくる。べたついた肌の感触が酷く不快だ。高原に触られた痕が残っているかのよう。家の中へ入っても尚、私を抱えたままでいる燈哉さんの肩を、軽く叩いた。

「どうした？」

「助けてくれて、ありがとうございました……」

彼の表情が、くしゃりと歪む。眉間に皺を寄せ歯を食いしばり、肩で息をしながら首を左右に振る。

どうして彼がそんなに傷付いた顔をするのか。きっと、今の私よりよっぽど酷い表情だ。

「あの、帰って早々すみません。シャワーを浴びてもいいですか」

「……もちろん。入っておいで」

「ありがとう、ございます……」

湯を浴びて、肌が真っ赤になるほど何度も体を洗った。復讐心に燃えるどろりとした目付きを思い出すと、それだけで脚が震えてしまう。彼が助けにきてくれなかったら、きっとあのまま裸の写真を撮られていたのだろう。考えるだけで言いようのない怒りと恐怖が込み上げてくる。

満足するまで体を清め、部屋着に袖を通す。洗面所のスライドドアを開くと、廊下に彼が座り込んでいた。どうやら私を待っていてくれたようだ。

「桜」

愛おしげに抱きしめられると頭が混乱してしまう。

——こんな風に彼から下の名前で呼ばれたのは、今日が初めてじゃないだろうか。

高原に襲われた時は、いろいろ必死でそんなことを考える余裕もなかったけど、改めて噛みしめると、不思議な気持ちになる。嬉しいのに、素直に喜べない。

今の彼は、水族館で見たあの時の彼だ。甘い声色と優しい喋り方。かわいさを隠していたぶっきらぼうな彼とは全くの別人。

混乱と戸惑いがおかしくなっている涙腺を刺激する。わからない。なにもかも。もう、なにを信じていいのか、目の前にいるのは一体誰なのか、本心では煩わしく思っている私をどうしてこんなに愛しげに抱きしめるのか、彼の意図がひとつもわからない。

「さ、桜」

私が恐怖で泣いていると思ったのだろう。しばらく黙ってただ肩を抱いていた彼が、慰めと謝罪の言葉を紡ぎ始める。それから、高原のスマホについても、写真は全部消したし他に転送されていないかどうかも今調べている、と説明をしながら、合間に大丈夫だと何度も繰り返し言い聞かせてくる。

　彼が気遣ってくれることはありがたいのに、感情が昂っているせいか段々腹が立ってきた。高原にではなく、燈哉さんに対して。彼の胸元を手で押して、流れるように続く彼の言葉をせき止める。大きく息を吸い込み口火を切った。

「そんなこと、どうでもいい……っ」

「え……？」

　どうでもいいはずがない。水嶋の妻としては、あの写真が広がることを食い止められたのは喜ぶべき事柄だ。でもそれ以上に大きな疑問と悲しみがどんどん膨らんでいく。頭の中でもうひとりの自分が必死に諌めているのに、止められなかった。

「あなたは誰なんですか？　どっちが本当の燈哉さんなの!?」

　はっと息を呑んだ彼が「ごめん」と俯く。

「謝ってほしいわけじゃない！　本当のことを教えてよ！　私のこと、き、嫌いなのに……っ、どうして、こんな……！」

「ま、待って。俺が桜を嫌いだなんて、そんなの有り得ない」

「じゃあどうして!?　もう、なにを信じていいのか、全然わからない……っ！」

「っ、ごめん！　ごめん、桜。今までのことも全部話す。ちゃんと話すよ」

　ぐすぐすと泣き続けたまま手を引かれて、リビングへ移動する。

　ソファに腰を下ろすと、彼は隙間なく寄り添って、私の隣に座った。

「今日のことも、これまでのことも全部話す。軽蔑、されると思うけど……。でも、聞いてほしい」

　眉根を寄せて彼が微笑んだ。

　ティッシュを抱えて、どうにもコントロールできない涙を拭（ぬぐ）い、冷静とはほど遠い頭のまま頷く。

「なにから話せばいいのか……。その、最初から、いいかな」

「最初から……？」

「うん……。桜はきっと、俺と初めて会ったのはお見合いの時だと思ってるよね。でも、違うんだ」

「え……」

　唐突（とうとつ）な話の始まりに困惑しながらも、即座に記憶の箱をひっくり返してその中から彼との接点を探す。

　もしかしたらなにかのパーティーの場で挨拶（あいさつ）を交わしていたのかもしれない。しかしこんなに目立つ容姿の人を忘れるだろうか、それも水嶋グループの御曹司を。疑問に思いながら尋ねたが、燈哉さんは首を横に振った。

「ううん。桜が大学三年生の時にね、母校の学祭で」

「学祭……。あっ！　カナの、元彼の……、燈哉さんの通っていた大学の学祭に行った時……」

「直接話したわけじゃないからわからないけど、上原さんは多分、その時に会ったのが俺だって気付いていると思う」

苦笑を漏らす彼が、どうしてか恥ずかしそうに鼻を掻く。上原さん、つまりカナと一緒に、彼に会っていたということなのだろうか。あの学祭の日に。

「俺はOBとして出し物に参加していて、桜とは一緒に写真を撮ったんだよ。その、俺はかなり、奇抜な格好だったんだけど……」

写真。奇抜な格好。

その言葉に思い当たる節はひとつしかない。自分の目が、みるみる見開かれていくのがわかる。慌てて自分のスマホの在処を聞いて、燈哉さんに持って来てもらう。レイプラントのパーティーで落としたクラッチバッグとスマホは、警備の人が拾って彼に渡してくれたそうだ。

スマホは画面にひびが入っていた。けれど動作に関しては問題ない。私の実家で燈哉さんの本心を聞いてしまったあの日、カナからもらった画像を表示して差し出す。

満面の笑みを浮かべた私と、美しい楊貴妃が並ぶ画像を。

「こ、これっ、この楊貴妃が、まさか燈哉さん……!?」

「……うん」

信じられない気持ちで画面の中の楊貴妃と燈哉さんを見比べる。

彼の言う通り、カナはきっと気付いていた。だからあの日わざわざ昔のスマホを引っ張り出してきたんだ。彼もこの時のことを覚えていて、私だけが気付けなかった。鈍い自分に、ほとほと呆れてしまう。

「この日は、この写真を撮る前にも、何度か学内で桜を見かけてて。あろうことか、サークルが一緒だった奴が桜と上原さんに声をかけたんだ」

「えっ……」

「桜はすごく怒ってた」

「怒っ……、待って下さい、全力で思い出します。あの、カナと歩くと声をかけられるのは日常茶飯事だから、思い当たる節が多すぎて……」

あの日はとにかく色んな人に声をかけられて、軽薄な男性が大嫌いな私は、ターゲットが自分ではないにしても、馴れ馴れしく触ってきたり金持ちアピールしてきたりする男子学生たちに酷く苛々していた。

その中の誰かが、彼のサークル仲間だったのだろう。特徴を聞いても、失礼ながら結局思い出せなかった。彼は、私がイライラしながらなにかしらの発言をしたその場に、立ち会っていたわけだ。

「す、すみません……。燈哉さんのお友達なんですよね？」

「友達ではないかな。サークルが同じってだけで、ほとんど話したこともなかったから。その時は、そいつを含めサークルOBで固まって移動してただけ」

「でも、私きっとかなり感じ悪かったと思うので」

「ううん。すごくかわいかったよ。啖呵切る姿と見た目がかわいいなって思ったのが最初の印象だった」

私は唖然として、楊貴妃に扮している画像の彼を凝視した。

あの日に限らなくとも、自分をかわいいと思ったことなんてないけれど、あの時は普段以上に酷かったはずだ。主に、言葉遣いが。

「だから桜が俺のところにチラシをもらいにきてくれて、すごく嬉しかった。変な格好はしていたけど、自分のことを気に入ってくれたんだってものすごく舞い上がって、そのまま店に連れて行っちゃったんだ。同じ席にいたのは……四十分くらいだったかな。それで桜と上原さんの会話を聞いていて、桜のことをいろいろ知って。見た目はこんなにかわいいのに、優しくて強い人だと思った。俺と同じような環境で生きているのに、自分や自分の周りの奴とは全然違うって、衝撃だったよ」

人生のほとんどを珍獣扱いされて生きてきた私は、こんな風に手放しで褒められることに慣れていない。頬が熱くなってしまうのも、過分な言葉に悶絶してしまうのも、仕方のないことだと思う。それなのに、そんな私を見た燈哉さんは更に「かわいい」を連発してくるのだ。

水族館で感じたのと同じような、優しくて、甘い口調と雰囲気で。

「それから何日たっても、ずっと桜のことが気になって仕方なかった。全然頭から離れなくて、ああ、これが好きってことなんだと思った。どうしようもなく惹かれた。二十三にもなって、初恋だったんだ」

視線を外して、ほんのり頬を赤らめて、彼が言った。

「バカバカしい企画に無理やり乗せられたことを、感謝したくらい。誰が始めたんだか知らないけど、卒業後一回は必ず回ってくるイベントなんだ。この、女装喫茶が」

画像を指差して、燈哉さんが複雑そうに笑う。

耳のすぐ側に心臓があるみたいに、鼓動の音が大きく響いた。体中が燃えているみたいだ。

「よ、楊貴妃さん、ずっと喋らなかったし、まさかカナとの話を聞いていたなんて……、思いもしませんでした」

「ごめんね、聞き耳を立てたりして。あれは喋らないっていう設定だったから。あんなのやらされて腹が立ってたのもあるけど」

「いえ、そんな。ものすっごく綺麗でしたよ」

「うーん、複雑だなぁ」

――その後も、困った顔をしながら、彼はお見合いから今に至るまでのことを全部話してくれた。

学祭で、私が「倉木」の娘であると会話から知ったこと。

父親の決めた相手と結婚すると決まっているなら、自分がその相手になろうと思ったこと。

そのために、就職した会社を辞めて、水嶋グループに入ったこと。

お義父様に事情を説明して、私とお見合いをする代わりに家業を継ぐ約束をしたこと。

うちの父とはその頃から親交があって、私についての情報をそこから得ていたこと。

「じゃあ、家事をやらせてくれなかった理由って……」

「倉木さんから聞いてたんだ。桜は洗濯以外の家事が嫌いだって。あと、その……、頑張り屋だけど完璧主義な上に極端なところもあって、ある日突然嫌になっちゃうかもしれないから、気を付けたほうがいい、って……」

一瞬、言葉を失ってしまった。

確かに、料理も掃除も嫌いだと喚（わめ）いていたのは事実。何事にも、張り切り過ぎて途中で投げ出す節があったのも否めない。でもそれは何年も前の話だ。結婚して家庭に入るとなれば別だし、まして、政略結婚なのだから、その辺はきちんと弁えている。

父は、一体どれだけ私を子供扱いしているのだ。燈哉さんに、余計なこと言わないでよ……！

がくりと項垂れて、全体的にアホな父を心の中で力いっぱい罵った。

ついでに彼に対しても、どうして一言私に聞いてくれないのと疑問が浮かぶ。

「ごめん」

突然、燈哉さんが深く頭を下げた。いつの間にか止まった涙を拭って、彼に向き直る。

「俺は……この通り、本当はクールでも無口でもない。むしろよく喋るほうで、話し方もこんなで、クールなんて言葉は全く当てはまらないし、……桜の大嫌いな軽い男だった。でも好きになってもらいたくて、桜の理想の男性の、振りをしていた。あの学祭の時、桜が黙ったままの俺を見てかっこいいって言ってくれたことを忘れられなかったのと、倉木さんからの情報もあって、そうすれば好きになってもらえるかもしれないって、思って……」

つまり、今までの間、彼はずっとそれを実行していたんだ。

その理由が、好きになってもらいたいから、だなんて。

「今日のことも……、桜にあんなに怖い思いをさせて、本当にごめん。高原があそこまでおかしくなったのは、学生の頃の俺の行いが悪かったせいで……。女性関係については最低なことを繰り返していたから、あの頃の自分を知っている人間に恨まれるのは仕方がないし、償っていくしかないと思ってた。でも桜を巻き添えにするなんて……、高原もだけど、大元の理由を作った自分も、本当に許せない」

心の中に小さな波がたつ。高原が言っていたことは、ひょっとすると真実なのかもしれない。

「家事のことも、ごめん……。こんな生活もう嫌だって言われたらって、少しでも長く一緒にいたいって……、俺は、自分のことばっかりで」

ほとんど喋ってくれなかったのは、私好みのクールで無口なキャラを演じるため。家事することを阻止していたのは、私が苦手な家事に不満を募らせて結婚生活に嫌気がさしてしまわないように——

そんな理由、思いつきもしなかったし、言われてもきっと信じられなかったと思う。

どちらも、私にとってはあまり現実的な話ではない。私の価値観では。

でも、彼にとっては——

21　奥さん、真実を知る。

「そうまでしてやっと結婚できたのに、俺はさっそく桜を怒らせて。その後、少しずつ会話をしていくうちに、今度は自分の欲求を抑えられなくなった。もっと話したいと思ったり、桜を好きなだけ甘やかしたいと思ったり。水族館に行った時は、帰り際なんてほとんど素に戻っていたし……混乱、させたと思う。桜と過ごす休日は本当に楽しくて、幸せで……。だからどうしても、この幸せを手放したくなかった。そのために、桜の理想の男になりたかった」

「も、もしかして、最近冷たかったのは……」

そう、私が口にすると、燈哉さんは自分の短い髪を軽く掴んで、深く頷いた。

「映画を見た後に、クールで無口なキャラを見て私がはしゃいだから……？」

「……ああいう男に、なりたかったんだ。学祭の時みたいに、かっこいいって言われたくて……、ごめん、こんなこと考える時点で本当に情けないんだけど……。桜の理想になりきる以外に、好きになってもらう方法がわからなかった」

悲痛の表情を浮かべ、彼が立ち上がる。そのまま私の正面までくると、そこで膝をついた。大きな掌が、私の左手を包む。

「それと……、もうひとつ、話さなきゃいけないことがある」

彼は深く息を吐いて、震える唇を開いた。

「ごめん。ごめんなさい、桜。本当は……、この結婚に、政略的な意味合いはほとんどないんだ」

「え……？」

なんと言ったのか自分でもよくわからない。私の唇からは、か細い声が漏れていた。

次から次へと明かされる真実に頭の中が真っ白になっていく。

「倉木コーポレーションもうちも、会社のために、この結婚を選んだわけじゃない。俺が倉木さんのお眼鏡に適ったのには、俺の出自も関係してる。でも倉木さんがこの結婚に望んだのは、桜の幸せだけだ。財力と愛情を惜しみなく注いで、桜を一生守れる男を探してた。それが結婚の条件だった。俺はどうしても桜の結婚相手になりたくて、水嶋の力を使ったんだ。それから、倉木さんが桜に政略結婚だと話していたのは多分……本当のことを言ったら桜が逃げてしまうかもしれないって、考えたからだと思う。俺も、真実を黙っていたのは……桜を自分のもとに縛り付けておくためだ。ごめん、桜。家族思いの桜の気持ちを、俺は利用して……」

頭を殴られたような、大きなショックが全身を駆け抜ける。

座り心地のいいソファに、ずぶずぶと体が呑み込まれていくような感覚。まさかこの結婚が、燈哉さんと父によって仕組まれたものだったなんて、どうして予想できただろう。

「倉木」の家を守るためだと信じて疑わなかった。でも違ったんだ。結局、父の思惑通りに動かされただけだったんだ。

自分が家族を守っているのだと、そのことに誇りすら感じていた私は――

「じゃあ、わたし……思い上がって、いたんですね……」

自分がどれだけ父に守られた世界にいたか、自分がどれだけ子供なのか、初めて正しく理解した。

「は、はずかしい……」

結局私は、どこまでいっても世間知らずのお嬢さんなんだ。

父に守られた安全な場所で、狭い世界で、自分が家族を守っている気分になっていた、なんて、そんな馬鹿な話があるだろうか。

父の策略は、私を思い通りに動かすには、これ以上ないほど正しい選択だったと歯ぎしりをしたくなる。

「この人とならお前の将来は安泰だから結婚しなさい」なんて強制されてたら、私は迷わず倉木の名を捨てていただろう。それも見越した父の掌（てのひら）の上で、転がされ続けていたんだ。

結婚とは、会社と会社を結びつけるためのもの。

私が政略結婚を受け入れれば、父の会社も、家族も守れる。

ずっと、父にそう言われていた。

それはつまり、私には恋愛結婚はできない、ということでもある。

だから、恋を夢見たり、異性に対して強い好意を持ったりしないように、意識して心がけてきた。

会社と家族を守るため、父と約束した通り、大好きだった〝普通〟の生活を手放して家へ戻った。なのに、父は——

財力と愛情を惜しみなく注いで、私を一生守れる人を探していた？　私の幸せのために？

……冗談じゃない。私の幸せを、どうして父が決めるの。

しかも燈哉さんまで、この結婚が政略じゃないと知っていたなんて。

少し落ち着こう、と自分に言い聞かせて、深く息を吐いた。

次々明かされる真実に混乱する頭を軽く揺らしてから、そっと目を閉じる。

そして、様々な感情が入り交じっている心の内と向き合った。

今、私の心の一番柔らかい場所にあるのは、一体どんな想いなのか。唇を引き結び、探ってみる。

そこに広がっているのは——彼に対する愛情、だ。

「結婚自体も俺自身についても、騙すようなことをしてごめん。どうしたら好きになってもらえるかってそればっかりで、振り回して泣かせて、本当にごめん。人の気持ちを理解しようとしない馬鹿だったせいで、桜を危険な目に遭わせてごめん。怖い思いをさせてごめん。桜に相応しい相手は、きっと他にいると思う。わかってるんだ。でも、どうしても桜を手放したくない……っ」

嫌われていたわけでも、煩わしいと思われていたわけでもなかった。怒りも口惜しさも悲しみも、絶対的な恋の想いが凌駕している。

すべてを知った後でも、私はどうしたって彼を好きだと、この先もずっと一緒にいたいと願っている。

「謝らないで……」

繰り返し「ごめん」と呟く彼の肩に、そっと手を添えた。

「あ、謝って許されるとは思ってないんだ。俺は、桜に最低なことを……」

「もう、いいから」

「っ、もう、好きになってほしいだなんて高望みはしない。二度と怖い思いもさせないって誓う。信じてもらえないかもしれないけど、余計なことはしないし絶対に嘘も吐かない。だから、どうかもう少しだけ、側にいさせてほしい……！」

悲痛な叫びがリビングに響き渡る。その声は細かく震え、上擦っていた。

悲しみに歪む表情はもう見たくない。

私は私の想いを、この喜びをそのまま言葉にして伝えるために、大きく息を吐いてから口を開いた。

「私いま、すごくほっとしてます」

ほっとした？　と、私の言葉を繰り返して、彼が首を傾げる。触れ合う指先にそっと力を込めた。

「……嫌われてるって思ってたから。誕生日の後、燈哉さんと仲良くなれた気がして嬉しかったんです。でも急に冷たくなったから……、それは、悲しかった」

「そう、だったんだ……。ごめん……」

「だから、そうじゃないんだってちゃんとわかって、ほっとしました。本当の燈哉さんを見せてもらえて、嬉しいです。本当に嬉しい。父のことも、もうこの際……いいです。恥ずかしいし悔しいし、腹も立つけど、父の選んだ相手が燈哉さんだったから、私は燈哉さんと結婚できたんだって改めて思うと、もうなんでもいいかなって」

「え……」

「あの、もうひとつ、聞きたいことがあります。実は私、三週間ほど前に実家で燈哉さんと父が話しているのを聞いてしまって……。あの時、父が言っていた違う道って、本当の燈哉さんを見せることだったって、思ってもいいですか……？　私との生活が辛いって言っていたのも、嫌いだから辛いって意味じゃなかったって、思ってもいい？」

片方の手をぱっと離した彼が、手の甲に筋が浮かぶほど強く拳（こぶし）を握りしめる。

「……桜が勘違いするのも当然だ。違う道っていうのは、桜が今言った通り、本当の自分をさらけ出して、桜と向き合う道のことだよ。倉木さんが辛いかって聞いたのは、本当の自分を隠し続けて生活していくことが苦しいかって意味、です」

奥歯を噛み、この短い時間で何度聞いたかわからない謝罪の言葉を、また囁いた。

「なら、よかった……。それにしても、どうして父はなにも言わなかったんだろう……。父が燈哉さんと元々知り合いだったことも、私、知らなくて……」

「倉木さんとは、その……、親父が元々知り合いで。俺が顔を合わせたのは、桜と結婚させてほしいって頼みに行った、三年くらい前かな。そういうのを桜に話さなかったのも、多分……、倉木さんは、桜により強く政略結婚だと信じさせたかったんじゃない、かな」

……なるほど。

つまり、水嶋と倉木に格の違いがあることくらいならわかる私に、政略である要素を強く認識させるため、あえて言わなかったということか。元々知り合いだとわかっていれば、結婚生活に対して簡単に音を上げると思われていたのかもしれない。父に子供扱いされているのはわかってたけど、ここまでとは……

燈哉さんによると、父はもちろんのこと、水嶋のお義父様も、燈哉さんと私がうまくいくようにと心配りをしてくれていたのだと言う。軽い眩暈を覚えた。

そして同時に、水嶋のお義父様がいつも口にしていた、からかいの言葉の意味を、ようやく理解した。

「さ、桜」

「はい？」

「抱きしめても、いい？」

彼はロボットのような動きで腕を上げた。さっきまで青白い顔をしていたのに、今はもう耳まで真っ赤にして瞳をゆらゆらと揺らしている。潤んだその瞳には、わかりやすい歓喜が見て取れた。鈍い私でも、わかるくらいの。

おかしくって、笑ってしまった。

こんなにも、胸の中が優しい気持ちでいっぱいになっているのは、どうしてだろう。

くすくすと笑いながら私も手を広げた。あっという間に彼の温もりに包まれて、その背中をぎゅっと抱き返す。どちらのものともわからない心臓の音を聞きながら、言いようのない安心感に身を任せた。

「どうして桜は、そんなにまっすぐで、優しいんだ……」

胸の内でこんなに父を罵倒(ばとう)しているのに買いかぶりすぎだと、私はかなり激しめに首を横に振った。

「ずっと、好きだった」

ストレートな愛の言葉には、泣きたいくらいの幸せを感じた。

「桜にとっては決められた結婚で、俺は書類上の旦那だと思う。でも……、そうじゃなくて、本当の意味で夫婦になりたい」

「っ、うん」

「無口でもクールでもない情けなくてずるい男だけど、これが本当の自分だから」

結婚当初は、なにを考えているのか全然わからない、ため息で会話する変わった人だと思っていた。家事を取り上げられて、ゆっくりしてろってそればっかりで、ストレスの原因そのものだった。

それが、無理やりコミュニケーションを図り始めてから、変わった。彼の優しさや温かさを知り、心の距離が近付くことを嬉しく思った。

どんな時も変わらないわかりにくい優しさに、隠そうとする甘さに、いつの間にか惹かれていた。

不器用なそのすべてが、たまらなく好きになっていた。

「書類上の」じゃなくて、本当の夫婦になりたいって、私だって思っていた。

「私も」

同じ想いを腕に乗せて、彼の首元をぎゅっと抱きしめる。同じように想いが繋がることが嬉しい。こんなにも。私が一生を共にする相手は、彼がいい。彼じゃなきゃ嫌だ。他の誰かなんて考えられない。

「私も、燈哉さんが好きです」

掻き抱かれるように、腕の力が強くなった。私もそれに応えて、彼にしがみ付く。立ち上がれば大人と子供のような身長差でも、こうしていれば関係ない。熱に浮かされたように、もっと、もっとと、彼を引き寄せた。

「本当に……？」

少しの自信も見えない声にまた笑って、何度も頷く。

「理想と違ったとしても、私は燈哉さんが好き」

自分の首筋に涙の雫が流れるのを感じて、小さく震えている彼の背中をそっと撫でる。震える声で囁きが降り続ける。繰り返される謝罪と懺悔の言葉すべてに頷いて、私はその背を撫で続けた。

ようやく顔を上げた彼の大きなまん丸の目も高い鼻も、見事に赤く染まっている。

男らしい端整な顔立ちの彼が子供のような泣き顔をしているのが妙にかわいくて、どうしようもなく愛しくて、込み上げる笑みを隠せない。

するとと今度は彼の顔から首筋までが、また真っ赤に染まった。

「桜は本当に、かわいいな……」

そんな風に言われたら、今度はこちらが照れてしまう。

彼が必死に隠そうとしていたのは、この笑顔。甘い声色と、甘い視線。

ふんわりと溶けてしまいそうな笑顔を目一杯堪能した。

私たち夫婦の間には様々な誤解がいくつも積み重なっていて、ずっと、お互いの本当の姿が見えない状態にあったのだと思う。そのうちのいくつかを取り除くことができたからこそ、彼の甘い笑顔を今、こうして目にできている。

大きな誤解も見過ごしてしまいそうな小さな問題も、これからは言葉で伝え合わなきゃいけない。本当の夫婦になるために。

そう考えるとやることは結局ふりだしに戻っているような気がして、また笑ってしまう。

今日からは、本当の夫婦になるために。本当の彼と、また一からコミュニケーションを図っていきたい。

「あの、私、確かに家事は苦手だけど、燈哉さんのために、毎日部屋を掃除したり料理を作ったりするのは、全然苦にならないんです。自分ひとりだったらちょっとくらい汚れててもいいかなって思うけど、この家には燈哉さんが帰って来るから。だから、頑張ろうって思えるんだよ」

「俺がいるから……？」

「そう。燈哉さんに綺麗な部屋でゆっくり休んでほしいとか、帰って来てすぐお風呂に入れたら少しは疲れもとれるかな、とか。今はそういう気持ちが原動力なの。それでも、完璧にできない時は手を抜いたりもしますよ。父がどんな風に言っていたかわからないけど、私、ちっとも完璧主義なんかじゃないから。それに、今のところこの家には手を抜くほどの家事がないし……正直もっといろいろやりたい」

それくらい今の生活の、こと家事については全く苦じゃないのだと、冗談めかして伝えたつもりだった。

体を離し真顔になった彼は、唇に指を当ててなにかを考えているようだ。

「各部屋の掃除ロボットを処分したらどうかな……」

——私は言い方と冗談の加減を完全に誤ったらしい。

「それは……ちょっとほら、勿体(もったい)ないかなって……」

「そう？」

こくこくと高速で頷き、目に力を込める。

「でも、そう思ってくれていたなんて、本当に嬉しい。ありがとう、桜。ごめんね」

「ごめんはもういいですよっ」

ぎゅーっと抱きついて私が声を上げると、どうしてか彼は小さく呻いて天を仰いだ。

「うっ……、か、かわいい……」

「かっ、かわいいも、もういいです！」

「それは無理」

夢みたいだ、と独り言のように呟いた彼の言葉に、心のどこかがぴくりと反応する。

彼が体調を崩したあの日、寝室のベッドの中で起きた出来事は、この先一生私の胸の中に仕舞っておこう。そもそも説明できる気がしない。もっと言えば恥ずかしすぎて説明したくない。

「俺も、思うよ。桜が疲れている時は、家事でもなんでも自分がやるって。早朝の風呂掃除とか、行き過ぎがあったのは自覚しているので、これからはちゃんと桜の言葉を聞いてから実行します」

「じゃあ、同じだね。私こそごめんなさい。あの時、言い方が悪かったこと、ずっと反省してます……」

「ううん、そんなことないよ。悪かったのは俺のほう」

「あの、こうやって、お互いに頑張ってることを認め合える関係でいれば、燈哉さんも私も、頑張り過ぎて嫌になっちゃう日なんて来ないと思う。今のままだと、燈哉さんがそうなっちゃいそうで心配です」

「俺は……、桜と一緒にいられるなら、なんでもするよ」

それが比喩(ひゆ)ではないと知ったからこそ、ほんの少し喜びを感じると同時に、胸が苦しくなる。

彼は本当に、私と結婚するために自分の人生を変えたのだから。

「……うん。ありがとう。でも、無理をするのはだめです。毎日一緒にいるんだから、だめなところも見せ合って、だめだねーって一緒に笑っちゃいたいな。どうしても許せないことがあったら、その時に話し合いましょう。私、この先何十年も、ずっと燈哉さんと一緒にいたいから」

どちらか一方が耐えるような関係は、きっと長くは続かない。

お互いを尊重し合う関係を彼となら築いていける。

私は燈哉さんを大事にしたいし、彼も、私のことを大切に想ってくれているのだから。

「だからどうしても許せないことがあったら、ちゃんと教えて下さいね。我慢したらだめですよ」

「ないよ、そんなの……。ひとつもない」

「じゃあ、今はなくてもなにか思うことがあったら、教えてね。私もちゃんと言う。どんな燈哉さんも大好きだから、ありのままでいてほしいです」

「……桜」

体を離した彼が、私の肩を掴んで腰を曲げる。

「俺、桜の作ってくれる料理が本当に大好きなんだ。どんな料亭の味も、桜の作るものには敵わないって思ってる」

「ええ……。そんなまさか……、うーん、あ、ありがとう……？」

それから目線をぴったりと合わせて、至極真剣な顔で彼はこう言った。

「でも、カップ麺もインスタント食品も大好きだから」

わかりやすい手抜きの提案に、私は声を上げて笑った。

22　奥さん、享受する。

「……そろそろ休もうか」

「あ、はい。そうですね」

極上の安心感と優しい温もりはどうにも離れ難くて、マンションに戻ってきてから随分長い時間、ソファで燈哉さんに引っ付いたままだ。

彼は明日も仕事がある。名残惜しく思いながらも、そっと体を離した。

すると、私が「お土産」と称してプレゼントしたイルカの枕をなぜか手渡される。

「俺もシャワーを浴びて寝る支度してくるね。ちょっとだけ、待っていてくれる？」

イルカの枕を抱えたまま「わかりました」と返事をすると、燈哉さんは小走りでリビングを出て行った。その間に、私も肌の手入れや歯磨きなどをして、就寝の準備をする。なんとなく、イルカの枕をにぎにぎと触りながら。

彼はすぐにリビングへ戻ってきた。洗いたての髪をバスタオルで拭きながら、こちらに近付いてくる。

「桜、お願いがあるんだけど」

「なんですか？」

「今日から俺も寝室で寝てもいいかな」

「えっ!?」

予想もしていなかったお願いに驚いて、心臓が飛び跳ねた。

「もちろん、桜さえよければ、だけど。それから、できれば同じベッドで寝たい」

すっと差し出された手に、動揺とは違う種類の胸のざわめきを感じる。嫌なわけがない。燈哉さんにはずっとベッドで休んでほしいと思っていた。けれど、頬を紅潮させた彼が、艶を帯びた視線が、私のどんな小さな仕草も見逃すまいと訴えてくるから、恥ずかしくて居たたまれない。

なんとか恥(は)ずかしさをかなぐり捨ててその手をとると、燈哉さんは安堵(あんど)の息を吐いた。

手を繋いだまま寝室へ移動し、いつも私が使っているベッドに彼が潜(もぐ)り込む。

「と、燈哉さん……」

「おいで」

掛け布団を持ち上げた燈哉さんは、ゆったりと笑っていた。全身を緊張させながら、自分でもわかるほどぎこちない動きで彼の隣に滑り込む。

すぐに私の体を抱きしめにきた腕に、そっと手を添えた。

「はぁ……、幸せ」

感慨(かんがい)の籠(こも)った声に耳が熱くなる。

ほんの数時間前までは恐怖と絶望の中にいたのに。

今は、こんなにも優しい愛情と大きな安心感に包まれている。天と地ほどの差だ。加えて、体も心も確かに緊張しているのに、なんという矛盾だろう。

小さな混乱の渦(うず)の中で、ぐるぐると同じことばかりを考えてしまう。

「桜」

「あっ、はい！」

ぱっと上を向いたら、至近距離に彼の綺麗な顔があった。近すぎる距離感に視線をうろうろさせると、くすくすと嬉しそうな微笑みが降ってくる。

「また一緒にレンタルショップに行こう。今度の休みに」

「い、いいですね。行きましょう」

「水族館も行きたい」

「うん」

「遊園地も映画館も。買い物も行きたいな。桜の服を一緒に選んだりしたい」

「私の？」

「うん。桜の。今日のワンピースもすっごく似合ってた。綺麗で、かわいかった。誰が選んだのかなって、つい嫉妬したくらい」

「え……っ、車の中で自分で買ったのかって聞いてきたのは、そういう意味だったの？」

「うん。桜がああいう色合いの服を着ているところって、あんまり見たことがなかったから」

「わかりにくいっ、わかりにくいよ……！」

　私が不満を露わにすると、彼は困ったように笑って「ごめん」と言った。

「――今後も同伴でパーティーに出席することがあるだろうけど、もう絶対に桜を危ない目には遭わせないから」

「……今日は私の行動もよくなかったんです。自分から人気のないほうに行っちゃったし」

「桜が悪いことなんてひとつもないよ」

あの恐ろしい記憶が消えることはないだろう。高原の不気味な笑顔もスマホのシャッター音も。二度とあんな目に遭わないように、私自身ももっと用心しなきゃいけない。

「絶対なんて簡単に言っちゃいけないのはわかってる。仕事がある以上、四六時中桜の側にはいられないんだから。でも、これまで以上にセキュリティーを充実させることにする。桜に安心して生活してもらえるように。俺のせいで、本当にごめん」

気遣わしげな仕草で頬を撫でられて、私は喉を鳴らす猫のようにうっとりしてしまった。

「あのワンピース、ね」

「うん？」

「いつもと違う色を選んだのは……、少しでも大人っぽく見えたらいいなって思ったからなんです」

「大人っぽく？」

燈哉さんの顔を眺めながらその理由を話すのは、私には少しハードルが高い。

こういうどうしようもない恥ずかしさにも、いつかは少しずつ慣れていくのだろうか。

「水嶋の妻としてちゃんとしなきゃっていうのと、燈哉さんに釣り合う自分になれたらいいなっていう……、その、願望と言いますか」

どんどん下を向く目線の先に彼の鎖骨が見えた。言いながらもぞもぞと体を下へと移動させ、おでこをそこに擦（こす）り付ける。

「桜……、ちょ、ちょっと」

滑らかな肌の感触にため息を吐きながら、彼が焦り、どもる声を聞いた。

「あ、ごめんなさい。嫌ですか？」

「まさか！」

ぐっと頭のうしろに手が回って、ますます体が密着してしまう。

そうして、嫌ではないと言った理由を話してくれるのかと思ったら――

「あーと、そうだ、旅行にも行きたいな。新婚旅行、まだ行ってないし」

いやいや話題の逸らし方が下手過ぎるよ、と思ったものの声には出さなかった。

「桜はどこか行きたいところはある？」

「うーん、旅行かぁ。どこでもいいかな、燈哉さんと一緒なら」

今度は思ったまま素直に言葉を発した。

けれど次の瞬間、彼が息を呑む音が聞こえた。

優しい掌（てのひら）がまた私の頬を包む。上を向くよう誘導されて、照れながらも力を抜き従った。

「え……」

熱に浮かされたように強烈な色気を醸し出している燈哉さんが視界に入った途端、私は目を見開いた。

「んっ」

性急に唇を奪われ、指ですりすりと頬をくすぐられる。

目を開けたまま私を見つめているまん丸の目、その熱烈な視線と、至近距離でぶつかった。

温かく柔らかな唇の感触に眩暈がする。ちゅ、ちゅ、と何度も何度も小さなリップ音が響く。

驚きと気恥ずかしさはあるものの、触れ合いに対する純粋な喜びが勝る。

「はぁ」

ほとんど唇がくっついたままのような近い近い場所で、彼が艶を帯びた吐息を漏らす。

そして「もう限界」と悩ましげな表情で囁き、私の唇をぺろりと舐めた。

さすがに驚いて頭を引くと、許さないとでも言うように彼の腕が動く。

ねじ込むように押し入ってきた彼の舌に、戸惑ってしまう。

——まるで、性急に私を求めたあの日のようだ。

絡め取った私の舌を、彼の舌先が官能的に舐め上げる。無性に胸が苦しくてどうしようもなかった。

息苦しいわけじゃない、心がきゅっと締め付けられて、苦しかった。

どんどん激しくなっていく口づけに息が上がる。もう、口の中すべてに触れられたのではというほど動き回る彼の舌先。翻弄され、息をするのがやっとだ。

「……っ、はぁっ」

――どれほどそうしていたのかわからない。私には、随分長い間キスを交わしていたように思えた。

唇を離した燈哉さんが、とろんとした瞳で私を見つめてくる。唇に残った激しいキスの名残を、彼は嬉しそうに指先で拭った。それだけで、胸がまたきゅんとなる。

「桜、桜……、好き。愛してるよ」

言いながら唇を塞がれては、こちらは愛の言葉など紡げやしない。

本当の彼は情熱的な人だ、と感じてはいたが、それを改めて体感し頭が溶けてしまいそうだ。

「桜」

なんて愛しげに名前を呼んでくれるのだろう。

彼がそうして口にするたびに、ありふれた自分の名前が特別なもののように思える。

頬を撫でていた彼の指先が、ゆっくりゆっくりと下がっていく。

マキシ丈ワンピースの部屋着の上から、すうっと腰を撫でられた。そのまま彼の手は脇腹を通り、胸のすぐ下をさわさわと動く。明らかな官能を含んだ手付きに、大袈裟（おおげさ）に反応してしまう。

「桜……、嫌だったら言って」

熱い掌（てのひら）がぴたりと止まる。胸のすぐ下で。返答を聞くまで動かすつもりはないらしい。

触ってほしい、だなんて、胸に疼（うず）くこの気持ちをそのまま伝えたら、驚かせてしまうだろうか。

いや、その前に、とても恥（は）ずかしくて口にできそうもない。

経験ゼロの私には、ハードルが高すぎる。

でも、女として彼に求められることに喜びを感じていた。

「嫌なわけない」

結局、そんな言い方しかできなかった。

けれど燈哉さんは、感極まった表情で私を強く強く抱きしめた。

「燈哉さん、大好き」

先ほど返せなかった愛の言葉を呟くと、彼の体がびくりと揺れた。

「俺も、愛してるよ。何度言っても足りないくらい」

体を起こした彼が、私の体を引っ張り上げる。

ベッドの上で向かい合って座り、とても優しいキスを受ける。

淡いピンク色の部屋着に手がかかった。

「っ、くそっ……！」

「えっ？」

服を脱がされ下着だけの状態になった途端、私の腕を凝視していた燈哉さんが、荒々しく怒りを吐き出した。

私の腕をとり、身をかがめてそこに唇を寄せる。飽きることなく繰り返されるキスの意味を感じ取った私は、泣きそうになって喉を鳴らした。

彼が唇を寄せている箇所。そこには、高原の指の痕が、くっきりと残っているのだ。

「ありがと……」

その首元に、思い切り抱きついた。

私の肩口に頭を埋めた彼が、唇で首筋を辿る。くすぐったさにくすくすと笑うと、またシーツの上に体が沈んだ。

「桜、桜……桜」

譫言のように、燈哉さんが私の名前を何度も呼ぶ。そうして何度も何度もキスを交わした。

「ふ、う……」

大きな掌が、下着の上から胸に触れる。

ただ撫でているだけだったその手の動きが、そこを揉むような動きに変化する。私のささやかな胸の膨らみを捏ね回すようにして、何度も持ち上げ揺さぶってくる。

同時に首筋を舐め上げられ、背筋に震えが走った。

「ん……っ」

鎖骨のあたりをきつく吸いながらブラのホックを外した彼が、膨らみに直接手をあてがった。

「柔らかい……、感動……」

その言葉は、いつかも聞いた。そう考えた途端、どくん、と心臓が大きく鼓動した。

「んっ、ん……ッ！」

彼の掌で胸の先が擦れると、今まで感じたことのないなにかが押し寄せてくる。指の先でくりくりと刺激されたことにより、そのなにかはもっともっと大きくなった。

「や……ぁっ！」

片方の胸の先に指が這い、もう片方に舌が這う。その口内で扱かれ吸われるたびに、くちゅくちゅと水の音が響く。たまらずにぎゅっと目を閉じた。

手の動き同様、少しずつ激しくなっていく舌遣いに、鼻にかかったような声が漏れてしまう。

「声、聞かせて」

「は、はずかしいから……っ」

「恥ずかしくないよ。すごくかわいい」

燈哉さんの唇が、舌先が荒々しく動き回る。胸の先を吸われながらちゅぱちゅぱと舐められると、どうしてか勝手に下腹へ力が入ってしまう。そうすると余計に感覚が敏感になっていくような気がした。

むず痒いような、くすぐったいような、不思議な感覚。

「はっ……」

合間に彼が漏らす吐息に、くらくらする。

――燈哉さんの色気にあてられそう。もう、あてられているのかもしれない。

ゆっくりと目を開けてそちらに視線を向けると、恍惚とした表情で、私の胸を舐めている彼が見えた。口元から覗く赤い舌がいやらしい。

硬くなった舌先がそこを弾くのを見てしまい、頭の中がカッと熱くなる。

私の視線に気付いた彼は、わざとらしくこちらを見上げたまま殊更激しく舌を動かした。

「あっ、んん……っ、は、ああっ！」

ちゅぱ、と恥ずかしい音を残して彼の頭が胸元から消える。

肩で息をしなければ、上手に空気を吸い込めない。

視線の先で自分の胸が何度も上下している。胸の頂が、彼の唾液にまみれて卑猥に艶を帯びていた。

『かわいいよ。真っ赤になって震えて……、俺のせいでべたべたになってるのも、すごくかわいい』

あの日の燈哉さんの言葉を思い出し、恥ずかしくて泣きそうになった。

慌てて胸元を手で隠すと、上機嫌な笑い声が聞こえてくる。

「かわいい……。桜、本当にかわいい」

ちゅ、と、その音があまりにもダイレクトに響くのは、耳に口づけを受けたから。耳朶を唇で挟まれて、そこに舌を這わされる。

「と、燈哉、さんっ……！」

「なに？　桜」

耳朶を舌でくすぐられ、耳に直接息が吹き込まれる。

ぞくぞくと体が震えてどうにもならない。私がそうなるとわかっていて、わざとやっているのだろうか。

彼がそこで微かに笑うたびに、鼓膜まで刺激されているような気持ちになった。

「んっ、も、う……！」

顔を捻って逃れようと試みても、水音はついてくる。繰り返される「かわいい」という言葉も。

「かわいい、は、もういいから……っ」

「だって他に言葉が見つからない。なんて言えばわかってくれる?」

「も……っ、知らな、ぃ」

「ふふ、耳が真っ赤だ。かわいい」

吐息と囁きが私を支配する。勝手にびくびくと反応してしまう体を、ちっともコントロールできない。こんなの、ずるい。

背中を駆け上る電流のような痺れも、止まらない。

「桜。腕、上げて……。隠さないでよ」

「だっ、て、んんっ」

全部見せて、と彼が私の手をそっと胸元からどかしてしまう。

それだけではなく、唯一まとっていたショーツまでするりと脱がされてしまった。

「ちょっ……んぅ!」

右腕に体を抱え込まれて、深いキスが降る。なんの遠慮もない舌の動きに、あの日の記憶を無理やり引っ張り出され、余計に胸がドキドキとうるさくなる。体中を燈哉さんの指先が這い回り、私が反応するとその箇所に留まって肌を粟立たせた。

興奮を隠しもしない彼の荒い息遣いが、私の官能を酷く刺激する。無口な時でさえ、かわいらしさを感じた真ん丸の目は情欲に濡れていた。

「この手が桜の肌に触れているなんて、……嘘みたいに幸せ」

体を起こした彼が、シャツを脱ぎ捨てた後でうっとりと呟く。自分の掌をじっと見つめてから私に視線を寄越し、少しだけ首を傾けた。そして、甘い甘い笑顔を向けてくれる。

初めての素肌のままの触れ合いと、彼の滑らかな肌の感触に、また胸が高鳴った。

「全部触らせて。全部触りたい」

膨らみを下から上に舐められて、胸の先を摘まれる。

「ん、あっ、ああっ」

むず痒さは快感へと変化していき、あられもない声を抑えることができない。

体の下のほうへと伝っていく彼の指が、太腿の内側を掴んだ。

――私も。私も、全部触ってほしいと思っている。でも気恥ずかしさがそう口にするのを邪魔する。もっと素直になれればいいのにと願ってみても、またも言葉にはできなかった。

太腿の辺りで遊んでいた彼の指が、秘所をゆっくりと撫でていく。

指の腹で蕾を少し揺らされただけで、甲高い喘ぎ声を上げてしまった。触れるか触れないか、ぎりぎりのところでくにくにと円を描くように擦られると、わかりやすい快感がやってくる。

「は、ぁ……！　ん、んんっ、あっ」

彼の指の動きが、どんどん滑らかになっていく。私の体の中から溢れ出した液体を、彼の指先がたっぷりとまとったのだ。

自分の体がこんな風になるだなんて信じられない。

けれど、濡れた指先が蕾を引っ掻くたびに、下腹の辺りに放出できない疼きが溜まっていく。

入り口をとんとんと刺激されてから、中にゆっくりと指が入ってきた。なんともいいようのない違和感に、唇を噛む。

「痛い……？」

心配そうに声をかけてきた彼に、首を横に振って意思表示をした。

奥で留まっていた指がゆっくりと出て行く。それからまたぐちゅ、と中に入ってきて、浅い場所を大きく揺らされた。濡れた淫らな音が寝室に響き渡る。

「えっ!?　やだ……っ」

そうして、もっと信じられないことが起きた。いつの間にそんな体勢になっていたのか、固く目を閉じていたからわからなかった。

私の下腹の辺りまで体を下げた彼が、顔を上げ艶やかに微笑む。そして、両手で秘所をぱっくりと開いた。なんの躊躇（ちゅうちょ）もなく、私の脚の間に顔を埋めていく。

「や、なにっ、あっ、ああ――――！」

温かく湿った舌が、蕾（つぼみ）をぬるりと舐（な）め上げた。柔らかな舌の上で何度も転がされ、腰がびくびくと勝手に跳ねる。爪の先まで痺（しび）れるような鋭い快楽に、私はただただ意味のない声を上げ続けた。

上半身を捻ってなんとかこの快感から逃れようともがくと、がっしりと腰を掴（つか）まれ固定されてしまう。ぱくりと蕾（つぼみ）を食（は）まれ、思い切り吸い上げられる。淫らな音を消してしまうくらいの嬌声（きょうせい）を響かせ、目に涙を溜めて頭を振った。

「……桜、逃げないで」

とろりと溢（あふ）れた液体を掬（すく）った彼が、それを蕾（つぼみ）に塗り込むように指を動かす。

「ああっ、燈哉、さん……！」

「ん？　どうした？」

「それ、いやぁ……っ」

「それって？」

興奮を露（あら）わにしたまま、彼は楽しそうに笑った。

「これのことかな」

わかっている癖に。

くりくりと蕾をいじる指をもっと速く動かされて、どうにもできず喘ぐしかない。その様を、綺麗な瞳にじっと見つめられてしまう。

「かわいいね、桜。もっと感じて」

「ふ、あっ、ああっ……」

「……ここ、もう一度舐めたいな」

ここ、と言いながら、蕾を前後に激しく揺らされた。反対の手には、さわさわと臀部を撫でられて、頭を振るだけで精一杯だ。

「お願い。桜のことといっぱい気持ちよくしたい」

言うが早いか、舌全体で蕾を包まれ、こすこすと擦られる。硬くなった舌先でぴんと弾かれれば、そこだけではなく体中に痺れが走った。

腰を押さえる彼の手も、秘所にかかる吐息も、酷く熱くてたまらない。

ぷるぷると下腹に力が入る。眦から涙が零れ落ちた時、そこへの絶え間ない刺激を「気持ちいい」と感じた自分に眩暈がした。

もう体中熱くて仕方がない。散々嬲られた秘所はじんじんとして、ぐずぐずに溶けてしまいそうだ。

シーツをぎゅっと握りしめて、彼の舌遣いに耐えた。

耐えていたのに、ひくひくと震えるそこに侵入してきた指が、中の壁を性急に擦り、ぐるりと掻き回す。

「ここ、気持ちいい？」

言いながら、擦られると腰がびくびくと動く箇所を細かく揺すられる。

いちいち敏感に彼の声を拾っては快感を享受してしまう自分が、恥ずかしい。

「もっ、恥ずかしぃ……っ、あっ、あ、んんっ……、音、やだぁ……っ」

「音も嫌？　この音？」

淫らな音をわざと立てた彼に、更なる羞恥を浴びせられる。

そこからそんな音がするほど自分が感じているのだと、自覚すると余計に濡れてしまう。

中から溢れ出た液体が太腿を伝っているのがわかって、膝と膝を擦り寄せた。

「だめだよ桜。脚、開いてなきゃ」

卑猥な命令に背筋がぞくぞくと震えた。

「ほら、もっと見せて。桜のここ、見たい。ひくひくして、かわいい」

「やぁ……っ、もう、なに、いって……っ」

つう、と太腿の内側から臀部のほうまで指で辿られて、私は精一杯否定の言葉を吐いた。

そうして彼の言葉を否定しながらも、そこがきゅんきゅんと、指をもっと締め付けているのがわかる。

「ここから溢(あふ)れたの、後で全部舐(な)めさせてね」

ぐちゅぐちゅとひっきりなしに音を響かせながら中を刺激され、蕾(つぼみ)をれろれろと舐(な)め回され、もう頭がおかしくなりそうだった。

縋(すが)るように彼の髪に手を伸ばしても、彼はいやらしく舌先を伸ばして見せつけるようにそこを舐(な)めるだけ。そんなところを舐(な)めているとは思えないとろけた表情の彼に、意識と視界が少しずつ白(しら)んでいく。昇りつめていく感覚を、信じられない思いで体感していた。

「や、ぁ……！　んぁあっ、……っ、まっ、て、あっ、あぁぁ……ッ！」

勝手に力の入っていた体が一気に解放された。

下腹に溜まっていた熱が弾けて、痙攣(けいれん)が止まらない。

「はぁっ、はっ……、はぁ……、あぁあっ！」

これがイくってやつなのかな、と初めての絶頂の余韻(よいん)をぼんやり感じていた私を、燈哉さんは中に指を留めたままで、くるりと反転させた。

そして宣言通り、太腿から臀部(でんぶ)まで伝う液体を、ぴちゃぴちゃと舐(な)めとっていく。

時折、チクリと鋭い小さな痛みが走った。

同時に中でじっとしていた指が動き始める。その指が二本になり、三本になり、彼の唇が残す痛みさえわからなくなる。

焦れったいほどゆっくりと指を引き抜いた彼が、汗をかいた私の額に唇を落とす。

大丈夫？　と甘い声で囁かれて、息も絶え絶えで大丈夫じゃないと言い返した。

23　奥さん、旦那さんに枕を投げつける。

全力疾走をしたあとみたいに、体が酷くだるい。

私は息を整えながら、そっと側を離れた燈哉さんを視線で追いかけた。

隆起した上半身は思わず手を伸ばして触れたくなってしまうほどに美しい。前髪をはらう、なんて何気ない仕草にも心がときめいて仕方ない。

燈哉さんはずるいな、と彼に隠れてこっそり唇を尖らせた。触れたいと細胞が叫んだ。好きだから、触りたいし触ってほしいと思うんだ。深く息を吐き、シンプルな答えを導き出す。

溶けた頭のまま視線を下に移す。すると、裸になった彼の脚の間で、存在を主張している昂りを視界に入れてしまい、慌てて顔を逸らした。

「……ッ！」

瞬間、ぬるりとした生温かいものが、蕾を押しつぶすように刺激する。

それは柔らかいのに硬くて、酷く熱い。

「ん、はぁ……っ」

くちゅり。

擦れ合うたびに鳴るいやらしい音は、一体どちらのものなのか。

「桜。桜……」

全身で愛情を表現してくれる彼が、私を正面からきつく抱きしめて頬ずりをする。

好きだよ、愛してるよ、という惜しみない愛の言葉を聞きながら、私も燈哉さんを抱きしめた。

「ぁ、ぁあんっ！」

甘く優しい言葉とは裏腹に、性急な動きで、彼の指がまた私の中を掻き混ぜていく。

その首元に腕を回して、ぎゅっと抱きついた。

「……本当に、嬉しいな」

その低い声も綺麗な丸い形の目も、私を翻弄する官能を含んでいるから、たまらない。

なにが？　と、小さく問いかけるのがやっとだ。

「桜と抱き合えることも、かわいい声を聞けることも」

「っ、ああッ！」

長い指が、一番奥を擦るように動くから、一際高い声が上がる。

「ここが、すごく濡れてることも」

私はその恥ずかしい答えを、引きも切らずにやってくる快感に耐えながら聞いた。

長い指が出て行って、代わりにもっと質量を持った昂りが入り口にあてがわれる。

「桜――」

少しずつ、私の中に彼の昂りが入ってくる。ぐぷ、と濡れた音がした。

「ふ、うぁ……っ、あぁあ……っ！」

鈍くもあり鋭くもある、今まで経験したことのない矛盾した痛みが走る。

息を詰め顎を上げて耐えても、ずきずきとした痛みは増すばかり。無意識に首を振って腰を引いてしまう。

「……っ」

また少し彼が腰を進める。息を荒らげながら、なにかに耐えるように吐息を零している。

「いっ……たぃ……！」

「っ、桜……、口、開けて」

頬に小さなキスをくれた彼の言う通りに、唇を開いた。大きく息を吐き出したところで、深い深いキスがやってくる。私も夢中で彼の舌に自分の舌を絡めた。燈哉さんが嬉しそうに目を細めたのを見た途端、格別の幸福感が体中を流れていく。目の前にいるこの人が、愛しくてたまらない。

「んっ、ん……、はっ、はぁ」

灼けるような痛みに硬直していた体が、解れていく。痛みがなくなるわけじゃない。けれど、触れ合う唇から伝わる愛情と、たまらない愛しさで、すべてが心地いい。

膨らみを包むように揉みしだかれる。うるさいほどに大きく聞こえる鼓動は、きっと彼に伝わってしまっているだろう。

「す、き……っ、好き、あ、んん……ッ、だいすき、はぁっ……」

「く……っ！」

幸福感そのままに、キスの合間に愛を囁いたら、ずるり、と、私の内側におさまっていた存在感が一瞬で消えた。

あまりの素早さに驚いて彼を見ると、私の胸元に顔を埋めて肩で息をしながら、耳を真っ赤にしている。わけがわからないながらも、真っ赤なかわいい耳をそっと撫でてみた。

すると、彼が小さな小さな声で「危なかった……」と囁く。

なにが危なかったのか、と私が尋ねる前に、両手でがっちりと頬を挟まれる。そして熱烈なキスと共に昂りが再び押し入り、さらに奥へ奥へと進んでくる。

「もう、ちょっと……」

キスの合間に燈哉さんが囁いた。

ぐぐ、と昂りを押し付ける彼が、腰を引いたり内壁のどこかを引っ掻くように動くと、痛みと共に甘い疼きがやってくる。

「ごめん、桜……動くよ」

しばらく動きを止めていた燈哉さんに、体を囲い込むようにして抱きしめられる。涙混じりで「うん」と返事をすると、彼の腰がゆっくりと動き始めた。

ゆらり、ゆらり。視界が揺れる。

肩に回された腕も、髪を撫でる手も、触れ合う肌も。全部愛しい、全部好き。痛みは確かに感じるのに、こんなにも胸がきゅんと跳ねる。

「あっ、ん、はぁっ、あっあぁ……っ」

時折艶声を吐き出しながら動きを止める彼が、一番奥のところへ腰をぐりぐりと押し付けてくる。そうすると、蕾まで同時に刺激されてしまう。

もう開きっぱなしの、力の入らない脚が勝手に上がる。これではまるで腰を自分から押し付けているみたいだ。でももう、どうにもならない。

「ああ、かわいい……。嬉しいな」

とろける瞳で奥を掻き回され蕾を揺らされると、もっともっとと、体がびくびくと反応してしまう。

　秘所のまわりに、とろりとしたものが伝っているのがわかる。

　音が恥ずかしい、とまた泣き言を漏らしたら、彼はなにかを振り払うようにふるふると頭を動かし、私の手を握った。

「は、あ……。ごめん、加減できそうにない……っ」

「あ、あぁあっ！　あ、んんっ、やっ、あぁっ！」

　体を起こし私の腰を抱え、激しく腰を打ちつけてくる。突き上げるような動きと強く激しい抽送に、彼の興奮を感じた。

　がくがくと揺さぶられる体は、少しでも快感を拾おうと貪欲になっている。

　気まぐれにきゅっと胸の先を摘まれるのがたまらない。

　寝室に響くのは、いやらしい水音と、私の喘ぎと、彼の吐息だけ。

「はぁっ、んっ、あぁ……！」

　突き上げがもっと激しく、そして速くなっていく。

　痛みと快感で頭の中はぐちゃぐちゃで、貫かれるたび湿った感触が肌にまとわりつく。

　彼の反対の腕が、背中から私の右肩を押さえた。これ以上ないほどに深く抱きしめ合い、絡み合い、繋がる。

「あぁっ、あっ、はっ……、ぁんっ、んんっ！」

「桜……っ！」

ぶるり、と燈哉さんの体が震え、昂りが脈を打った。私の中が、吐精したもので満たされる。

私はからからに渇いた喉をごくりと鳴らしながら、汗でしっとりした彼の肌に唇をつけた。

「う、あっ」

大袈裟に腰を揺らした彼が、掠れた声でなにかを呟いた。中に留まっている昂りがぴくりと動いた気がする。余計なことをしてしまったのかもしれない、と唇を離すと、眉根を寄せた彼に見下ろされていた。

「大丈夫……？」

「……う、ん。燈哉さんは？」

「俺は、ちょっと……、ごめん、気持ちよすぎて」

まだ気持ちいい、そう苦しそうに言う燈哉さんが、髪を撫でてくれる。

息を整えながら、私も腕を伸ばして彼の髪に手をやった。

結婚当初より少しだけ伸びた髪に手を差し入れ、そっと指を動かす。

「桜、俺すごい汗かいてるから」

「うん」

「汚れちゃうよ」

「平気だよ。汚れない」

私の髪を撫でる手を止め、彼はうろうろと視線を彷徨わせている。

けれどその口元が嬉しそうにぴくぴくしているのを見つけて、私は声を上げて笑った。

「な、なに？」

「ううん、かわいいから。そういえば前にも燈哉さんのことかわいいって言ったことありましたよね」

「あ、うん。そうだね」

こんなに心まで満たされる行為だなんて、知らなかった。

愛情を確かめ合って熱をわけ合って、幸せを噛み締めた。

「桜」

「なぁに？」

「あの、桜の言うかわいい、は……その、どういう意味なんだろう」

「どういう意味って、そのままの意味だよ？　燈哉さんは違うの？」

「俺の言うかわいいは、桜のためにある言葉っていうか、桜を表現する言葉っていうか……」

「っ、聞いた私が悪かったですっ！」

ぷいっと顔を背け手を離す。そうして体の向きも変えようとしたのに、中にまだ彼が入ったままだから、もぞもぞと動くことしかできない。そうして動くと中の変な場所が擦れ、声を漏らしてしまいそうになる。慌てて口を塞いだ。

「っ、んむぅ⁉」

うまく誤魔化せたと思ったのに、彼の指先はすでに意思を持って動き始めていた。しかも、抗議の声を上げさせてももらえない。口を開こうとすれば、彼の舌が言葉を絡め取りにやってくる。

――触られて舐められて、また私がぐずぐずにされた頃、くるりと体をひっくり返されて、腰を高く抱えられてしまう。

ずぶずぶと、昂りがうしろから侵入してくる。必死に腕を踏ん張って背後にいる燈哉さんに視線を向けると、背中をぺろりと舐められた。

「あっ、あぁんっ、なっ、んで……っ、もう、やだぁっ」

舌が肌の上を這うだけで異常に反応してしまうのだ。気持ちよすぎて苦しいくらい。秘所にはいまだ痛みが残っているのに、こんなに気持ちよくなっている自分が信じられない。

「照れる桜がかわいすぎて……、ごめんね」

謝ればなんでも許されると思うなよ、と言いたいのに言えない。

私の背中にぴったりと寄り添った彼が、ぎゅっと腰を強く抱いた。

「俺のこと、かわいいって言ってくれるのは、褒め言葉……？」

「んぁあっ、あ、あ……っ、ん、ぅっ！」

私の背中にぴったりと寄り添った彼に、片手で秘所を割り広げられてしまう。

そしてするりと脚の間に潜(もぐ)り込んできたもう片方の手で、小刻みに蕾(つぼみ)を揺らされた。

鋭く苦しい快感で腕に力が入らない。腰が勝手に揺れる。

「ねぇ、桜。どっち？」

ぶんぶんと首を縦に振ってその質問に答えた。

「そっか、じゃあ……、ちょっと安心。よかった……」

そこを開いていた手がまた腰に回る。けれど、蕾(つぼみ)を嬲(なぶ)る指は留まったままだ。

「あぁぁあ――……っ！」

思い切り腰を振る彼が、一番奥の場所をじゅぷ、と突き上げた。

頭の中に鈍い閃光(せんこう)が走り、視界が暗くなっていく。

「まっ、んん……っ、まって、まって、まってぇ……っ！」

「うん、待ってる。いくらでも」

激しい抽送が止まっても、昂(たかぶ)りは奥の場所に押しつけられたまま。しかも気まぐれにぐりぐりとそこを揺らしたり、不埒(ふらち)な手が肌の上を這(は)い回ったりもする。快感が止むことはない。どちらにしても気持ちよすぎて苦しいのだ。

「ん……っ、んぅう……っ」

「一晩中でも待てるよ」

ね？　とまた昂りの先で中を擦られる。

「も、ばかっ……じゃ、ないのぉ……!?」

胸をくにくにと揉む彼の手を捕まえて、悶えながらひっくり返った声を上げた。

「うん。馬鹿なんだ。桜の中に入ってるなんて夢みたいに幸せで、全然治まる気がしない。ずっとこのままでもいいよ。ごめんね、今夜は眠れないかも」

「このまま、なんて……、むり、むりです……っ！　あぁっ、ん……っ」

「このままが、無理？　じゃあ、動いていい？」

私の言葉を都合よく解釈した燈哉さんは、嬉々として私の体を揺らし始めた。くすくすと本当に嬉しそうな微笑みを零して、幸せに満ちたため息を吐き出す。

「ああ、幸せ……。愛してるよ、桜。俺の奥さんになってくれて……ありがとう。ずっと、側にいて」

興奮に息を荒らげながら、そんなに優しい声で囁かれたら――

心がきゅんきゅんとときめき、体は法悦を感じてしまう。

気持ちがよすぎて苦しいのに、でもやっぱり、この状況は幸せとしか言いようがない。

これからも、彼の愛情に胡坐をかかず、できる限りのことをしたい。たまには手抜きをしながら。

――きっと、庶民思考の私が求める「普通」の暮らしをするのは難しいだろう。

でもここで、彼の側で、目一杯幸せな毎日を送れるよう、頑張る気持ちを忘れたくない。

「わた、しも……、あぁっ、……はぁっ、すき、大好き、です……っ」

「桜……！」

体を揺さぶられながらもなんとか想いを紡ぐと、余計に腰の動きを速めた燈哉さんに、さらに深い快感の渦へと突き落とされる。

彼の宣言通りに、その日私は、本当に朝方まで眠りにつくことができなかった。

意識が遠のくほど散々愛情を伝え合って、翌朝ようやく目を覚ました時。枕に顔をめり込ませて体の軋みと戦う私に、元気いっぱいな彼はこう言った。

「ぐったりしてる桜もかわいいなぁ。出勤前にあと一回だけ、だめ？」

「っ、早く仕事に行って下さい！　今すぐに！」

私は痛む腰を押さえながら、旦那様に枕を投げつけて、その誘いに全力拒否の構えをとった。

そんな瞬間でさえ、私たち夫婦の大切な記憶になる。はず。

エピローグ　奥さん、旦那さんを語る。

私、倉木桜と、彼、水嶋燈哉さんは、お見合いをきっかけに婚姻を交わしました。

この婚姻はお互いの家が経営する会社同士の結びつきを深めるために、両親によって決められた政略結婚でございます。

同じ家で暮らし始めてからも会話はほとんどなく、毎日毎日洗濯と夕飯の支度以外ほぼぼやることもなく、私は暇ぽかーんと過ごして参りました。

そんな私のストレスが最高潮に達し大暴走したのが、結婚して半年ほどたったある日のこと。

せめて生活に支障がない程度には意思疎通が図れるようにと、(書類上の)旦那様と交流を深めるべく奮闘を始めました。そうして参りますうちに、彼の素顔を垣間見……私は、恋に落ちてしまいました。

――彼は、意外なことに、私のことをよくご存知でいらっしゃいました。

洗濯が好きなこと、クールな男性を好むこと、水族館が大好きなこと、甘い食べ物に目がないこと、「普通であること」を好み、また、それらに憧れを持っていること。

無駄にお金持ちアピールをする男性や、軟派な男性が嫌いなこと。

そして料理や掃除が得意ではないことなど、重大な訂正箇所があるにせよ、驚くことに、私に関するあらゆる情報をお持ちだったのです。

しかも、無口、無表情で、ため息での返事を得意とする（書類上の）旦那様は、「理想」という名の鎧をまとった仮の姿で……

本当の、本物の彼は……、とても優しく笑顔のかわいい、極上に甘い男性だったのです。

私の友人はいまだに彼のことを「破滅的ストーカーへたれ野郎」などと、失礼なあだ名で呼びます。

困ったものですが、彼女には彼も頭が上がらないご様子でいらっしゃいます。

そもそもこの結婚自体、政略的な意味はなく、外堀から埋めにきた彼と父の策略であったことは後で知ったお話。

私もまた、彼に愛されていることを、深く深く、それはもう深く、教えていただきました。

幼少の頃から、家族の愛情に恵まれながらも、心はいつも燻っておりました。

自分の家が「普通」ではないと知ったあの日から、「普通」は私の憧れでした。

しかし、今私は、およそ「普通」とは呼べないマンションで日々を過ごしております。無駄に長い廊下にげんなりする日も、重くて持ち上げることすらできない高級絨毯を洗濯できずイラっとする日もあります。

超高級コーヒーメーカーをわざわざ業者さんがお掃除にいらっしゃることに、頭が痛くなる日もあります。

けれど、私は今ここで、高級家具に囲まれた高級マンションで。

この上なく、満たされた毎日を送っております。

それもこれも、彼が私のことを考え、惜しみない愛情をくれるから――

私の好みの男性が無口でクールな人だと知り、そういう人物を演じ続けていた彼。確かに私の理想の男性は、そういう人物でした。しかし気が付けば、素の彼を好きになっていました。理想のタイプとは真逆の彼を。

恋に落ちるのは理屈じゃないのだと、彼と出会って初めて知りました。

私の今の名前は水嶋桜です。

単なる書類上の、だったはずの旦那様は――

本物の、そして、最愛の旦那様になりました。

番外編1　奥さん、夏祭りにはしゃぐ。

想いが通じ合って四ヶ月たった、八月のある日のこと。

私と燈哉さんは、それぞれ馴染みの美容室で着付けをしてもらって、神社の入り口で待ち合わせをした。初詣の時に一緒に来ようと約束した、夏のお祭りに出向くためだ。

「わぁ、燈哉さん素敵っ」

「いや、桜のほうがかわいいよ」

陽気なお囃子が聞こえてきて、辺りは初詣の時よりも更に賑わっている。

出会い頭でナチュラルにお互いを褒め合ってしまい、我に返った時にはものすごく恥ずかしくなった。勘違いでなければ周囲の方々の視線も冷たい気がする。気のせいだろうか。いや、気のせいであってほしいという願望はあるが、多分気のせいじゃない。

「い、行きましょうか」

「うん。けっこう混んでるな……大丈夫？」

「大丈夫だよ」

「じゃあ、なにから食べようか」

「チョコバナナ！」

しっかりと手を繋いで、燈哉さんを見上げる。相変わらず恥ずかしそうに顔を隠す姿が、かわいくてたまらない。

なにかにつけてかわいいという感想しか出てこないのだから、これでは彼のことをとやかく言えないな。

カラン、コロン。

下駄を鳴らして、石畳を歩く。すぐには境内に入らず、なにか食べるものを買ってから行こうというのが、私たちの計画。まずは屋台を物色することにした。

黒地に細いストライプの入った浴衣に、紺色の細い帯をさらりと合わせている彼はとても素敵だ。私の旦那様は、なにを着ても様になるなぁ、なんて、惚気だろうか。今日の私は恐らく相当浮かれている。

浮かれた頭のままで道行く人に目をやると、さすがお祭り、浴衣を着ている女性が多く見られる。けれど、浴衣姿の男性というのはほとんどいない。

私たちを、やたらと貼りつくような視線が追いかけてくるのは、これだけ人がいても燈哉さんが一際目立っているからだ。そう、燈哉さんの色気のせい。美人な友人のカナと歩くことで同様の現象には慣れている私でも、振り返って見ていく人が多すぎると感じる。

ただ、彼を見たくなる気持ちはとてもよくわかる。私など「たまらん」と思ってしまっているほどだ。

袷(あわせ)からチラリと覗(のぞ)く素肌が、真っ白な艶々(つやつや)お肌が、控えめに言っても最高だと思う。

「桜」

燈哉さんが顔を近付けてきたので、なになに？　と、私も彼を窺(うかが)う。

「スマホ鳴ってない？」

「えっ？　あ、本当だ」

巾着(きんちゃく)の中からスマホを取り出し確認して、瞬間的に「うわぁ……」とものすごく嫌な声を出してしまった。

「どうしたの？」

「えーと、父から着信で……」

「で、出たほうがいいんじゃない？」

「今……六時か……」

はあっ、とやさぐれたため息を吐き出して、彼に断り人混みから外れる。手の中のスマホは、一度バイブ音が途切れたものの、またすぐに鳴り始めた。

「もうっ、もしもし⁉」

『桜ぁっ、繋がってよかったぁ！　もう六時になるのに連絡がつかないからっ、俺のかわいいかわいい天使がどこぞに連れ去られたんじゃないかって心配で心配で……っ！』

「きっも」

『こらこら、お父様に向かってきもいだなんて、桜は正直者だなっ』

「毎日毎日……、嫁に行った娘と夕方に連絡がとれないくらいで、いちいち大騒ぎしないでよ！　お昼過ぎのメールは返したでしょう!?」

『夜間にかけてのほうがお父様、心配になっちゃう。この気持ち……桜にわっかるかなー、わっからないだろうなー』

「気持ち悪い。やめて。今すぐ」

『しかし随分賑やかな音が聞こえるね。祭りにでも行ってるのか？』

「うん」

『そうか、燈哉くんと一緒にか』

「うん」

『そうかそうか。仲よしだね。いいことだ』

上から下まですべてアホな父が、今まで聞いたこともない晴れ晴れとした声で、とても嬉しそうに言った。

私が父の策略を知ったことも、彼と本当の夫婦になったことも、父は知らないはずだ。もしかしたら彼が話しているのかもしれないけれど、とくに尋ねたことはない。娘として可愛がってもらっているのも愛してもらっているのも、わかってる。それでも、四日に一度くらいの頻度で声を聞くのも嫌なくらい鬱陶しく感じるし、利己的な愛情だと思うこともある。

でも、父が本気で私の幸せを願っているのだって、ちゃんと知っている。

決められた結婚の相手が燈哉さんじゃなかったら、きっと父のことをこんな風には思えなかっただろう。相手に彼を選んでくれたこと――そこだけは父に感謝している。

『燈哉くんがいれば祭りも安心だね。楽しんでおいで。燈哉くんにもよろしく』

「うん。ねぇ、お父さん」

『うん？　なになに？』

「バ――――カっ」

『なっ、ど、どどどうしたんだ桜っ！　まさか、お父様のこと嫌いに……!?』

「ど」が多すぎるわ、と思いながら電話を強制的に終了させて、スマホを巾着（きんちゃく）の中へ戻す。道の脇で待っていてくれた彼と合流した。

「ふう、すっきりした」

「さ、桜」

「あ、ごめんね燈哉さん。お待たせしました」

「大丈夫？　お義父さんとなにかあった？」

心配そうに眉根を寄せる彼に、からからと笑い「いつものことだよ」と答えた。

神社から伸びる一本道の両脇には、初詣（はつもうで）の時よりもたくさんの屋台が並んでいる。

境内には舞台が組んであって、そこで太鼓や笛の演奏が披露されていたり、カラオケ大会が催されたりしているようだ。

それらの音に耳を澄ませながら、石畳の道をのんびりと歩く。

「桜のその浴衣はこの間、実家から持って来たもの？」

「うん。本当は新しいのを仕立てようと思ったんだけど、このデザインは今年着なかったらもう一生着られないかなって思って」

私の着ている浴衣には、淡いピンク色の生地に、濃いピンクの小さな桜模様が施されている。帯も鮮やかなピンク色で、まさに「桜の浴衣」だ。

両親が選んでくれた生地で仕立ててもらったものだけど、さすがに二十五にもなると、全身ピンク色の浴衣に袖を通すのには勇気がいる。

浴衣自体はとても気に入っているので、いつか子供が産まれたら着てもらえるよう、大切に保管しておこうと思っている。

「どうして？　似合ってるのに」

「いやぁ、さすがにね……。ピンク過ぎて恥ずかしいっていうか……」

「なら、帯の色を変えればいいんじゃないかな。桜にぴったりな浴衣だし、来年も着てるとこ見たい。すごくかわいいよ」

燈哉さんは至って真面目に、真剣な目付きでそう言って、もう一度「かわいい」と神妙に付け足した。反応に困る。

「……帯、見てみます」

「外商に連絡しておく。一緒に選んでもいい？」

燈哉さんの視線はとても甘い。

視線だけじゃなく、なにもかもが甘い。私を甘やかしすぎじゃないかと思う時もある。私は長女だから、いつもしっかりしなきゃと思っていたし、誰かに寄りかかり過ぎるのには抵抗があった。

「桜、ぶつかるよ。こっちにおいで」

ふいに、手を引かれる。

人と人の間を縫うようにしなければ歩けないほどの大嫌いな人混みでも、私がしっかりと歩けるのは、隣に燈哉さんがいてくれるからだ。

燈哉さんが一緒なら、苦手な人混みも怖くないと思うようになった。彼が安心をくれるから。

燈哉さんに対しての絶対的な信頼感は、どこからやってくるのだろう。自分でもよくわからない。

どんなことでも、辛い時には寄りかかって助けてもらえばいいんだと思えるようになったし、しっかりしなきゃと大袈裟(おおげさ)に気を張らなくても立っていられるようになった。

「あ、チョコバナナの屋台。向こうにあるよ」

「本当!?　くっそぅ、私には見えないっ」

「抱っこしてあげようか？」

「……結構です」

抱っこって、いくら私が小さいからって子供じゃないんだから。

ふてくされて言い返すと、彼はくすくすと笑いながら、小さな私を庇(かば)うようにして歩いてくれる。

「隣にお好み焼きもあるよ」

「やった！　お好み焼きも食べたい！」

「うん。でも、人混みが辛くなったら言って。早めに帰ろう」

彼の優しさに、少しだけ体を預けて人混みの中を歩く。

ありがとう、と私が言うと、燈哉さんは嬉しそうに微笑んだ。

いつだって無条件で私を甘えさせてくれて、気にかけてくれる。どんな時も。

そこから少し歩いたところで、ようやく私の視界にもチョコバナナの屋台が見えてきた。

初詣(はつもうで)の時とは違い、列はできていないようだ。今回もじゃんけんに勝てるといいなと思いながら、屋台に近付く。

「よぉー！　初詣の時のねーちゃん！」

サラシを巻いてはっぴを着て、金髪をリーゼントにしているお兄さんは、初詣の時にわざとじゃんけんに負けてくれたあの人だった。

「こんばんは、覚えててくれるなんてすごい！」

あれから日にちもたっているし、色々な場所で屋台を出しているだろうにまさか覚えていてくれるなんて、と私は嬉しくなって笑って挨拶をした。

「俺、かわいい子は忘れねぇから」

「そんなこと言ってもらったら、いっぱい買わなきゃ」

軽薄な人は大嫌いだけど、お世辞の軽口に返事をする余裕くらいなら私にだってある。ちょっとは大人になったのかな、なんて考えていると、繋いでいる手をぎゅっと強く握られた。

不思議に思って顔を上げると、視線の先に、結婚当初のような無表情になっている彼の姿が。

「今日はなー、こんな気分？」

チョキチョキと両手を顔の横に出して、屋台のお兄さんがカニの真似をする。

こんなにサービス精神旺盛で売上は大丈夫なんだろうかと、他人事ながら少々心配になった。

だがしかし、力いっぱいグーを出させていただくとしよう。

巾着からお財布を出そうとすると、燈哉さんが私よりも先に、小銭をお兄さんへ手渡した。

「よし、いざ勝負！」

「じゃーんけん、ぽんっ！」

宣言通りチョキを出してくれたお兄さんに、貪欲にグーを出した私は勝利を収め、初詣の時と同じように二本のチョコバナナをもらった。

大喜びで一本を燈哉さんに差し出すと、まだ無表情のままの彼は、無言でチョコバナナを受け取った。どうしたの、と私が問いかける前に、屋台のお兄さんが叫ぶ。

「来年は彼氏なしで来いよ！　そしたらいくらでも食わしてやるから！」

「夫です」

かなり大きめに響いたその声に、周りの人たちも振り向いていた。

無表情を通り越して不機嫌な燈哉さんが、お兄さんを睨んでいる。

「と、燈哉さ……」

「なぁんだ結婚してんの？　まぁでも俺、そういうの気にしねぇから！」

ゲラゲラと笑っているお兄さんと、彼を睨んでいる燈哉さんの空気は対照的だ。

二回も勝たせてもらったのに申し訳ないけど、お兄さんにはちょっと黙ってほしい。切実に。

「あっ、ありがとうございました！」

「おう、また来いよ」

なかなか動こうとしない燈哉さんを無理やり引っ張って、お社のほうへと歩く。無言が痛すぎてどうしたらいいのかわからない。

神社の中には屋台が出ていないので、多少混雑は緩和されている。とにかく、人気の少ない場所まで彼の大きな手を引っ張っていく。手にしているチョコバナナが、溶け始めていた。

「燈哉さん」

ゆらりと動いた燈哉さんが、手に持っていたチョコバナナごと私を抱きしめた。顎を掴むようにして上を向かされて、そのまま唇を食べられてしまう。

「ん……っ！」

人気がないとはいえ、いつ人の目に留まるかわからない。

そんな環境の中での、舌が絡まる本気のキスに驚いて顔を引いたのに、それを許さない彼に後頭部を掴まれてしまう。彼の舌が、私の口内で荒々しく動き回る。

「んっ、んんっ」

くちゅくちゅと、わざとらしい水音が耳に届く。

お囃子がやけに遠くに聞こえた。

最後に私の下唇を挟んで引っ張ってから、彼の唇が離れていく。

「はぁっ……」

どのくらいそうしていたかは、わからない。

上がった息が落ち着いても、彼は私を腕の中から離さなかった。

「あ」

持っていたチョコバナナが、袷から覗く燈哉さんの肌を汚している。もちろん、浴衣も。

黒い布地に付着したチョコレートは目立たなくても、白い肌についたそれはきっと遠くから見てもわかるだろう。

「ごめんなさい……、汚れちゃった」

濃い茶色の染みを指先で擦ってみても、汚れは落ちない。

「桜」

硬い声が、私を呼ぶ。

夜になってもなかなか気温が下がらない今年の夏が運ぶのは、べったりと張り付くような湿った風。

強烈なキスで火照った体は、温い風では冷めない。

「チョコバナナ禁止」

「ええっ!?」

「あの屋台は、もう絶対に行っちゃだめ。口説かれるから」

「あの人のは、営業トークというか、冗談だと思うよ……?」

「冗談でも俺が許せない」

強い視線と抑揚のない言葉、燈哉さんの醸し出す張り詰めた空気に、たじろいでしまう。

――けれどすぐに、気付いてしまった。湧き上がってくる感情を隠そうとはしたものの、すでに手遅れだ。

「なに笑ってるの」

「あ、ごめんなさい」

にやにやと勝手に緩まる私の頬を、彼が窘めるように指で優しく突く。

チョコバナナを今度は彼の浴衣につけないように注意しながら、腰のあたりにぎゅっと抱きついた。

こちらを見下ろしている彼と視線を合わせるために、上を向く。

「嬉しい、な」

「……なにが？」

「ヤキモチ」

「っ」

爪先に力を入れて、彼の頬に小さくキスをする。

私の唇がくっついた箇所を手で押さえ、不自然に動きを止めた燈哉さんが愛しくてたまらない。

私の上げた高らかな笑い声が、夏の夜空に消えていく。

「金髪お兄さんに感謝しなきゃかなぁ」

喜悦の情で胸がいっぱいになる。

見紛うことなき幸せと愛情を噛みしめて、抱き返してくれる腕に頬ずりをした。

「心狭くて……ごめん」

拗ねたような口ぶりに、ますます胸がときめく。

ここが外なのが本当に残念だ。家の中だったら、このままくっついていられるのに。

「帰ったら……」

「帰ったら？」

「……や、なんでもない。俺、今なにを口走ろうとしたんだろう。……チョコバナナ、食べる？」

「ええ、なぁに？」

――その後いくら聞いても「帰ったら」の続きは教えてもらえなかった。それこそ、家に帰ったら追及しなくては。

雑踏の中に戻って食べたチョコバナナは、ぬるくなっていたけれどおいしかった。

「燈哉さん、お参りして行ってもいい？」

「いいよ。願いごと？」

「ううん。初詣の時にお願いしたこと、叶ったから。神様にお礼するの」

「そっか。俺も、神様に感謝しないと」

「燈哉さんも叶った？」

「うん。叶った」

笑い合って寄せるおでこが、くすぐったい。

『燈哉さんと、もっともっと仲よくなれますように』

『夏祭りまでに、本物の夫婦になれたらいいな』

初詣の時に描いた通りの未来の中で、私は今、燈哉さんと笑い合っている。

願った夢はちゃんと叶った。

それも、願ったよりも大きく幸せな形で。

番外編2　夏祭りの夜

お参りをして、神様に深く頭を下げて、何度もお礼をした後。

ふたりでビールを呑みながら子供たちの太鼓や笛の演奏に聞き入り、カラオケで歌手顔負けに演歌を披露するおばちゃんに賞賛を送って、家路についた。

ちゃっかり帰り道にたこ焼きとお好み焼きを買ってもらった私は、ご機嫌で夜道を歩く。

隣にいる燈哉さんは、大きな紙コップのビールを珍しく三杯も呑み干した後だからか、足取りがかなり怪しい。


「……ッ、んっ！」

玄関に入って開錠の電子音を聞いた瞬間。

両手首を扉に押し付けられて、噛み付くようなキスを受けた。

燈哉さんが手にしていたお好み焼きとたこ焼きは、シューズクローゼットの上に放り投げられている。

「やぁっ！」

くるりと体の向きを変えられ、目の前にあるのは冷たい玄関の扉。手首を彼に片手でまとめられて、うしろからまた押さえられる。浴衣(ゆかた)の袷(あわせ)から強引に手が入り込んで、膨らみを揺らした。

「燈哉さん……！」

胸の先をくにくにと擦(こす)られる。いつもとはまるで違う強引な手付きだ。

無理やり引っ張り出された快感に、喘(あえ)ぎが漏れてしまう。

「まっ、てぇ……！　声、聞こえちゃう、からっ」

「誰も通らないから、大丈夫」

色気をたっぷり含んだ声が、同じくらいの欲望をたぎらせて囁く。それだけで下腹が疼(うず)いた。

「……っ、は、ぁ……！」

「声、出して」

「や、だっ」

「俺しか聞いてないよ」

大きな掌(てのひら)が、片手で両の胸の先を刺激する。親指と小指で、器用に捏(こ)ねくり回して引っ掻(か)く。

「あぁ……ッ！」

「もっと、もっと……桜」

私たちが住んでいる階の部屋は、間取り自体が他の階の部屋とは少し違う。そしてお隣さんはひと部屋だけ。玄関はフロアの端同士で、その中央付近に、この階専用のエレベーターが付いている。

この扉の前を誰も通らないなんてことは、自分でもわかっている。だけど、扉一枚隔(へだ)てた向こうは外の世界だ。そこに手をついてこんな声を上げていることが、恥(は)ずかしくて泣きたくなる。

うしろからのし掛かるように体重を掛けられ、体がどんどん前のめりになっていく。掴(つか)まれている手首のおかげで、なんとか崩れ落ちずに済んだ。

「そのまま、頑張って立ってて」

とんでもない命令、なのに、背(そむ)くことができない。アルコールの香りが鼻を掠(かす)める。

両手が自由になった燈哉さんは、私の脚の間に強引に手を突っ込んだ。

「ふ、ぁあっ！」

いつものような優しい手付きじゃない。下着の上から、こりこり、と蕾(つぼみ)の上で円を描いて爪で強く引っかかれる。その間も胸の先への刺激は止まない。

「やぁ…っ、……ッ！」

「や、じゃないでしょう?」

まだ充分に潤ってはいない秘所を擦られ、そのまま二本の指を中に入れられる。

私が簡単に声を上げる場所を知っている指先が、内壁を意地悪く押し広げる。ここが好きでしょう?　と指先と同じくらい意地悪く囁かれて、背筋がぞくぞくと震えてしまう。

あっという間にぐちゅぐちゅといやらしい音が響く。快感で頭の中が真っ白になり、口ではいやだと言うのに、この先を期待した体がどんどん熱くなっていく。

「ああっ、ん、ぁッ、ああ……」

「気持ちいい?」

「いやぁ……っ」

「まだ、いやなの?」

「ひゃぁッ!」

うなじに舌が這う。止むことなくぞくぞくと背中を上ってくる愉悦に反応して彼の指をぎゅっと締め付けてしまう。

れろ、と、何度も同じように舐められて、そのたび走る官能の戦慄に頭を振った。

「もうびしょびしょだよ、桜。音、聞こえる?」

卑猥な音をわざと大きくたてるように、指先が大袈裟に動いた。私のお尻に擦りつけられているのは、主張している彼の昂り。それが当たることにすら痺れが走る。

　片方の手が胸の膨らみを上下に揺すって感触を楽しんでいるのがわかる。いつもと違う手付きで、うしろから、こんな強引に。なのにこんなにも感じて、乱れている自分を認めたくない。

「桜の中、すごい動いてる……。もうイきそう？」

「や、ぁ……！　イ、かない……っ」

「……そう」

　指の動きが止み、背中の重みも消える。必死に呼吸を整えていると、性急にショーツを下ろされた。

　また体が反転して、背を玄関の扉に押し付けられる。ひんやりとした堅い感触が、火照った肌に心地いい。

　空調の効いていない閉め切った空間で、いつもと違う彼が妖艶に私を見下ろす。

　視線が絡んだ瞬間、背中にひやりとしたなにかが走った。

　緩んだ帯の隙間から強引に浴衣を開かれて、脚が露わになる。

　早業のようにショーツを脚から抜かれたすぐ後で、右膝を曲げて持ち上げられてしまう。

「ちょっ、やだぁ！　燈哉さん、なにして……！」

すっとしゃがみ込んで燈哉さんが左の内腿を舐(な)めた。たまらずぎゅっと目を閉じて、彼の視線から逃げる。玄関のライトの下で彼の視界には、自分の秘所がすべて見えてしまっているだろう。こんな羞恥(しゅうち)、とても耐えられない。恥(は)ずかしくてどうにかなってしまいそうだ。なのに……

とろり、とそこから液体が溢(あふ)れていくのを感じてしまい、顔を覆(おお)って天を仰(あお)いだ。

「イかないんだよね」

「っ、ええ……？」

「イかないんでしょう？」

「あっ!?　ぁあッ！」

美しく微笑んで顔を傾けた彼が、薄く唇を開いてそこにちゅ、とキスをした。

片手で私の脚を押さえて、もう片方の指を中に突っ込んで、唇で蕾(つぼみ)をしゃぶる。

「やぁっ、き、たない……ッ、あぁっ！」

まるでそこに深くキスをされているよう。吸い付いては舌で蕾(つぼみ)を捏(こ)ね回し、また吸い付いては角度を変えて舌を絡める。同時に入り口の浅いところを、指先が何度も擦(こす)り上げてくる。

「ん……、すごい、溢(あふ)れてくるんだけど」

一旦口を離した彼が、わざとらしくこちらを見上げてきた。

汗と涙が流れては落ちていく。私の顔はきっと酷(ひど)いことになっているだろう。

「見て、桜。こんなに濡れてる」

指と指を擦(こす)りつけ、濡れた証(あかし)である銀糸が伝うのを見せつけられる。彼の掌(てのひら)をゆっくり流れていく雫(しずく)を見てしまい、肩がびくりと震えた。

「見てて」

いやらしく舌を伸ばした彼は、掌(てのひら)についた雫(しずく)をゆっくりと迎えに行き、見せつけるように舐(な)めとった。

「桜の味がする」

こんな時に下腹がきゅんと疼(うず)くなんて、どうかしているとしか思えない。

「そのままちゃんと見てて」

言った側から、べろん、と、秘所を下から上へと舐(な)められる。蠢(うごめ)く彼の舌が、蕾(つぼみ)を左右に小さく揺らした。そのまま、ぢゅ、ぐぢゅ、と小刻みに吸われ、顎(あご)がのけぞり背が弓なりにしなる。固定された足の先が、丸まっていく。

「だ、めぇ……っ、もう、だめ……っ！」

外も中も強烈に刺激され、髪を振り乱して彼の頭に手を添えた。

腰ががくがくと揺れて、止まらない。どこにも縋(すが)ることができない体勢が辛い。

容赦なく私を追い詰める彼の舌と指先が、絶頂へ誘う。

「ああっ、んぁあ！　っああッ！」

痙攣する体を押さえつけられて、体中を這い回る快感を少しも逃がすことができない。ずっと合わせたままの視線の先で、燈哉さんが意地悪く微笑んでいる。

「イッちゃったね」

帯を解いて浴衣をはだけた彼が、とてもとても嬉しそうに言った。体のどこかが、まだぴくぴくと震えている。

「あんな男に、かわいい笑顔を見せないで」

黒い浴衣を羽織っただけのような状態で、彼が私を抱きしめた。

「俺だけに」

「……あっ！」

「俺だけ見て」

「は、ん……っ」

はい、と答えようとした声が、彼の唇に呑み込まれる。唾液が顎を伝うほど激しいキスを交わした。角度を変えて、何度も何度も。アルコールのせいか異様に熱い彼の体を私も抱きしめる。唇が離れて、不安げに揺れる瞳と見つめ合うと、たまらない気持ちになった。

はだけた浴衣から、白い肌が覗く。

そこに茶色くついた汚れは、さっき私がつけてしまったチョコレートだ。綺麗な首筋に小さくキスをして、彼の胸元に唇を寄せる。舌を出して、汚れを舐め上げた。

「は……っ、さく、ら……！」

舌を這わせるたびに、震える彼が愛おしい。チョコレートはすぐに消えて、白い肌が浮かぶ。それでもまだ私は舌の動きを止めないで、滑らかな肌に吸い付くように唇と舌を動かした。胸がきゅんきゅんして苦しい。陶酔の中で聞く彼の荒い吐息は、まるで麻薬のよう。もっと、もっと聞きたい。

「……ッ！　はぁ、……っ」

綺麗な首筋に舌を這わせ、ちろちろと舐め上げる。下から上へ。さっき、燈哉さんが私にしたように。耳朶を唇で挟んで、舌先で小刻みに揺らす。いつも燈哉さんが、私にそうするように。

「……っ、桜っ！」

「あっ、ああっ！」

強引に、いつもよりも性急に、燈哉さんが中に入ってくる。右脚を腕で抱えられ、左脚は宙に浮いていた。激しい腰つきで容赦なく奥を突き上げられる。体がばらばらになってしまいそうだった。

「今、桜の中にいるのは、誰？」

「と、うやさ……っ、あ、んんっ！」

「そう、今もこの先も……、一生、俺だけだよ」

とろり、と甘い甘い蜜のような瞳で射貫かれながら、言葉で縛られる。背筋をぞくぞくとしたものが駆け上がり、下腹が余計に疼いた。

「い……うっ……！」

――一生、あなただけ。そう言ったつもりだけど、きちんと言葉にできたかどうかはわからない。

「ぁあん！　ひ、やぁっ、ああっ……！」

背中の骨が、玄関の扉と擦れて軋む。不安定な体勢で与えられる熱は、脳に響くほど気持ちがいい。昂りが出し入れされるたびに、もう腿まで伝っている体液がじゅぶじゅぶと音をたてる。

「こんな、とろとろになって……、あー……もう、俺のほうがすぐイきそう……」

彼の放った直接的な言葉に、心臓が跳ねた。

普段は絶対にそんなこと言わない燈哉さんが、欲を剥き出しにしている。私と同じように、彼も、私の中で快感を得ているのだ。

それを言葉にして与えられた途端、胸のどこかが満たされ、そこから喜悦が顔を出した。

そうして、まるで心の喜びを感じとったかのように、秘所がきゅうっと彼の昂りを締め上げたのが、自分でもわかってしまった。

「ああっ、んッ、……っ！　だ、めぇ……っ、あぁあっ、きもちぃぃ……っ」

「ああ……、嬉しいな。初めて桜の口から気持ちいいって聞けた」

初めて、だったろうか。それが正しいのかどうか定かではないが、こんなこと、恥ずかしくて簡単には口にできない。そう、口になんてとてもできないはずなのに。

体が熱い、気持ちがよくて眩暈がする。

この行為が始まった頃、心を占めていたはずの羞恥はどこへ行ってしまったのだろう。

ああ、もうだめだ。彼の昂りで奥のほうを突かれると気持ちよくて、自ら深く彼を咥え込み腰を振ってしまう。自分の喘ぎ声がうるさい。でも、気持ちよすぎて喘ぐのもやめられない。

「かわいいね、桜。腰振って、いっぱいかわいい声を出して。本当にかわいい……」

「ん、ぅ……っ、はぁっ、や、どうしてぇ……！」

「俺も、すごく気持ちいいよ。桜の中、熱くうねってる。もう限界」

「んっ、あぁっ」

「こっち、見て……っ。誰にイかされるのか、もう一度……、ちゃんと見てて」

激しく揺さぶり、内壁を擦りながら、彼の指先が私の蕾を捕らえた。小指から親指まで全部の指で、順番に蕾（つぼみ）を弾いているのだ。濃厚な刺激に支配され、無理やり高みに上（のぼ）らされていくようだった。

私の官能が高まる場所を一際擦られ、蕾（つぼみ）を弾かれる。もうだめ、もうだめ、と何度も繰り返した。

「あぁあっ、あ、ぁ、――――っ！」

初めて、内側で絶頂を感じた。そこが収縮して昂（たかぶ）りを包み込んでいる。痙攣（けいれん）する中をそれでも動きぐりぐりと蕾（つぼみ）を押しつぶす彼が、低く呻（うめ）いて白濁を私の中に注（そそ）ぎ込む。もう声も出ない。

「はっ、……っ」

ふたりでその場に座り込み、汗まみれの体で抱擁（ほうよう）を交わす。いつまでも痙攣（けいれん）を繰り返す内壁が彼を刺激して、燈哉さんの肩が揺れている。

この交わりに快美感（かいびかん）を覚えている自分は、本格的にどうかしている。激しい行為の余韻（よいん）にうっとりと浸りながら体を彼に預けた。

「キス、したい……」

「えっ……？」

どうかした頭のまま、欲望に正直に彼の首元へ腕を回し、唇を寄せる。

薄く口を開いて彼の唇を迎えに行き、自（みずか）ら彼の口内に舌を差し込んだ。

「ん……」

舌を吸い、側面を舌先で突く。

浅く息を吐きながらしつこく舌を舐り擦り上げ、水音に紛れて聞こえる微かな艶声を堪能する。

唾液にまみれた舌と舌の絡み合いが気持ちよくてたまらない。

愛しい彼とのキス、それも自らが仕掛けた濃厚なキスに、没頭した。

「はあ……っ」

心からの満足を吐息に乗せて吐き出し、唇を離す。

どこか呆然とした様子でされるがままだった燈哉さんは、その目を瞬かせた。

彼の胸元に遠慮なくしなだれかかり、とろん、と閉じようとする重い目蓋をなんとか上げる。

「さ、桜」

「好きだよ」

唐突にやってきた眠気に負け、ずぶずぶと沈んでいく意識の中。

びくりとわかりやすく反応し、頬を真っ赤に染めるかわいい彼の横顔を見た。

「本当に本当に、大好きだよ。燈哉さんが、好き……。他の誰かじゃなくて」

「……っ」

彼が息を呑む音を耳のすぐ近くで聞き、私は唇の端を上げた。

今の今まで嫉妬心と欲を剥き出しにして散々人を翻弄していたのに、愛の言葉ひとつで頬を染める燈哉さんが、かわいくて仕方ない。

「桜……、もしかして、酔ってる？　祭りで呑んだビールの酔いが回っちゃったかな」

「酔ってるのは、燈哉さん、でしょう……？」

「や、俺はさっきので、ものすごく酔いが覚めたというか……。桜？　眠いの？」

「んー……」

「かっ……かわいい……！」

「やっぱ私、変態なのかなぁ……。どうしよう、すっごい、気持ちよかった……」

「えっ⁉」

「本当だ……、キス、唇も舌も、気持ちいいね……、ずっと触れていたいくらい気持ちいいの、今ならわか、る……」

意識が遠のき、眠りの淵が近付いてくる。まどろみの中で彼の声を聞いた。なんと言ったのかは、わからない。

夢にまで見た夏祭りの夜が、更けていく。

番外編３　奥さんの主張

『やっぱ私、変態なのかなぁ……。どうしよう、すっごい、気持ちよかった……』

夏祭りの夜、心で呟いたつもりがすべて口から出ていたらしく、燈哉さんはその日以降、自制していたらしい欲を全開にすることが、多くなった。

彼に求められるのは嬉しい。安心し切った微笑みを見せてもらえるのも、幸せのため息を聞くのも好き。

だけど、物事には限度っていうものがあると思うんだ。

四日間のお盆休みを取っている彼と迎えた、お休み二日目の朝。私は起きるなり、彼にのし掛かられていた。

「んっ、も、やぁ……！」

勝手に上がる声も、勝手に震える体も制御不可能で、次から次へと与えられる快感をシーツを握りしめて耐える。

膨らみをふるふると揺らされながら、胸の先を執拗に舐められる。

その上、反対の胸も、かりっ、と爪の先で引っ掻かれ、たまらず彼の頭を掻き抱いた。

「は、ぁんっ、んぅ……」

彼の手の中で、膨らみが卑猥に形を変える。指の間から覗く胸の先をれろれろと舐め回され、触れられてもいない秘所がじんじんと熱くなる。

昨日も随分長い時間抱き合っていたというのに、朝からこれでは身が持たない。

的確すぎる快感は、ともすればとても苦しくて、その苦しみさえ幸せに感じる自分が嫌になる。

体は悲鳴をあげていても、心がそれを無視して反応するのだ。でももう本当にまずい。絶対まずい。またベッドから起き上がれなくなる。これは確信に近い予感だ。

「とうや、さん……っ、んっ！」

「んー？」

ちゅぱちゅぱと、音をたてながら吸いついてくる彼はどこか嬉しそうだ。私の体が喜ぶ箇所ばかりを狙って、手を、舌を動かす。すると私は燈哉さんの期待通り、びくびくと体を震わせてしまう。

ご機嫌に口角を上げた唇は、返事をした後で殊更激しく刺激を与えてくる。

嬉しそうに細められた大きな目が、喘ぐ私をじっと見ていた。

「ちょ……っ、だ、だめ、ッ！」

踊るように体中に触れ始めた指の先が、私が声を上げる場所を貪欲に探している。

「あぁっ！」

探し物を見つけると、ひとしきりそこに留まっていやらしく蠢く。満足するとまた新しいそれを探す。終わることのない指先と唇の動きに、私の官能がどんどん高まっていく。

「気持ちいい？」彼の指先が、一気に中に押し入ってくる。

答えなんて聞かなくてもわかっている癖に、わざとらしく尋ねて、でも返事はさせてもらえない。

口を開けば漏れるのは意味のない嬌声だけだ。彼の指先が、一気に中に押し入ってくる。

「ぁあっ！」

腰ががくがく揺れて、背が勝手にしなる。もうすっかり濡れそぼったそこを強引にかき回されると、体の芯がどんどん熱くなっていく。そうして、腰から頭の先まで甘い痺れが一気に上ってくる。

毎日とは言わずとも、ほぼそれに近いまでに夜毎導かれる絶頂にもう不安も恐怖もない。あるのは、快感と悦びだけ。

収縮がようやく治まると、それを楽しむようにじっとしていたいたずらな指先がまた動き始める。

「とぉ、や、さん……っ、あっ、もう、ほんとにだめぇ……っ」

「もう少し、触らせて。ほら、桜の中はいいって言ってるよ」

焦(じ)れったいほどゆっくりと中をくすぐられると、まるでねだるみたいに腰を揺らしてしまう。あんなに強い快感の後でこんなの、ずるい。

「ね、だめじゃないでしょう？　いいって言って」

香り立つような色気を振り撒(ま)く彼が、甘く命じる。

とうとう中から出て行った指が、びしょびしょに濡れた入り口の周りをくるくると撫(な)でた。

もどかしい。もどかしくて、とてもじっとしていられない。ゆるゆると動き出した私をからかうように秘裂を何度も往復し、蕾(つぼみ)のすぐ近くに留まる。決定的な快楽をちらつかされている気分だ。

「とうやぁ……」

思いの外(ほか)、舌ったらずな甘えた声で彼を呼んだ自分に、私はかなり失望した。耳の奥に風が吹いていているようなざわめきが響くのは、きっと羞恥(しゅうち)のせい。

――なに今の声、馬鹿みたい。

そう後悔しても、口から出て行ってしまった言葉は取り消せない。

しかし、どうやら彼は私と違う心証を持ったらしい。

彼の表情から、微笑みが消えた。

「っ、きて」

体を起こされ、ベッドの上で胡坐をかいた彼の膝の上に下ろされる。すると、そのままの体勢で彼の昂りが中に入ってきたのだ。唐突な行為に驚きながらも慌ててその首元に腕を回した。

「かっわいい……、かわいすぎるよ。頭が沸騰しそう」

下から腰を押し付けてくる彼と、重力に逆らえない自分の体。

なに馬鹿なこと言ってやがりますか、と溶けた頭のまま毒を吐いても、その間に甘さしか見えない喘ぎが混じっては恨み言にもならない。

腰を掴まれ激しく上下に揺さぶられて、いつもとは違うところをぐりぐりと突き上げられる。

燈哉さんの腿と私の臀部がぶつかるたびに、肌と肌が重なる乾いた音と、卑猥な水音が響く。その間隔が徐々に短くなっているのは、彼がいっそう速く腰を使い、私の体を揺さぶっているからだ。

「んっ、あぁっ、あ、あ、んん……っ！」

多分、馬鹿はお互いさま。あんな風に彼の名前を呟いてしまった時点で、今この瞬間死ぬほど気持ちいいと思っている時点で。

でもやっぱり、どんなに気持ちよくたって何事にも限度があると思うんだ。

遠のく意識の端で、そう思った。


「改めておはよう、桜」

大変申し訳ないけれど、今の私に、挨拶(あいさつ)を返す余裕などあるわけがない。

朝から濃厚過ぎる時間を過ごしたせいで、肩で息をするほどに呼吸が乱れているのだ。

「今日も一日中、一緒にいられるね」

心底嬉しそうに言うその姿はとてもかわいくて、私だって嬉しい。でも——

「も……無理……」

「え？」

「ねぇ燈哉さん、限界って知ってる……？　私、ほんとに体壊れる……。昨日もずっとだったのに、今日も朝からこんな……」

昨日も今日も、目覚めから濃厚過ぎて私はぐったりと疲れていた。気持ちとしては嬉しいけれど、体力は底の底まで尽きている……。もうどこかに出かける元気もない。せっかくのお休みなのに、予想通り今日もベッドとお友達になりそうだ。

体を起こした彼が、しゅんとした様子で「ごめん」と言った。

「うう、こっちこそごめんね。私も、体力の向こう側に到達しそうな時には、もっとちゃんと全力で言うようにします……」

「うん。殴ってでも止めてね。多分俺、めげないと思うから……」

「できれば私が殴らなくても済むようにしてくれないか」

私が目に力を込めて言うと、燈哉さんは自信なさげに笑いながら首を捻（ひね）った。

「桜限定で理性が壊れてるんだ。一生直らない」

「言い切った」

「でも、もちろん気を付けるよ」

「あの、私だってしたくないわけじゃ……ないと、言いますか、むしろそう思ってもらえるのはとっても嬉しいって、思ってるよ」

「あ、ますますめげない自分が見える」

「あぁあ！　ふりだしに戻ってる！」

子供のように顔をくしゃくしゃにして笑った彼が、私の目尻に小さくキスをする。

こういう風に話せるようになって嬉しい、と声を弾ませながら。

「喉（のど）渇いてない？　水持って来ようか」

「あ、いいよ。自分で行くから」

「ううん。桜は待ってて」

ありがとう、とお礼を言って燈哉さんを見送り、私はのそのそと体を動かした。

ベッドの端で丸まっているパイル生地のワンピースをひっ掴み、袖を通す。全身が筋肉痛にでもなったみたいだ。

戻って来た彼から大きめのグラスを受け取り、一気に呷る。

喉が張り付いているような不快感が少し楽になった。

「あれ、服着ちゃったんだ。残念」

「ぶふぉっ」

勢いよく飲み込んでいたミネラルウォーターが喉につっかえて、変な声が出た。

口から飛び出したお水を手の甲で拭いながら、燈哉さんを睨む。

「ははっ。冗談、冗談。かな？」

「どっちなの！」

ふいっと顔を背けてグラスを呷っても視線はついてくる。

デニムを腰でひっかけ、上半身は裸のままの彼が、水を飲む私をじっと見つめてくるのだ。

異常に色っぽくて艶っぽい姿に、結局は頬が熱くなってしまう。

「ね、桜。昨日も今朝も無理させちゃったし、疲れてるみたいだから……」

「あ、心の底からよかった……、疲労って言葉知らないのかと思った」

話を遮って口撃すると、私の手からグラスをすっと抜き取った彼が、ベッドに腰かけた。にこにこと寄り添ってきて、指と指を絡める。

「我慢って難しい。桜のことになると、普段簡単にできることが途端に難しくなる。好きで好きで仕方ないんだ」

すり、と指をなぞられる。甘い言葉と悩ましげなため息も相まって、私は恥ずかしさから小さく唸った。

「真っ赤。かわいいね」

「うゔ……」

両手で顔を覆ってみても、照れ隠しに唸ってみても、多分全部無意味だ。燈哉さんが照れるところを見て、私が喜ぶのと同じ。完全に仕返しをされている。自業自得だ。甘んじて受け入れ、照れ倒れるしかない。

「でね、今日は家で買い物しない？」

「家で買い物……？　外商の方を呼ぶってこと？　なにかほしいものがあるんですか？」

「うん、ちょっと。桜は？　なにかほしいものない？」

「特にはないけど、燈哉さんが買うものがあるなら一緒に見たいな」

「じゃあ決まり。おいで」

「えっ⁉」

両手を広げて、私を抱え上げようとする彼を、全力で制止した。

　すると燈哉さんはきょとんとした表情で「立てないでしょう？」と問いかけてくる。

「っ、立てないけど！」

「歩けないよね？」

「あ、歩けるようになったら自分で行きます」

「じゃあ、俺もベッドにいるけどいい？」

「それはどういう……意味だろう……」

　端整なお顔に浮かぶのは、妖艶な笑み。

　その微笑みの意味は、いくら鈍い私だって理解できる。

「お願いします」

「どっち？」

「どっちってなに!?　抱えていただきたいです！」

　おかしそうに笑う燈哉さんの首元に掴まって、役立たずで荷物な私はリビングまで抱っこで運ばれることになった。

　食事の支度も後片付けも全部してもらって、至れり尽くせりで時間を過ごしていたその日の午後、私たちは「家で買い物」をすることになった。

　言葉通り、本当に「家で買い物」を。

燈哉さんがほしかったものはベッドで、寝室にいまだ二つ並ぶベッドを処分しがてら、新しいものを購入する、という予定だったそう。

私が状況の把握に追われている間に、だだっ広いリビングには外商さんとメーカーの方が運んできたいくつかのベッドが並んだ。各ベッドの品質に関する説明が繰り返される。

寝耳に水過ぎて唖然とすることしかできない。

実家でも、母が懇意にしているデパートの外商の方が、衣類の新作を持って来て並べている場面に遭遇したことは何度もある。化粧品やアクセサリーなんかもそうだ。妹の振袖を買う時もそうだったし、全体的にアホな父や弟のスーツのオーダーも、確かに家でやっていた。だけど——

けど、ベッドって。ねぇ、ベッドて。

「燈哉さん」

「なに？」

「後でお話があります」

私の怒りを声色から察知したのか、彼は一瞬で顔を引き攣らせ神妙に「はい」といい子の返事をした。

今夜は間違いなくお説教コースになりそうだ。燈哉さんにそんなことをする日がくるなんて、不思議というか、なんというか……

その日のうちに、我が家の寝室には、無意味に大きなキングサイズの高級ベッドが設置された。

キングサイズのベッドの真ん中で自主的に正座した燈哉さんは、「無駄遣いとは」というテーマで、かなりきつめのお説教をされることになった。うるさい嫁でごめんなさい。でもベッドて。

私たちが本当の意味で夫婦として初めて一緒に過ごした、少し遅めの夏休みはこうして過ぎて行った。

番外編4　旦那さんの主張

目が覚めたらまず、ぼんやりした思考と視界のまま、視線を下に動かす。

そうすると彼女の姿が目に入って、一日が始まる。

けれど今朝は、抱きしめて眠ったはずの彼女の姿が、見当たらない。

お盆明けの一週間がようやく終わり、やっと迎えた休日なのに幸先(さいさき)が悪い。

「桜……？」

呟いた自分の声が、他人の発した声のように感じる。寝ぼけているせいだろうか。

布団を蹴(け)り飛ばしてベッドから下りると、眩暈(めまい)がした。

朝寝坊だった俺が、意識して早く起きるようになったのは、彼女と暮らし始めてから。

朝、早く目を覚ませば、それだけ長く時間を共有することができる。

彼女よりも先に起きて、寝顔を堪能するところから始まる一日は、至福そのものだ。

ふらつく体を無視して寝室を出た。

気持ち的には早起きが苦じゃなくなっても、低血圧は治らない。

廊下に出ると、キッチンに繋がるスライドドアから明かりが漏れていた。

そうして聞こえてくる、彼女の声。

小さな歌声は掠(かす)れ気味で、それは昨夜の自分のせいだろう。

かわいい歌声に微笑んで、キッチンへ入る。

スマホにイヤホンを繋いで音楽を聞いている彼女は、俺の気配に気付いていない。

フライパンについた焦(こ)げを、スポンジで必死になって落としているうしろ姿が、この上なくかわいい。

口元を片手で押さえて、歌いながらフライパンと格闘する彼女を観察する。

——ただフライパンを洗っているだけなのに、どうしてこんなにかわいいんだろう。

答えの見つからない自問が頭の中を支配する。

彼女は、なにをしていてもかわいいのだ。

それこそ、ただ歩いているだけでかわいいし、動きがコミカルなせいか動作がいちいちおもしろい。

かわいくてかわいくて、好きでたまらなくて、他に表現する言葉が見当たらない。

高い位置で束ねられている彼女の黒く柔らかい髪の毛が、忙しそうに揺れている。

毛先はふんわりと巻かれていて、そこから覗く白いうなじには昨夜自分がつけた赤い跡が散らばっていた。

襟刳りの大きくあいた丈の長い白いトップスに、レースのキャミソール。花柄のボトムはタイトで、形のいい細い脚によく似合っている。

彼女は冬の間も、ああいうタイプのトップスを好んで着ていた。狙ったかのように片方だけ肩がチラリと覗く、恐ろしくこちらの心臓に悪い形の洋服。

必然的に胸元も大きく開いていて、だけどいつもキャミソールやタンクトップを重ねて着ているから露骨な露出を感じるわけではない。それでも、つい白い肩に視線が奪われてしまうことはあるけれど。

うしろから腕を回して、彼女の細い腰に巻きつける。

驚いて体を揺らすと同時に「ぅわあっ！」と悲鳴のような声を上げてイヤホンを外し、彼女が振り向いた。

「もっ、すっごいびっくりした！」

ふたたび前を向いて項垂(うなだ)れる彼女の肩に、吸いつくようにキスをする。

今度は違う理由で揺れた体を、もう一度強く抱いた。

「おはよう、桜」

キスの合間に囁くと、吐息が漏れる。

すぐさま彼女の服の下に手が潜(もぐ)り込もうとするのを自制して、繰り返し口付けて舌を這(は)わせる。

「お、はよ」

「桜の、肩にさ」

「んっ……」

「桜の肩に、こうしたかったんだよね。ずっと」

「ずっ、と？」

「そう。冬の間も、こういう形の……あの時はニットだったけど」

「ちょっ、燈哉さん……っ」

思い切り吸い付いて、跡を残す。意図的に、彼女自身には見えない場所を選んで。

きっと彼女は、うなじについている赤い跡にも気付いていないんだろう。じゃなきゃポニーテールになんてするはずがない。

「んっ」

鼻にかかった甘い声を聞けば、心の内が満たされる。

それでもまだ彼女を愛し足りないと暴れる体は、自慢の理性をかき集め必死に自制する。

愛しくてたまらない女性と結婚し同じ部屋で生活をして、想いが通じ合うまで一線を越えることなく過ごせたのは、理性の奇跡だ。自慢してもいいだろう。

でも最近はその理性もあてにならない。この手を伸ばしたら、きっとまた止まらなくなる。そうしたら、また、叱られるだろうか。

彼女に嫌悪されるのは恐怖と絶望でしかないが、かわいく唇を尖らせて俺を叱る彼女を見るのは好きだ。

こんなことを考えるようになるなんて随分(ずいぶん)慢心したものだ、と自嘲しつつ、臆病者の自分が調子に乗れるくらい大きな愛情をくれる彼女には、感謝するしかない。

彼女の理想の男になる、それればかりを追い求めていた自分はきっと、一方的な想いを寄せるうちに彼女を崇(あが)め奉(たてまつ)っていたのでないか、と思うことがある。

人間としての違いを思い知り、自(みずか)らを否定的に見過ぎるあまり、こんな自分ではいつまでたっても愛してもらえないと、目の前の桜ではなく自分の中に作り上げた彼女を見ていたのかもしれない、と。現実の彼女は、高いところなんかじゃなく、俺の隣で微笑んでいてくれたのに。

それはそうと、長年頼んでいた彼女に関する報告書だけは、この先も一生隠し通さなければ。動向を監視していたと知られたら、きっと許してくれないだろう。それだけは、白状するわけにはいかない。

「もう、燈哉さんっ。きょ、今日は買い物に行くんでしょう?」

ようやく唇を離すと、潤(うる)んだ大きな目がこちらを見上げる。ただそれだけで、どうしようもない。たまらない気持ちになる。

「朝ごはん、作ってくれたの?」

慌てて話題を変えると、彼女は俺の胸元に頬をつけた。

「うん。ごめんね、起こしちゃったかな」

「残念ながら、キッチンの音は寝室まで届かないよ」

「残念ながらって?」

くすくすと、彼女が楽しそうに笑う。

そのかわいい笑顔が、それを独占できるこの時間が、どうしようもなく愛しい。

「お休みなんだし、もっとゆっくり寝てていいのに」

「寝てるの勿体(もったい)なくて」

「え? なんで?」

「早く起きれば、それだけ長く桜と一緒にいられる」

そう言葉にすると、彼女は真っ赤になって、とても嬉しそうに笑った。

愛しい彼女に、かわいいと、好きだと、思った時にいつでも伝えられる。

こうして触れることだって許される。

幸せで幸せで、だからこそ彼女を失いたくないと強く願う。

この先のどの時間も、「夫」として彼女の隣に並ぶ男は自分だけ。自分だけでいい。

「目玉焼きおいしそう。お箸並べる？」

「いや、その……、ね、熱唱してたらうっかり焦がしちゃったの。焼き直すから、ちょっと待っててね」

「焼き直さなくていいよ。黄身が硬めの目玉焼きも好き」

「でも……」

「味噌汁もおいしそう。音楽聞くなら、スピーカーに繋いでいいのに」

「ううん。起こしちゃったら悪いもん」

「ねぇ、桜」

彼女の耳に唇を寄せて、そこで言葉を紡ぐ。

気を使いすぎる彼女に、何度でも。彼女の体中に染み渡るように。

「別々に寝ていた時、気を使って休日は九時までリビングに来ないようにしてたよね」

「えっ、あの、うん……」

「桜がそうやって気遣ってくれるのは、すごくありがたいし、嬉しいよ。朝ごはんを俺が起きる前に用意してくれるのも。けど」

「……けど？」

「できれば、その時にも一緒にいたい。桜のことが大好きだから」

「……っ！」

最後は、囁くように言ってみた。

桜が俺の親父の声に弱いのだって、癪(しゃく)だけど知ってるから。

わざと少し声を低くして、彼女の耳に直接息を吹き込むように言葉を乗せたのだ。

「先に桜が起きた時は……起こしてくれる？」

「なっ、なっ、なんでっ、お義父様ボイス……⁉　や、やめてやめてっ」

「じゃあ、約束して」

「わかったっ、わかりました。ちゃんと起こしますから！」

「俺が起きるまでベッドで待ってるのもなしだよ」

「えっ」

「ね？」

「わ、わかりました」

「約束」

「約束っ！　だからそのお義父様ボイスしまってくれる⁉」

食器用洗剤の泡がつかないように、真っ赤になった耳を腕で押さえて、視線をきょろきょろさせる。

少ししてから、彼女は勢いよく水を出して泡を洗い流した。そして、手に残った水滴を、俺の顔目がけて弾く。

鼻にかかった水滴を指で拭って笑っていると、彼女が眉根を寄せる。

「卑怯だよ、お義父様ボイスは卑怯だよ！」

「あの声のほうが、桜が約束してくれるかなって」

「ああもう……っ。耳栓買ってこよう。その声、本当に腰にくるんだからね」

「それは残念。お皿とお箸出すね」

「あ、待って」

「なに？」

ちゅ、と、響いたその音はあまりにもかわいくて、息を呑んだ。

「……っ！」

ちくり、と首筋に小さな痺れが走った。

かわいい唇がそこから離れる直前、突くようにして舌で刺激される。

「仕返し！　私もね、燈哉さんが大好きなんだから」

お願いします、と、極上にかわいく笑った彼女が、お箸とお皿を手渡す。

彼女の肩につけた跡には、どうやら気付かれてしまったようだ。

うなじにもかなりの跡が残っていると知ったら、彼女はどんな反応をするのだろう。

とりあえずは、彼女が付けてくれた首筋の赤い跡を、今すぐ確認したいと思った自分は相当頭がいかれている。

きっと桜の魅力に中(あ)てられているのだろう。桜という病(やまい)に冒(おか)されているのだ。

残念ながら、一生治る見込みはない。

書き下ろし番外編

奥さん、相談する。

「桜、ちょっと話があるんだけど、いいかな」

仕事から帰宅するなり、燈哉さんは神妙な面持ちでそう言った。

真剣な表情に、なにかトラブルでもあったのだろうかと心配になる。

「うん？ どうしたの？」

玄関で彼を出迎えていた私は、燈哉さんの腕に手を添えてから答えた。

「……高原のことなんだ」

高原。その言葉を聞いただけで、背筋に冷たいものが走る。

レイプラントの社長子息で、燈哉さんとは大学の同級生。

燈哉さんと出席したレセプションパーティーで、私に襲いかかってきた男。

あの時感じた恐怖は、あれから一年近くがたった今でも鮮明に覚えている。

思い出したくなくても、ふとした瞬間に当時の場面が浮かび上がってきてしまうのだ。

「桜……」

心配をたっぷり含んだ彼の声に、はっと顔をあげる。

あの事件は、高原が燈哉さんへの恨みから起こしたものだ。

そのせいで私が傷ついたことを、燈哉さんはずっとずっと気にしている。それは自分の罪でもあるのだからと。

「大丈夫」

私はそう言いながら深く頷いた。

「あの人が……どうしたの？」

あの事件について、私と高原の間ではすでに示談が成立している。

燈哉さんは厳罰を望んでいたし、お義父様に聞いたところによると、私が関与できない仕事上のことで、あのあとレイプラントとは相当やり合っていたらしい。

実際、水嶋は企業としてレイプラントと一切の関係を絶ったそうだ。

そしてそれは水嶋だけでなく——あの日はホテルに多くの招待客が招かれていたこともあり、いくら箝口令を敷いたところで噂はあっと言う間に広まった。

レイプラントは業績の急下降を続けており、その先は決して明るくない、むしろ真っ暗、とは父の弁だ。

もちろん、その被害者が水嶋の長男の嫁であることも随分騒がれてしまった。

でも、私があの事件で、示談という終わり方を選択したのは、大企業水嶋の名を気にしたからではない。

理由は単純明快で、燈哉さんが、憎しみや復讐にとりつかれる姿を見ていたくなかった。それだけだ。

事件をなかったことにはできない。

だけど、胸の奥底に沈めて普通の生活を送り、あの時の恐怖や絶望が薄れていくのを待つことはできる。

だから私は燈哉さんにお願いをした。

高原に制裁を下すのではなく、そうやってゆっくりと心の傷を癒す私の隣にいてほしい、と。

私たち夫婦の会話で、高原の名が上がったのは、いつが最後だったか。

燈哉さんがあの事件についての後悔と罪悪感に苛まれて、落ち込んでしまうことは割とあるけれど、高原の名自体が上がったのは久しぶりな気がする。

確か、あの時スマホで撮られたデータが完全に削除されたことと、どこかに転送されて拡散されるようなことはない、という報告を受けたのが最後だっただろうか。

実際、私の写真がネットに出回ることはなかった。

「先週、精神的な病を治療する施設に入ったって。それと、完全に勘当されたそうだよ。社会的な制裁も随分受けているらしい」

そっか、と私が返答すると、燈哉さんはまたすぐに口を開いた。

「それを……今日、聞いた。高原の幼馴染から」

「……え？」

高原の幼馴染。それは多分、高原が「奈々」と呼んでいた女性のことだろう。

大学の頃、燈哉さんが遊び相手として付き合っていた女性のひとりだと、高原は言っていた。そして燈哉さんもそれを認めていた。

「アポもなく突然直接受付に来て……驚いたよ」

燈哉さんは力なく笑った。自嘲するみたいに。

「ちゃんと話していなかったけれど、彼女には以前散々追い回されたことがあって。大学の頃の一年間と、卒業してからもしばらくは。ただそれ以降はずっと接触されることもなくて、もう警察からの接近禁止命令は解けているんだけど。高原のことがあったから、また桜に飛び火したりしたらと思って、話を聞いた」

「えっと、なんの話をしたの？」

「うん……。まずは、謝られた。大学の時は追い回してごめんって。それと、嘘を吐いたことを」

嘘？　と私が首を傾げると、燈哉さんは気まずそうに視線を逸らした。

それから一度ぎゅっと目を閉じて、なにかを覚悟した様子で話を続ける。

「こんな話、本当は桜に聞かせたくないけど……。それでも、俺が過去に人を傷つけたことは、なくならないから。聞いて、もらえるかな」

私は無意識に下腹を押さえながら、小さく頷いた。

「大学の頃は、というか、桜に出会うまでは、本当に、人を好きになるっていう感覚がわからなかったんだ。だから、その……、前にも言ったけど、遊び相手というか、割り切った後腐れのない関係だけを築いてた」

「ほうほう。その心は？」

冗談ぽく問いかけてみる。

死にそうな顔をしている燈哉さんをちょっと和ませようと思ったのだけれど、どうやら失敗したらしい。

「自分を好きだって言う女性と関係を持つと、いろいろ面倒だから……」

燈哉さんはゾンビもびっくりなほどに顔色を悪くして言った。

ここで言う関係とは、肉体関係のことだろう。

「ふーん。それで？」

「だから、自分に好意を持っている素振りを見せる人とは、絶対に関係を持たなかった。彼女も、そういう人だった。あなたのようなタイプは嫌いだと言っていたし、絶対に好きなんかならない、って」

「奈々さんが？」

「うん。でも、それは嘘だったらしい。俺に近づきたいから、関係を持ちたいから、興味のないふりをしたって。だから、嘘を吐いてごめんって……」

「なんかどっかで聞いた話と似てるねー……」

どう反応したものか、と考えながら喋ったら、思ったよりも乾いた声が出てしまった。

私の理想になりきろうとしていた燈哉さんには、かなりの心当たりがあるようだ。

彼は項垂れて、ついでに右手で頭の後ろを抱えていた。

「今考えるとより最低なんだけど、俺、同じ人と関係を続けるってこともしてなかったから、当時は一度だけのことで何年も付きまとわれて……とか思ってて」

「ん？　そうなんですか？」

確か高原は、「奈々さん」が燈哉さんと何度もそういう関係を持っていた、と話していなかっただろうか。

遊ぶだけ遊んで、彼女が縋ったら捨てたと。

疑問に思って尋ねてみると、顔色の悪いゾンビは、首をガクガクと左右に振った。

燈哉さんの主張としては、「奈々さん」ともそれ以外の誰とも、二度以上関係を持つとはなかった、らしい。

ではどうして、高原は「奈々さん」が散々遊ばれて捨てられたと思いこんでいたのか。

その理由はすぐに知るところとなった。

「彼女が、高原にそう説明していたらしい。そのことについても今日謝罪をされた」

「……なるほど。二つの嘘ってことですね」

「そう。高原が起こした事件を知って、彼が桜にあんなことをした原因の一つは自分にある、と言ってた」

恐らく、高原は「奈々さん」に恋心を抱いていたのではなかろうか。

だからこそ彼女を傷つけた燈哉さんが許せなかった。

燈哉さんに対する劣等感も相まって、憎しみを肥大させた。

もちろん推測でしかないけれど。

「過去の自分の弱さが、みんなに迷惑をかけたって。……俺の知っている彼女とは、まるで別人のようだった。それで、桜に伝えてほしいって」

「な、なんで私？」

「高原のことは、自分が生涯面倒を見るからと。もう二度と、あなたたちに迷惑をかけるようなことはさせない、そう言ってた」

それと、本当にごめんなさいって。

彼女の謝罪を、燈哉さんが付け足した。

「奈々さん」は、自分のためにそこまでした高原に、救いの手を差し伸べたということか。

もしかしたら、ずっと幼馴染だった彼を、男性として初めて意識した瞬間でもあったのだろうか。

その被害に遭ったのが私、というのが、なんとも言えないもやもやを連れてくる。

同時に、「言ったな。絶対だぞ。絶対二度と悪さしないようにずっと見ててくれよ！」というやさぐれた気持ちにもなった。

「高原の動向は、これからも監視し続ける。彼女の話を全部鵜呑みにしたわけでもない。でも、一応報告しておこうと思って」

「……うん。はい、わかりました」

「本当に、ごめんね、桜。俺のせいで」

「もうそれは散々聞きました。また言ったら怒りますよ」

「……桜を好きになって初めて、こんなにも誰かを傷つけていたことに気づいた。今なら当時の彼女の気持ちを理解できる部分もある。だから、自分がしでかしたことへの罪悪感をより覚えるようになった。絶対に、一生忘れない。受け入れられなかったとしても、もう二度と、誰かの気持ちを踏みにじることはしない」

俺が馬鹿だったせいで、桜を巻き添えにしてごめん、と何度も謝り続ける彼に、どうしたものかなぁと唇を噛む。

反省も懺悔も、私でいいならいつだって聞く。何時間でも。

けれど、この話になると燈哉さんは、いつだって後悔と罪悪感の渦にはまってしまって、そこをぐるぐると泳ぎ続け浮上できなくなってしまう。私にも、必要以上の謝罪を繰り返す。

燈哉さん曰く、「奈々さん」はストーカー行為をして警察に接近禁止命令を出された時から、今もずっと、カウンセリングに通い続けているらしい。

それで彼女の人生が狂った、と高原は言っていたのだろう。

燈哉さんが彼女の人生を狂わせたのだろうか。

それとも、彼女自身の問題なのだろうか。

私には、正直よくわからなかった。

嘘を吐いていた「奈々さん」にももちろん問題がある。

その話を丸ごと信じて、コンプレックスと合体させて燈哉さんを憎み、あてつけに私を襲った高原にも間違いなく問題がある。むしろ問題だらけだ。どう考えても、あの事件の罪人は高原なのだから。

けれど、今の燈哉さんにそう伝えても、きっと耳に入らないだろう。

ならば……

「個人的には、当人同士が合意の上ならば一夜限りの関係も別にいいんじゃないかと思います。でも、それで好意を持たれるのは煩わしい、にも拘わらず誰かれ構わず遊びまくった当時の燈哉さんもなかなかのクソ野郎です」

今日も相変わらず渦で泳ぎ続けている彼に、私はあえて言い切った。初めて言った。真顔の一本調子で。

「あと関係は続けないとか、相手が本気じゃなければとか、割とどうでもいい」

そして更に続ける。

すると目の前のゾンビは、灰になりかけて深く深く頷く。「その通りです」と、自らの傷跡をえぐりながら。

「俺のこと、嫌いになった……？」

心底不安そうに彼が言う。この世の終わりがやってきた時、人はきっとこういう顔をするのだろう。

それくらい絶望と悲しみにくれた表情だった。

「全く、困ったお父さんだねぇ。どうしようか」

玄関の扉の前で精神的に死亡しかけている燈哉さんに、くるりと背を向ける。下腹をゆっくりと撫でた。

「それでもねぇ、私は燈哉さんが大好きなんだ。どうしたらわかってくれると思う？」

私のお腹の中に宿っている新しい命に、尋ねてみる。

当然ながら耳に聞こえる返答はない。

それでも、相談せずにはいられなかった。

過ちに気づいたら、反省して二度としないように気をつけるしかない。

綺麗さっぱり忘れるのは最低だけど、後悔の渦に呑まれて前を向けないのも違うと思う。

しかも燈哉さんに至っては、他の誰でもない本人自身が深く反省して、過去の行いを生涯悔い改めると決めているのだ。

反省すればいいわけじゃないと言う人も、あるいは世の中にいるのかもしれない。

でもそれならば、私はその人に問いたい。

だったらどうしろと？

一生下を向いて生きていけと言うのか。

そんなの、絶対に違う。

それに、私が過去のことで今更燈哉さんを嫌いになるなんて有り得ない。

だから、できたら気づいてほしい。

これまでそのことは彼に何度も伝えてきたつもりだ。

なかなか伝わらないのは私の話し方が下手くそなせいもあるだろう。

「ほんと、どう言ったらわかってくれるかな」

「お、お父さん……？」

お腹に向かって相談を続けている私の背後で、彼が呟く。

今日病院へ検査を受けに行ったことは、燈哉さんには内緒にしていた。

「お父さん!?」

だから驚いて当然なのだけど、予想以上のリアクションに、笑ってしまう。

新しい命の心音が聞こえた今日この日に、彼とこうして罪についての話をしていることには、ひょっとしたら、なにかしらの意味があるのかもしれない。なんとなくだけど、そんな風に思った。

「あのね、燈哉さん」

履きっぱなしだった革靴を脱ぎ捨て、急いでこちらに駆け寄ってくる彼と視線を交える。

彼の瞳にはうっすら涙が浮かんでいて、その表情には未だ色濃く残る後悔と、歓喜がごちゃ混ぜになっている。

「過去に女遊びの激しかったクソ野郎であっても、そのことをずっと忘れずきちんと反省している今のあなたが、私は大好きです。嫌いになんてなるわけない。それとあの事件のことについては、何度も言ってるけど、悪いのは高原。でも燈哉さんが気にしてるのはわかってるし、もう謝らないで。あなたがあの時助けてくれたおかげで、私は今日も元気に生きてますよ」

私はそう言って、燈哉さんの胸に抱きついた。

「うん……。うん、桜。ありがとう……」

——……今度こそ、伝わったかなぁ？

燈哉さんの声を聞きながら、私はお腹に向かって心の中で問いかけた。

本書は、2017年10月当社より単行本として刊行されたものに、書き下ろしを加えて文庫化したものです。


この作品に対する皆様のご意見・ご感想をお待ちしております。

おハガキ・お手紙は以下の宛先にお送りください。

【宛先】

〒150-6008 東京都渋谷区恵比寿4-20-3 恵比寿ｶﾞｰﾃﾞﾝﾌﾟﾚｲｽﾀﾜｰ 8F
(株) アルファポリス　書籍感想係

メールフォームでのご意見・ご感想は右のＱＲコードから、
あるいは以下のワードで検索をかけてください。

アルファポリス　書籍の感想　検索

ご感想はこちらから

EB

エタニティ文庫

なんて素敵（すてき）な政略結婚（せいりゃくけっこん）

春井菜緒（はるいなお）

2020年11月15日初版発行

文庫編集－熊澤菜々子・塙綾子
発行者－梶本雄介
発行所－株式会社アルファポリス
〒150-6008 東京都渋谷区恵比寿4-20-3 恵比寿ｶﾞｰﾃﾞﾝﾌﾟﾚｲｽﾀﾜｰ8F
TEL 03-6277-1601（営業）　03-6277-1602（編集）
URL https://www.alphapolis.co.jp/
発売元－株式会社星雲社（共同出版社・流通責任出版社）
〒112-0005 東京都文京区水道1-3-30
TEL 03-3868-3275
装丁イラスト－村崎翠
装丁デザイン－ansyyqdesign
印刷－中央精版印刷株式会社

ISBN978-4-434-28107-5 C0193